JULES B. FISCHER

Zwischenwelten

Eine Geschichte über Liebe, Selbstfindung und den Mut, das eigene Herz zu wählen.

© 2025 Jules B. Fischer
Verlag: BoD · Books on Demand GmbH, Überseering 33,
22297 Hamburg, bod@bod.de
Druck: Libri Plureos GmbH, Friedensallee 273,
22763 Hamburg
ISBN: 978-3-7693-3962-8

Dieser Roman basiert in weiten Teilen auf wahren Begebenheiten. Orte, Personen und Namen sind jedoch frei erfunden oder zufällig gewählt.

Eine unumstößliche Wahrheit bleibt jedoch:
Der Autor ist überzeugt, dass die badische Linzer Torte
der beste Kuchen der Welt ist.

3. September

Ich sitze auf der gemauerten Brüstung einer Dachterrasse, hoch über den Straßen von Freiburg, und lasse meinen Blick über die Dächer gleiten. Sechs Stockwerke unter mir pulsiert das Leben – ein endloses Gewimmel aus Eile, Zufällen und Geschichten, die ich nie erfahren werde. Hier oben denke ich nach. Nicht über den Tod, sondern über das Leben – über die Entscheidungen, die uns formen, und die Wege, die wir gehen. Der Stadtteil Vauban wurde nach Sébastien de Vauban, einem französischen Bauherrn aus dem 17. Jahrhundert benannt. Das Studierendendorf besteht aus sechs sanierten ehemaligen Kasernengebäuden und einigen Neubauten, umgeben von viel Grün und mit einem alten Baumbestand. Großzügige Dachterrassen erstrecken sich über ganze Wohnblöcke: Ein riesiges dunkelgraues Feld, das die Bewohner mit Sitzgelegenheiten, Pflanzen und allerlei Kleinigkeiten zu einem ungewöhnlichen Gemeinschaftsraum gemacht haben. Meine gute Freundin Katja, die selbst bis letztes Jahr hier studierte, nahm mich oft mit hierher. Von ihr weiß ich auch, wie man die Dachterrassen erreicht, ohne dabei die offiziellen Wege zu benutzen.

Wie weiß man eigentlich, ob man eine richtige Entscheidung getroffen hat? Ist es ein Gefühl von Ruhe, das sich einstellt? Oder das Gegenteil, dieser aufregende Stich von Adrenalin, der sagt: »Ja, genau das wollte ich«? Entscheidungen können wie ein Sprung ins Ungewisse sein, genau wie die, die hier oben, an der Kante einer solchen Brüstung, getroffen werden. Manche Menschen planen ihren Weg ganz genau – sie wägen alles ab, denken an jedes Detail, jeden Schritt.

Andere springen einfach, im übertragenen wie im wörtlichen Sinne. Spontan, impulsiv, mit all der Unsicherheit, die das mit sich bringt.

Sechs Stockwerke. Das ist ziemlich hoch. Ich frage mich, wie das für Menschen ist, die sich entscheiden, mit einem Sprung das Leben zu beenden. Ist es eine lange überlegte Entscheidung, die mit der Zeit Form annimmt? Oder ist es ein Moment reiner Verzweiflung, in dem alles andere ausgeblendet wird? Was bewegt sie in diesem Augenblick? Und wenn sie fallen, in diesen wenigen Sekunden zwischen dem Loslassen und dem Aufprall – haben sie dann vielleicht doch einen Moment des Zweifelns?

So etwas wie: »Mist, das war ein Fehler«? Ich hoffe inständig, dass nicht. Dass sie Frieden mit ihrer Entscheidung haben, so schwer und endgültig sie auch sein mag. Keine Sorge, ich habe keine depressiven Tendenzen, dafür liebe ich das Leben zu sehr. Aber das bringt mich zurück zu meinem eigentlichen Gedanken: Was unterscheidet sie von uns, die wir hier oben sitzen und über das Leben nachdenken? Vielleicht ist es die Hoffnung. Oder die Möglichkeit, etwas zu verändern, bevor wir springen – ob im Kopf, im Herzen oder im Leben.

Ich sehe hinunter auf die Stadt und denke darüber nach, wie kostbar das Leben ist. Jede Entscheidung, die wir treffen, formt es, manchmal in kleinen, kaum sichtbaren Schritten, manchmal in dramatischen Sprüngen. Und während ich hier sitze, komme ich nicht umhin mich zu fragen, ob ich alle meine Sprünge so gewählt habe, wie ich es wirklich wollte. Aber vielleicht ist das genau der Punkt: Entscheidungen sind nie ganz sicher, nie völlig ohne Zweifel. Es sind diese kleinen Unsicherheiten, die uns zeigen, dass wir lebendig sind.

Warum mich das alles so beschäftigt? Ganz einfach: Vor drei Monaten habe ich eine Entscheidung getroffen, die mein Leben komplett auf den Kopf stellt. Ich habe meinen Job als Grafiker an den Nagel gehängt und mich entschieden, nochmal die Schulbank zu drücken – für die Fachhochschulreife.

Damals, nach der mittleren Reife, hatte ich die Schule satt. Mit 16 war ich einfach durch mit dem Lernen. Stattdessen bin ich den klassischen Weg gegangen: eine Ausbildung zum Grafiker. Meine Eltern waren davon nur mäßig begeistert, aber ich wollte etwas »Reales« machen, etwas Greifbares. Vor allem aber wollte ich weg. Raus aus diesem winzigen Schwarzwalddorf namens Reichenbach, wo ich aufgewachsen bin. Raus in die Welt.

Ach ja, meine Heimat, der Schwarzwald – eine Region voller Besonderheiten. Mit ihren dichten Wäldern, sanften Hügeln und klaren Bächen wirkt sie einladend und doch geheimnisvoll. Hier dominiert die Natur, mit weiten Flächen aus Fichten und Tannen, unterbrochen von offenen Wiesen und kleinen Dörfern. Die Luft ist frisch und harzig, und in der Stille des Waldes hört man das gelegentliche Rauschen der Bäume oder das Plätschern eines nahen Bachs. Ich wuchs in Reichenbach auf, einem kleinen Dorf mitten im Schwarzwald. Fachwerkhäuser und steile Dächer spiegeln die Traditionen der Region wider, während die engen Straßen und Gassen den Charakter eines Ortes bewahren, der seinen eigenen Rhythmus lebt. Die Dorfbewohner sind bodenständig und geprägt von der Nähe zur Natur. Landwirtschaft, kleine Handwerksbetriebe und eine enge Gemeinschaft prägen das Leben hier. Reichenbach ist kein Ort, der durch große Attraktionen auffällt, sondern durch seine Authentizität und die Ruhe, die er ausstrahlt. Es ist ein Dorf, in dem die Traditionen bewahrt werden und die Natur allgegenwärtig ist – im Prinzip ein Stück Schwarzwald in seiner reinsten Form. Doch genau diese Stille kann für einen jungen Menschen, der nicht fest im Dorfleben verwurzelt ist, erdrückend wirken. Während ich mich mit meinen Ambitionen, einen Ausbildungsplatz zu finden, durch unzählige Bewerbungen kämpfte, wuchs die Ungewissheit. Schließlich, nach 15 Absagen und unzähligen Zweifeln, kam der Wendepunkt: die Zusage eines renommierten Medienhauses. Ein Verlag, bekannt für seine hochwertigen Publikationen in Wissenschaft und Design – und der erste Schritt in eine neue Welt. Die drei Jahre Ausbildung waren eine aufregende Zeit. Neue Programme lernen, Typografie meistern, Gestaltungsgrundsätze anwenden – und zum ersten Mal die Atmosphäre eines echten Arbeitsumfelds erleben. Ich hatte meine Berufung gefunden und ging in meiner Arbeit völlig auf. Am Ende der Ausbildung bot man mir sogar eine Stelle als Junior Art Director an. Doch dann regte sich dieses leise, nagende Bauchgefühl. War das wirklich alles? Hatte ich meine endgültige Erfüllung gefunden? Oder gab es da nicht noch mehr? Ein Studium vielleicht? Würde ich es eines Tages bereuen, direkt ins Arbeitsleben eingestiegen zu sein, ohne eine solide akademische Grundlage?

Die Zweifel ließen mich nicht los, und so fasste ich einen Entschluss: Ich würde die Fachhochschulreife nachholen. Ein mutiger Schritt, vor allem in meiner Familie, in der noch niemand einen höheren Schulabschluss erreicht hatte. Und so ging es zurück in den Klassenraum, zurück zu Tafel und Frontalunterricht. Fünf Tage die Woche. Was, um Himmels willen, hatte ich mir dabei nur gedacht?

Noch vor wenigen Stunden stand ich auf der Bühne der Häberle Design Berufsschule und erhielt mein Abschlusszeugnis. Mit Bestnoten. Und unter dem stolzen Blick und dem begeisterten Applaus von Margarethe Bergmann, von Beruf Köchin, und Claus Bergmann, Sachbearbeiter in der dörflichen Gemeindeverwaltung, meine Eltern. Und ich? Lukas Bergmann, frisch ausgebildeter Grafikdesigner und, wie ich mich selbst gerne nenne, das schwarze Schaf der Familie. Warum? Weil ich, trotz aller Traditionen und Erwartungen, nicht den vorgezeichneten Weg eines »sicheren Berufs« gewählt hatte. Sicher im Sinne von *irgendwas handwerklichem* wie Maurer, Zimmermann, Industriemechaniker, etc. Stattdessen bin ich meinen eigenen gegangen – und Klassenbester geworden. Ein Erfolg, der zumindest einem Teil der hohen elterlichen Erwartungen entspricht. Ich glaube, für meine Mutter war ich seit jeher eine Art Dauerprojekt oder Baustelle. Ich trage schon immer ein paar Pfunde zuviel mit mir herum, bin schon immer eher introvertiert und ruhig und hatte schon immer zu gewissen Themen eine etwas differenziertere Meinung als der Rest meiner Familie. Mit neun Jahren konnte ich auf einmal den Tafelaufschrieb in der Schule nicht mehr so gut lesen. Also gingen wir zum Optiker und ich bekam eine Brille verpasst. Mit Sportbügel, damit sie auch ja hielt. Das ich noch im Wachstum war und die durchgängigen Bügel meine Ohren irgendwann abstehen ließen, war Nebensache. Mein eher einsilbiger Vater quittierte das neue Accessoire mit den Worten »Basst schu«. Mit elf hatte meine Mutter den Eindruck, dass ich Plattfüße hatte. Ein Orthopäde bestätigte diese Vermutung, also bekam ich Einlagen. In der Pubertät litt ich unter heftiger Akne – also hatte meine Mutter eine neue Mission und lief mit mir von Pontius zu Pilatus um sämtliche Tinkturen, Tabletten und Co. an mir auszuprobieren. Dass ich auch an Asthma und Neurodermitis litt, hatte ich schon erwähnt? Ich erinnere mich noch an den Tag, als ich im Alter von vierzehn Jahren zur Kur geschickt wurde. Nach Sylt. Im September. Das Nordseeklima sollte mein Lungenleiden und alle Hautprobleme kurieren. Am Bahnhof, als ich mit anderen Kindern in die Obhut der Reiseleitung übergeben wurde, erzählte diese, dass das Wetter auf Sylt noch recht gut sei. Man würde noch etwas Sonne abbekommen und eine gesunde Bräune erhalten: »Rehbraun. Wie Bambi.« Meine Mutter sog jedes Wort gebannt auf. Überglücklich blickte sie mich an und flüsterte »… wie Bambi!!«, bevor sie mich umarmte und zu den anderen in den Zug schob. Wie einen Gegenstand, den man zur Reparatur abgab. Die Kur wurde dann auch ein voller Erfolg. Ich war zum ersten Mal für sechs Wochen aus meiner natürlichen Umgebung raus, lernte Jugendliche aus ganz Deutschland kennen, konnte zum ersten Mal tief atmen und meine Haut wurde merklich besser.

Ich verlor 8 Kilo und lernte einiges über eine ausgewogene und gesunde Ernährung. Ein besonderes Interesse entwickelte ich in dieser Zeit für einen jungen Mann namens Jonas. Jonas war zwei Jahre älter als ich, kam irgendwoher aus NRW, war groß, sportlich, hatte tolle blonde Haare wie Nick Carter und die heftigste Neurodermitis, die ich bis dato gesehen hatte. Zwischen Creme-Wickel, kollektiven Strandspaziergängen und Inhalationen entwickelte sich eine Freundschaft zwischen uns. Bis Jonas mir irgendwann davon berichtete, dass er Natalie vom Mädchenstockwerk ganz toll fand und sich auf einmal ein beklemmendes Gefühl in meiner Brust breit machte. Jonas hing dann immer mehr mit

Natalie ab und ich strandete bei den anderen Leuten unserer Gruppe, die ich nicht so cool fand wie Jonas. Mir ging es dann emotional zunehmend schlechter. Im Gespräch einer vertrauenswürdigen Kinderpsychologin konnte ich schlussendlich herausfinden, woran genau das lag. Ich hatte zum ersten Mal in meinem Leben heftigen…. Liebeskummer! Ich kam also sechs Wochen später nicht nur generalüberholt zurück nach Hause, sondern auch mit der Erkenntnis, dass ich auf Männer stehe. Ich bin schwul. Für meine Eltern eine weitere »Abweichung«, die sie mit eisernem Schweigen bis heute quittieren.

Aber das ist eine andere Geschichte.

Heute war ein Tag, an dem alles anders sein sollte. Mein großer Abschluss. Mein Triumph. Und doch? Irgendwie fühlte sich das alles nicht hundertprozentig vollkommen an. Nach der Rede, dem Applaus, einem Gruppenbild und dem Blumenstrauß von Frau Meier aus dem Sekretariat saß ich in meinem kleinen Opel Corsa auf dem Weg nach Freiburg. Und jetzt sitze ich hier – auf einer ruhigen Dachterrasse, nicht weit entfernt von der Innenstadt. Manchmal braucht man einfach einen Moment der Distanz. Einen Ort, um durchzuatmen. Diesen Ort finde ich allerdings nicht in meiner Kellerwohnung, die praktischerweise auch noch im Haus meiner Eltern liegt. Immerhin habe ich das Glück, dass unser Haus an einen Hang gebaut ist und meine Wohnung zur Rückseite liegt. Sie verfügt daher über eine große Terrasse, die von einer Mauer umgeben ist und an eine riesige Wiese mit Blumenbeeten und allem Drum und Dran grenzt. Das klingt idyllisch, hatte für mich aber vor allem einen praktischen Vorteil: Ich konnte unbemerkt verschwinden, wenn mir danach war. Schon ziemlich früh hatte ich eine kleine Leiter an die Mauer gelehnt, mit der ich leicht hinüberklettern konnte. Von dort schlich ich vorsichtig zwischen den Blumenbeeten hindurch, stets darauf bedacht, keine verräterischen Spuren zu hinterlassen, bis ich nach einigen Metern die Straße erreichte, wo mein Auto parkte. So hatten meine Eltern nur begrenzt Kontrolle darüber, wann ich zu Hause war – und wann nicht.

Hier oben, auf dieser riesigen Dachterasse, fühlt es sich freier an. Weit weg von allem. Die Sterne funkeln so klar über Freiburg, dass selbst mein Chaos leise zu werden scheint. Ich starre in die Unendlichkeit und spüre eine seltsame Art von Trost. Ich bin nur ein winziger Punkt in diesem riesigen Universum. Plötzlich erscheint das alles gar nicht mehr so schlimm. Bis zu dem Moment, als die Stahltür hinter mir aufgestoßen wird. Ein Mann stürmt auf die Dachterrasse. Seine Schritte hallen über die Fliesen. Ich höre ihn seufzen. Aus meiner Ecke an der Hauswand beobachte ich ihn, bleibe aber still. Er ist mindestens zwei Meter groß, hat eine sportliche Figur, trägt ein einfaches schwarzes T-Shirt und eine hellblaue, enge Jeans. Seine kurzen, braunen Haare sind etwas verstrubbelt. Er beugt sich über die Brüstung, stützt den Kopf in die Hände und atmet tief ein.

Etwas in seiner Haltung wirkt... verletzlich. Plötzlich tritt er gegen einen Stuhl. Der Kunststoff quietscht über den Boden. Noch ein Tritt. Und noch einer. Der Stuhl gibt nicht nach, rutscht nur weiter. Er hört erst auf, als er außer Atem ist. Dann bleibt er stehen, die Hände in die Hüften gestemmt, und starrt auf das Möbelstück. »Diese Stühle sind unzerstörbar, weißt du?« Meine Stimme durchbricht die Stille. Er dreht sich überrascht um. Unsere Blicke treffen sich.

Erst jetzt erkenne ich, wie grün seine Augen sind. *Hot!*

»Wie lange bist du schon hier?«, fragt er mich mit tiefer Stimme.

»Lange genug, um dir zu sagen, dass du gegen den Stuhl keine Chance hast. Die Dinger überleben wahrscheinlich einen Atomkrieg.« Ein überraschtes Lächeln huscht über sein Gesicht, verschwindet aber so schnell, wie es gekommen ist. »Ich hätte dich fast übersehen. Du bist verdammt still für jemanden, der einfach so auf fremden Dächern abhängt.«

»Tja, ich bin auch nicht der Typ, der eine Tür auftritt und Möbeln den Krieg erklärt.« Er zieht eine Augenbraue hoch, grinst kurz und lässt sich schließlich auf einen der unversehrten Stühle sinken.

»Touché.«

»Wutbewältigung? Oder Routine?«, frage ich und nicke Richtung Stuhl. Er lacht leise, ein raues, kurzes Geräusch.

»Eine beschissene Mischung aus beidem. Und Du? Harte Nacht?«

»Harte Jahre«, antworte ich halb im Scherz.

Er lacht auf. »Ich bin übrigens Christian. Christian Falkner« er steht auf, geht auf mich zu und streckt mir seine baggerschaufelgroße Hand entgegnen. Ich stehe nun selbst auf und schüttle sie »Servus. Ich bin Lukas Bergmann.«

»Hallo Lukas Bergmann. Dann schieß mal los«.

Ich hole tief Luft »Also, wo fange ich an. Ich hab heute den Abschluss meiner Berufsausbildung erreicht, und obwohl ich ein krasses Jobangebot bekommen habe, habe ich mich vor drei Wochen dafür entschieden, nochmal ein Jahr die Schulbank zu drücken, weil sich das einfach besser angefühlt hat. Und das ist eben der Punkt, da sich meine Entscheidung faktisch nicht gut erklären läßt, hat das natürlich die ein oder andere Person stark irritiert, Klammer auf – meine Eltern – Klammer zu. Und nun sitze ich hier – einerseits um frische Luft zu schnappen und andererseits um meinen Eltern ein paar Stunden zu entkommen.« Ich lehne mich zurück und sehe ihn an. »Und du?«

Christian zögert. Dann: »Scheißtag.«

»Erzähl mir davon.«

Er mustert mich, als würde er abwägen, ob er mir vertrauen kann. Schließlich seufzt er. »Ich studiere im achten Semester Jura. Vor einigen Jahren habe ich mich der freiwilligen Feuerwehr angeschlossen. Ich war heute den ganzen Tag auf der Wache. Wir hatten dann einen Einsatz – Wohnungsbrand. Zwei Kinder, eingeschlossen. Wir haben sie rausgeholt, aber... es war knapp. Als Teenager war die freiwillige Feuerwehr noch Fun. Kameradschaft, was lernen, etc. Aber jetzt, wo man mit richtigen Einsätzen konfrontiert ist, ist das auf einmal eine ganz andere Nummer... « Seine Stimme bricht fast. Ich nicke langsam. »Klingt nach einem Tag, den man gerne vergessen würde.«

»Ja.« Er fährt sich mit der Hand durch sein dunkles Haar.

»Manchmal frage ich mich, warum ich das mache. Man rettet nicht nur Katzen vom Baum sondern ist auch mit viel Elend, Schmerz und Tragik konfrontiert. Aber irgendwie muss diesen Job ja jemand machen.«

»Das klingt an sich verdammt heldenhaft.«

Er lacht leise, fast bitter. »Heldenhaft? Nein. Nur... notwendig. Ich bin dennoch oft kurz davor, dieses Ehrenamt hinzuschmeißen. Die Belastung neben dem Studium ist einfach sehr hoch. Und dann habe ich wieder ein schlechtes Gewissen, nur allein diesen Gedanken zu haben.«

»Vielleicht sind das zwei Seiten der gleichen Medaille«, werfe ich ein. »Man kann etwas tun, weil es notwendig ist, und trotzdem bewundernswert sein.«

Er sieht mich lange an, und ich frage mich, ob ich zu weit gegangen bin. Doch dann nickt er langsam. »Vielleicht hast du recht. Aber weißt du, was wirklich bewundernswert ist?«

»Was?«

»Dass du die Courage hast, deinen eigenen Weg zu suchen, anstatt einfach den nächstbesten zu nehmen. Das macht nicht jeder.«

Ich spüre, wie ein Lächeln über mein Gesicht huscht, unerwartet und ehrlich.

»Vielleicht sind wir beide besser, als wir denken.«

Er hebt die Augenbraue und grinst wieder, diesmal gelöster.

»Vielleicht. Aber sag das bloß nicht zu laut, sonst erwarten die Leute noch was von uns.« Wir müssen beide lachen. Ich weiß nicht, ob es am Sonnenuntergang liegt oder an der Tatsache, dass ich seit einer gefühlten Ewigkeit kein Date mehr hatte, aber irgendwie bilde ich mir ein, dass da zwischen uns leicht flirty vibes sind.

»Weißt du, was mich immer wieder erstaunt?«, fragt er schließlich, seine Stimme ruhig, aber mit einem Hauch von Nachdenklichkeit, der in der kühlen Nachtluft hängen bleibt.

»Was denn?« Ich nehme einen Schluck aus einer Wasserflasche, die ich mir mitgenommen hatte, während ich mich ein Stück weiter in den Stuhl zurücklehne und ihn aus dem Augenwinkel betrachte.

»Ohne jetzt zu philosophisch klingen zu wollen, aber wie viele Menschen glauben wohl, dass sie ihr Leben minutiös planen können. Karriere, Haus, Familie – als wäre es ein verdammter Einkaufszettel.

Alles schön geordnet, ohne Platz für Überraschungen. Aber das Leben...« Er hält inne. »Das hat seinen eigenen Kopf.« Ich lache leise, obwohl seine Worte einen Nerv bei mir treffen.

»Klingt, als würdest du von jemandem sprechen, den du kennst.«

»Vielleicht von mir.« Er zuckt mit den Schultern und lehnt sich zurück.

»Hast du einen Plan? Einen grundsätzlichen, großen Masterplan für dein Leben? Milestones?« Ich atme tief ein, lasse die Frage ein wenig in mir nachklingen, bevor ich antworte. »Ich weiß nicht, ob ich einen Plan habe. Ich habe Wünsche, Träume. Aber manchmal fühlt es sich an, als würde ich nur durchhalten, von einem Schritt zum nächsten.«

»Und was wünschst du dir?« fragt er, und ich merke, wie er mich jetzt intensiver ansieht, als würde er versuchen, in meine Gedanken zu blicken. »Vielleicht das, was jeder will.« Ich halte inne und suche nach den richtigen Worten. »Erfüllung, Stabilität, Erfolg, vielleicht irgendwann eine Familie. Aber wenn ich ehrlich bin, weiß ich es nicht genau. Es ändert sich ständig.«

Er nickt langsam, als würde er meine Unsicherheit verstehen.

»Familie also. Klingt nach einer guten Sache, oder? Aber ehrlich: Familie ist auch ein verdammter Balanceakt. Sie kann dir Halt geben, aber genauso gut kann sie dich aus dem Gleichgewicht bringen.«

»Das klingt, als ob du aus Erfahrung sprichst.«

Er lacht trocken, ohne wirklich fröhlich zu klingen. »Vielleicht. Familie hat Erwartungen. Man will sie erfüllen, man will sie stolz machen. Aber dann bist du plötzlich der Typ, der nicht für sich selbst lebt, sondern nur für andere.« Seine Worte bringen mich zum Nachdenken. Ich blicke über die Dachterrasse hinaus in die funkelnden

Straßen, wo das Leben weitergeht, egal, was wir gerade fühlen oder sagen. »Ich glaube, Familie ist wie... ein Zuhause. Manchmal fühlt sie sich sicher an, manchmal aber auch wie ein Käfig. Aber ich denke, das Risiko ist es wert.«

»Das sagst du jetzt.« Er dreht den Kopf zu mir und lächelt ein wenig, aber in seinem Blick liegt etwas anderes. Skepsis vielleicht. »Was, wenn du irgendwann merkst, dass dieser Käfig mehr von dir fordert, als du geben kannst?«

»Dann hoffe ich, dass ich bis dahin stark genug bin, die Tür wieder zu öffnen«, erwidere ich und sehe ihn direkt an. »Vielleicht geht es bei Familie ja nicht darum, alles richtig zu machen. Sondern darum, es einfach zu versuchen. Siehe meine jetzige Situation.«

Er nickt nachdenklich, als würde er die Idee in sich bewegen. »Vielleicht hast du recht.«

Christian streicht sich mit der Hand über sein dunkles Haar und wirft mir einen Blick zu, der mehr sagt, als Worte es könnten.

»Und du? Was ist dein großer Traum? Wenn du alles haben könntest, was du willst?« Er hält kurz inne, als würde die Frage etwas in ihm aufrütteln. »Ich glaube, ich will einfach einen Moment, in dem ich sagen kann: ‚Das ist es. Das ist das, was ich gesucht habe.‘«

»Und was, wenn dieser Moment nie kommt?« Ein Hauch von Lächeln zeichnet sich auf seinem Gesicht ab. »Dann hoffe ich, dass ich stolz darauf bin, ihn gesucht zu haben.« Es herrscht eine seltsame Stille zwischen uns. Wer hätte gedacht, dass ich so spät am Abend noch einen so tiefgründigen Austausch mit einem gutaussehenden Fremden führen würde? Je mehr ich mich in diesen Gedanken verliere, desto stärker bekomme ich leichtes Herzklopfen, das ich mir jedoch nicht anmerken lassen möchte. Christian, Mitte 20, gutaussehend, Jura-Student. So ein Typ kann nicht Single sein. Dafür geht er weg wie warme »Weckle«. Hunderprozentig hatte Christian schon seit Jahren eine feste Freundin.

»Nun, ich muss langsam los. Es hat mich wirklich sehr gefreut, dich kennenzulernen, Lukas«, sagt er schließlich, seine Stimme aufrichtig und warm. »Ich wünsche dir, dass du es schaffst, all deine Träume zu verwirklichen.« Mit einem Hauch von Verwirrung und einer Spur Traurigkeit lächle ich ihn an. »Danke, Christian. Das wünsche ich dir auch.« Für einen Moment stehen wir einfach nur da, und ich spüre, wie mich eine eigenartige Mischung aus Faszination und Melancholie erfasst. »Ich bin wohl auch nicht frei von Vorurteilen«, murmle ich und durchbreche die Stille. Er bleibt einen Moment stehen, als hätte er noch etwas auf dem Herzen. Schließlich hebt er den Kopf, und sein Blick ist diesmal ganz offen. Ich sehe das Bedauern in seinen Augen, bevor er sich wortlos umdreht und zur Tür geht. Einen Moment später höre ich, wie er sie öffnet und seine Schritte im Treppenhaus verhallen. Jetzt bin ich wieder so ungestört, wie ich es mir vorhin gewünscht habe. Aber zu meiner Überraschung stelle ich fest, dass ich mich plötzlich ein bisschen einsam fühle.

4. September

Es ist noch etwas dunkel draußen, als mein Handy summt. Im ersten Moment ignoriere ich es, drehe mich zur Seite und ziehe die Decke über meinen Kopf. Aber das Summen hört nicht auf. Mit einem tiefen Seufzen greife ich blind nach dem Handy und sehe den Namen auf dem Display: Mutter.

Natürlich.

Ich drücke auf Annehmen, bevor der Ton mich komplett in den Wahnsinn treibt. »Ja?« Meine Stimme klingt kratzig, verschlafen.

»Lukas, bist du wach?« Ihre Stimme ist klar und energisch, wie immer. »Jetzt schon«, murmele ich und reibe mir die Augen.

»Was ist los?«

»*Was los ist?* Du warst gestern Abend spät zu Hause. Sehr spät, wenn ich das richtig gehört habe.« Ich stöhne innerlich. »Mama, es war nicht spät. Es war... okay, vielleicht war es ein bisschen später als üblich, aber das ist doch kein Drama. Ich bin kein Teenager mehr!«

»Kein Drama?« Sie klingt jetzt empört.

»Du kommst mitten in der Nacht nach Hause und trampelst dann erstmal durchs halbe Haus«

»Ich hab doch versucht, leise zu sein«, entgegne ich, obwohl ich weiß, dass das nicht wirklich stimmt. In Wirklichkeit lag sie wahrscheinlich die ganze Zeit auf der Lauer, um abzupassen, wann ich mein Auto parke.

»Leise? Lukas, du bist wie ein Elefant durchs Treppenhaus marschiert. Und jetzt mal ehrlich, was hast du überhaupt so lange gemacht?«

»Nichts Besonderes«, antworte ich ausweichend und starre an die Zimmerdecke.

»Nichts Besonderes? Das ist doch keine Antwort.« Ihre Stimme hat diesen Ton angenommen, der immer auftaucht, wenn sie glaubt, dass ich ihr etwas verheimliche. »Hast du etwa wieder mit deinen Freunden rumgehangen und Blödsinn gemacht?«

»Mama, ich bin kein Kind mehr«, sage ich und höre selbst, wie genervt ich klinge.

»Nein, das bist du wirklich nicht mehr«, schießt sie zurück. »Und deshalb frage ich mich: Was willst du jetzt mit deiner Zeit anstellen, bis die Schule anfängt? Du kannst ja nicht die ganze Zeit nur rumhängen und nichts tun.« Irgendwo im Hintergrund höre ich das leise Gemurmel meines Vaters. Ich richte mich im Bett auf und fahre mir mit der Hand durch die Haare. »Es sind doch gerade mal ein paar Tage. Kann ich nicht einfach mal durchatmen?«

»Durchatmen? Seit du deine Ausbildung abgeschlossen hast, atmest du nichts anderes als Freizeitluft. Soll das jetzt so weitergehen? Willst du jetzt nur noch... chillen, wie ihr das nennt?«

»Mama«, sage ich und versuche, ruhig zu bleiben, obwohl mein Puls schneller wird. »Es ist nicht so, dass ich nichts mache. Ich überlege nur, was ich als Nächstes will. Das ist doch normal.«

»Normal?« Sie lacht kurz, ein scharfes, skeptisches Lachen. »Lukas, du bist 20. Andere in deinem Alter wissen schon, was sie studieren wollen oder haben einen festen Job. Und du? Du bist zu Hause und ‚überlegst‘.«

»Oh mein Gott! Ich brauche einfach noch etwas Zeit, okay? Nicht jeder hat mit 20 den perfekten Lebensplan.«

»Das hat doch nichts mit einem perfekten Plan zu tun«, sagt sie, und ihre Stimme klingt jetzt etwas weniger Kratzbürstig.

»Ich mache mir einfach Sorgen um dich. Du warst immer so ehrgeizig. Und jetzt... ich weiß nicht, ich habe das Gefühl, dass du dich treiben lässt.«

»Vielleicht brauche ich das gerade.«

Am anderen Ende der Leitung ist es einen Moment still, und ich stelle mir vor, wie sie in der Küche sitzt, mit ihrer Kaffeetasse in der Hand, die Stirn leicht gerunzelt.

»Ich will dir ja nicht im Weg stehen«, sagt sie schließlich, leise, fast zögerlich. »Aber du musst irgendwann eine Entscheidung treffen. Das Leben wartet nicht auf dich, Luki.«

»Ich weiß, Mama.«

»Gut.« Sie atmet hörbar aus. »Dann geh jetzt wenigstens raus und mach irgendwas Sinnvolles mit deinem Tag. Das würde mich beruhigen.«

»Klar«, sage ich, nur um sie zufriedenzustellen. Aber in Wirklichkeit habe ich keinen Plan, was ich heute machen soll.

»Okay. Dann bis später.«

»Bis später«, murmle ich und lege auf. Es fühlt sich an, als hätte mir gerade jemand Fesseln angelegt. Verdammt. Wo ist mein unzerstörbarer Kunststoffstuhl, wenn ich ihn brauche? Ich beschließe, stattdessen aufzuräumen.

15. September

Der erste Schultag am Berufskolleg fühlt sich an, als hätte jemand den »Pause«-Knopf meines Lebens gedrückt und mich in eine Parallelwelt geschickt. Vor nicht allzu langer Zeit stand ich um die gleiche Uhrzeit noch mit meinem Lieblingsarbeitskollegen Jonas bei Distermann Medienhaus in der Kaffeküche, um den neuesten Klatsch und Tratsch auszutauschen oder über die Lehrlinge im ersten Lehrjahr zu lästern. Und nun war ich also hier. Berufskolleg im Grünfeld in Lahr, Bereich Fachhochschulreife.

Ich laufe über die schmalen Flure, die nach Putzmittel und Kaffe riechen. Es ist eine merkwürdige Stimmung – halb Aufbruch, halb Lethargie. Die anderen Schüler um mich herum wirken wie ich: leicht orientierungslos, aber bemüht, es nicht zu zeigen. Der Altersdurchschnitt ist deutlich höher als in der Berufsschule. Einige haben anscheinend schon Anschluss gefunden und stehen in kleinen Gruppen zusammen. Ich blicke auf das Anmeldungsschreiben in meiner Hand. »Finden Sie sich am ersten Schultag im Klassenzimmer 5B ein.« Ein Leitsystem aus dunkelgrünen Tafeln weisten mir den Weg. Als ich das Klassenzimmer erreiche, stelle ich fest, dass es genauso aussieht wie jedes andere Klassenzimmer: Schlicht, funktional und mit dieser eigenartigen Atmosphäre, die zwischen Anspannung und Langeweile schwankt. Die Tische stehen in Zweierreihen, das Smartboard vorne flimmert leicht, als hätte es seine besten Tage hinter sich. Die ersten Schüler haben sich bereits gesetzt. Ein Typ mit einer dicken Kapuze über dem Kopf starrt auf sein Handy, während ein anderer, der eindeutig zu viel Energie für diese Uhrzeit hat, energisch mit einer Flasche Sprudelwasser herumjongliert. Ich schaue mich um, versuche, einen Platz zu finden, der weder zu präsent noch zu unscheinbar ist. Dann sehe ich sie: eine junge Frau mit dunklen Haaren, die zu einem lässigen Zopf gebunden sind. Sie trägt einen schwarzen Rollkragenpullover und dunkle Jeans mit schwarzen Converse Sneakern. Auf Ihren Fingern glänzt dunkelroter Nagellack. Sie sitzt in der dritten Reihe, halb zur Seite geneigt. Ihr Blick streift mich, und ich merke, dass sie mich direkt ansieht – nicht neugierig, eher abschätzend.

»Ist hier noch frei?« frage ich und deute auf den Platz neben ihr.

»Kommt drauf an«, sagt sie trocken und lehnt sich zurück. Ich runzle die Stirn. »Worauf?«

»Ob du einer von denen bist, die zu viel reden.« Ich lache leise, überrascht von ihrer direkten Art.

»Nein. Ich bin eher der Typ, der möglichst wenig auffällt.«

»Gut«, sagt sie und schiebt ihre Tasche ein Stück zur Seite.

»Weil ich auch keine Lust auf Dauergeschwafel habe.«

»Perfekte Voraussetzungen.« Ich setze mich und sehe sie aus dem Augenwinkel an. »Ich bin übrigens Lukas«. Ich strecke ihr die Hand hin, und sie nimmt sie, mit einem festen, aber nicht übertriebenen Griff.

»Steffie«, sagt sie, ohne zu zögern.

»Freut mich. Lukas.«

»Also, Steffie«, sage ich und versuche, nicht zu klingen, als würde ich ein Bewerbungsgespräch führen. »Warum bist du hier? Was ist dein großer Plan?« Sie muss schmunzeln »Großer Plan? Ich bin hier, weil ich noch studieren möchte. Was Sinnvolles mit meinem Leben anstellen. Irgendwas, das mir später nicht das Gefühl gibt, meine Zeit verschwendet zu haben.« Sie lacht leise, zuckt mit den Schultern. »Und, na ja … ich dachte, das hier klingt weniger anstrengend als ein Fulltime-Job. Weniger frühes Aufstehen, weniger graue Büros mit Neonlicht. Dafür ein bisschen mehr Freiheit.«

»… verstehe…«, sage ich und grinse.

»Und du?« Sie dreht den Kopf zu mir, ihre Augen mustern mich eindringlich. »Was machst du hier? Siehst nicht aus wie jemand, der freiwillig in die Schule zurückkehrt.«

„Gut erkannt." Mein Blick wandert durch den Raum „Ich dachte, es wäre mal an der Zeit, was Neues zu probieren. Außerdem bin ich nicht sicher, was ich wirklich machen will. Vielleicht finde ich es ja hier raus."

»Oder du merkst, dass das hier genauso wenig bringt wie alles andere.« antwortet Steffie.

»Optimistin, hm?«

»Realistin.«

Ich lache, und sie grinst zurück. Es ist seltsam, aber ihre Art von Sarkasmus wirkt irgendwie erfrischend.Bevor ich eine kluge Antwort überlegen kann, schwingt die Tür auf, und die Aufmerksamkeit der Klasse richtet sich wie auf Kommando nach vorne. Ein kleiner, rundlicher Mann betritt den Raum mit einer Aktentasche, die aussieht, als hätte sie den Zweiten Weltkrieg überlebt. Seine Stirn ist in tiefe Falten gelegt, und seine Brille glitzert, als hätte sie die Aufgabe, die gesamte Klasse zu durchleuchten. »Guten Morgen.« Seine Stimme ist laut und schneidend, und das leise Gemurmel im Raum verstummt augenblicklich. Er stellt seine Tasche mit einem lauten Knall auf das Pult und verschränkt die Arme vor der Brust. »Ich bin Herr Berger, euer

Klassenlehrer. Und bevor wir anfangen, möchte ich ein paar Dinge klarstellen.« Sein Blick wandert durch die Klasse, bleibt für einen Moment auf jedem Schüler ruhen, als würde er sich unsere Gesichter einprägen. »Der Unterricht beginnt hier um 7:45 Uhr. Punkt. Nicht um 7:46, nicht um 7:47. Wenn die Tür geschlossen ist, dann bleibt sie geschlossen. Wer zu spät kommt, bleibt draußen.« Ein leises Stöhnen geht durch den Raum, aber niemand sagt etwas. Ich spüre, wie sich Steffie leicht zu mir lehnt. »Ich wette, der hat einen Timer zu Hause und trainiert pünktliches Eintreten«, flüstert sie.

Ich muss mir ein Lachen verkneifen, nicke aber kaum merklich.

»Das war die erste Regel«, fährt Herr Berger fort und ignoriert das Tuscheln. »Die zweite ist: Pünktlichkeit ist nicht nur eine Frage der Höflichkeit, sondern der Disziplin. Wenn ihr das hier nicht hinkriegt, dann werdet ihr es auch später im Berufsleben schwer haben.« Er blickt erneut in die Runde, als wolle er sicherstellen, dass seine Worte bei jedem ankommen.

»Ihr solltet euch das angewöhnen. Sofort.«

Ich lehne mich zurück, mein Blick wandert zu Steffie, die nur mit den Augen rollt und ich weiß genau, dass dieser Tag vielleicht noch anstrengend wird – aber definitiv nicht langweilig.

7. Oktober

Man sagt ja, der erste richtige Job bleibt einem immer im Gedächtnis – und in meinem Fall ist das definitiv wahr. Meine Ausbildung im Medienhaus in Baden-Baden war ein bunter Mix aus Stress, Chaos und purem Spaß. Die Arbeit war abwechslungsreich, die Projekte spannend, und die Kollegen? Unvergesslich. Ich erinnere mich besonders an Tina aus der Grafikabteilung. Tina war eine wandelnde Farbpalette – nicht nur wegen der knalligen Haarfarben, die sie im Monatsrhythmus wechselte, sondern auch wegen ihrer Persönlichkeit. Sie hatte immer einen lockeren Spruch auf den Lippen, und wenn der Drucker mal wieder streikte, sprach sie mit ihm, als sei er ein störrischer Hund: »Na los, Liebling, du willst doch nicht, dass ich ausraste, oder?« Sie brachte mir bei, wie man Layouts in InDesign erstellt, und hatte dabei unendlich viel Geduld – zumindest solange ich ihr ausreichend Schokolade als Nervennahrung besorgt hatte. Dann war da Hakan aus der IT. Hakan war der Typ Mensch, der alles reparieren konnte. Vom klappernden Lüfter im Rechner bis zur Kaffeemaschine, die den Geist aufgegeben hatte – Hakan war unser Retter. Er hatte eine Vorliebe für Tech-Gadgets und Witze, die niemand verstand. »Warum benutzen Programmierer keine Sonnencreme? Weil sie sich im Schatten von Bugs verstecken!« Ich hatte keine Ahnung, was das heißen sollte, aber sein Lachen war so ansteckend, dass ich trotzdem immer mitlachen musste. Und natürlich Anna, die Redakteurin, die mich immer mit ihrer beeindruckenden Professionalität eingeschüchtert hat. Anna konnte gleichzeitig eine Schlagzeile formulieren, ein Interview führen und nebenbei ihren Matcha-Latte umrühren –

alles, ohne auch nur eine Sekunde die Fassung zu verlieren. Sie nannte mich »Neuling« – nicht abwertend, sondern mit einer Art mütterlichem Stolz, wenn ich etwas richtig gemacht hatte. Das Beste an diesem Job war die Zusammenarbeit. Obwohl ich anfangs dachte, ich würde als Azubi nur Kaffee kochen und Unterlagen kopieren, wurde ich schnell in echte Projekte eingebunden. Ich durfte Flyer entwerfen, Texte für die Website schreiben und sogar bei einem Videodreh mithelfen. Es war, als wäre ich Teil eines großen kreativen Universums, in dem jede Idee zählt. Aber dann war da noch der Weg zur Arbeit – und der war die reinste Tortur. Jeden Morgen klingelte mein Wecker um 5:30 Uhr, und mit schlaftrunkenem Blick schlüpfte ich in meine Klamotten, um den ersten Bus zu erwischen. Unser Dorfbus war eine Art Zeitreise in die 80er – mit durchgesessenen Sitzen, einem Fahrer, der immer die gleiche Schlagerplaylist hörte, und einem Geruch, der nach nassem Hund und alten Polstern roch. Nach 25 Minuten holpernder Fahrt erreichte ich endlich die nächste Stadt, wo ich auf den Zug umsteigen musste. Der Zug war eine Welt für sich. Morgens um 7 Uhr traf man dort alle Typen: Schüler mit zerzausten Haaren, gestresste Pendler, die noch schnell ihre Präsentationen durchgingen, und ab und zu jemanden, der laut telefonierte, als würde er einen Marktplatz anschreien. Nach weiteren 30 Minuten war ich dann in Baden-Baden – aber natürlich hieß das nicht, dass mein Weg zu Ende war. Nein, ich musste noch einmal quer durch die Stadt laufen, um endlich im Medienhaus anzukommen. An schlechten Tagen fühlte es sich an, als wäre mein Arbeitstag schon vor der ersten Tasse Kaffee gelaufen. Der Rückweg war nicht besser. Wenn der Zug Verspätung hatte – und das war fast immer der Fall – saß ich in irgendeinem zugigen

Bahnhof, während ich zusah, wie die Minuten verrannen. Dennoch: Als ich endlich am Medienhaus ankam und Tina mich mit einem energischen »Na, Kleiner, bereit für ein bisschen Design-Magie?« begrüßte oder Hakan mir mit einem Augenzwinkern einen neuen Witz erzählte, war der Stress der Fahrt fast vergessen. Fast.

Rückblickend war diese Zeit eine echte Herausforderung, aber auch eine, die mich geprägt hat. Ich habe gelernt, wie wichtig es ist, ein Team zu haben, das nicht nur zusammenarbeitet, sondern auch zusammenhält. Und obwohl ich diese tägliche Fahrerei nicht vermisse, vermisse ich manchmal die schrille, kreative Energie dieses Jobs.

Nun ist dieses Kapitel beendet und ich liege hier auf meinem Bett und überlege, welchen Nebenjob ich neben der Schule noch machen könnte. Es ist schon Nachmittags und die untergehende Sonne wirft ein Streifenmuster durch die Jalousien auf den hellen Fließenboden neben mir. Ich habe den Kopf auf meine Hände gestützt, und starre auf das Lahrer Tagblatt, das vor mir ausgebreitet liegt. Ich möchte das selber schaffen. Ohne die finanzielle Unterstüzung meiner Eltern. »Okay, Lukas«, murmle ich zu mir selbst. »Let's find a job! Irgendwas Nettes. Mit coolen Kollegen, wie früher.« Ich schlage die Seite »Stellenangebote« auf und lasse meinen Blick über die Anzeigen gleiten. Es ist eine Mischung aus Einheitsbrei und völliger Absurdität: »Bürokraft gesucht, Teilzeit... ab 9 Uhr... Erfahrung in Excel, Power-Point, Word und Stenografie erforderlich.« Ich schnaube. »Ja, natürlich. Weil ich in meinem kurzen Leben schon jahrelange Karrieren in Büros hinter mir habe.« Ich blättere weiter.

»Zeitungszusteller gesucht. Früh morgens. Mhhhh.... eher nicht.

Mein Blick bleibt an einer Anzeige hängen: »Hilfskraft in der Produktion gesucht. 10 Stunden pro Woche.« Ich stelle mir vor, wie ich auf einmal in einer Metzgerei stehe, mit einer weißen Einmalschürze und weißen Gummistiefeln. Scary. Nicht mit mir. Der Gedanke lässt mich schaudern. »Definitiv nichts für mich.« Ich seufze, schiebe das Blatt zur Seite und bin schon kurz davor aufzugeben, als mir eine kleine Anzeige auffällt, die ich fast übersehen hätte:

»Aushilfe im Service gesucht – Café zum Süßen Löchle. Freundliches Auftreten erwünscht.« Ich starre auf die Worte. Erst denke ich, ich hätte mich verlesen, dann lese ich es noch einmal.

Ich breche in schallendes Gelächter aus.

»Das Süße Löchle? Wirklich? Wer nennt denn sein Café so?«

Ich schüttle den Kopf, der Name ist so absurd, dass ich die Anzeige einfach nicht ignorieren kann. Ich stelle mir vor, wie ich jemandem erklären muss: »Neuer Job? Ja, Absolut. Bin jetzt im Service. Arbeite im Süßen Löchle.« Nunja, die Anzeige klingt ehrlich gesagt gar nicht so schlecht. Ein Job im Service – nichts, was Raketenwissenschaft erfordert, und genau das, was ich mir als Nebenjob vorstellen kann. Und ganz ehrlich: Wer kann einem Café mit solch einem Namen widerstehen? Ich greife nach meinem Handy, tippe die Nummer ein und warte. Nach zwei kurzen Klingeltönen höre ich ein Knacken in der Leitung, gefolgt von lauten Hintergrundgeräuschen und einer Stimme, die laut in den Hörer brüllt: »Café zum Süße Löchle, Grüß Gott!« Ich muss mir das Lachen verkneifen und setze eine möglichst professionelle Stimme auf.

»Hallo, hier spricht Lukas Bergmann. Ich habe Ihre Anzeige im Lahrer Tagblatt gesehen. Sie suchen eine Aushilfe?«

»Jo, genau! Im Service. Habe Se scho Erfahrung in de Gastronomie, oder wär des ebs ganz Neis?«

»Ehrlich gesagt, wäre das neu für mich«, gebe ich zu.

»Aber ich bin zuverlässig, freundlich und lerne schnell.« Im Hintergrund ist auf einmal lautes Porzellan-Gescheppere zu hören.

»Des klingt doch schon mol guet«, sagt sie mit einem Ton, der wie ein Nicken durch das Telefon klingt.

»Un wänn könntet Se mol vorbeikomme?«

Ich überlege kurz. »Wann würde es Ihnen denn passen?«

»Samstagmorgens wär guet. So um neune. Da isch's nocht ned so stressig, dann kennet mer alles in Ruhe durchgucken.«

»Samstag um neun, verstanden. Soll ich etwas Bestimmtes mitbringen?«

»Jo, ebs zum Schreiben. Fir Notizen un so. Un komme Se pünktlich, gell?«

»Natürlich.« Ich lächle. »Vielen Dank, ich freue mich.«

»Jo, dann bis Samstag. Adele!«

»Bis dann!« Ich lege auf und lasse das Handy auf mein Bett fallen.

Mein Leben wird immer absurder. Zum süßen Löchle, ich muss mein Kopf schütteln. Aber schön, dass die Frau am Telefon noch richtig schönes Badisch spricht. »Okay, Lukas«, sage ich zu mir selbst.

»Das könnte interessant werden.«

Der Gedanke, dort zu arbeiten, fühlt sich seltsam aufregend an. Vielleicht ist es der skurrile Name, vielleicht auch die Tatsache, dass es sich nach etwas Neuem anfühlt – nach einem kleinen Abenteuer. Und mal ehrlich: Wenn man auf der Arbeit viel lacht, geht die Zeit schneller vorbei.

12. Oktober

Samstagmorgen, Punkt neun Uhr. Ich stehe vor dem Café zum Süßen Löchle, atme tief durch und ziehe meine Jacke enger. Der Morgen ist frisch, die Straßen noch halb leer, und die Stadt Lahr erwacht gerade erst zum Leben. Vor mir steht das kleine Fachwerkgebäude, das aussieht, als hätte es sich direkt aus einem Märchen hierher verirrt. Blumenkästen mit roten Geranien hängen unter den Fenstern, und das Schild über der Tür – Café zum Süßen Löchle – wirkt handgemalt, mit filigranen Zuckergussverzierungen und einem kleinen Kaffeebecher als Krönung. Ich drücke die Tür auf, und ein leises Klingeln von Messingglöckchen begrüßt mich. Drinnen umfängt mich sofort ein Duft, der mich an Weihnachtsmärkte und sonntägliche Familienfrühstücke erinnert: süß, warm und irgendwie beruhigend. Der Geruch von frisch gebackenem Gebäck und Kaffee ist wie eine Umarmung für die Seele. Die Einrichtung fügt sich nahtlos in den äußeren Eindruck ein. Holztische mit rot-weiß karierten Tischdecken prägen das Bild, jeder von ihnen geschmückt mit einer individuellen Vase, die frische oder getrocknete Blumen präsentiert. Die Stühle sind ein abwechslungsreicher Mix: alle aus Holz, aber in unterschiedlichen Formen und Farben. An den Wänden hängen alte Bilderrahmen mit Postkarten, Sprüchen wie »Kaffee ist immer eine gute Idee« und einem großen gemalten Logo des Cafés. Eine alte Standuhr in der Ecke tickt laut, und hinter der Theke stehen Regale mit Porzellangeschirr, Marmeladengläsern und einer Sammlung von alten Kaffeemühlen. »Jo, da simmer doch!« reißt mich eine energische Stimme aus meinen Gedanken. Ich schaue zur Theke, wo eine kleine, rundliche Frau in einer blumigen Schürze mit Mehlflecken steht. Ihre roten Pausbacken und das breite Lächeln strahlen so viel Energie aus, dass ich mich unwillkürlich gerade hinstelle.

»Du bisch der Lukas, gell?« ruft sie und winkt mir zu, während sie Gebäck in die Auslage legt. »Ja, genau«, antworte ich und trete näher.

»Anneliese Mayerle, mir han telefoniert!«, stellt sie sich vor und wischt ihre Hände an der Schürze ab, bevor sie mir die Hand entgegenstreckt. Ihr Griff ist fest, und ihre Finger sind leicht mehlig. »Aber alle sage hier d'Anneliese. Bisch pünktlich, des isch scho mol guet. Guck, i muss grad no die Plätzle fertigmache.«

Ich lache leise. »Die riechen unglaublich.«

»Jo, des sin meine Klassiker.« Sie deutet stolz auf die goldbraunen Kekse, die in Reih und Glied auf dem Blech liegen. »Aber jetz setz dich mol, Lukas!«

Sie weist auf einen Tisch in der Nähe der Theke, und ich nehme Platz. Wenig später kommt sie dazu und lässt sich auf einen Stuhl mir gegenüber fallen. »Also, basse mol uff, des läuft hier so«, beginnt sie und lehnt sich leicht vor. »Mir sin e kleins Team. I mach die Plätzle, die Kuchen un alles, was aus'm Ofen kummt. Dann isch der Tommi da – des isch unser Barista. Der isch jung, aber weiß genau, wie man de perfekte Kaffee macht. Un dann bisch du, falls des passt.«

Ich nicke langsam. »Okay, klingt überschaubar.«

»Des isch es au. Aber des funktioniert nur, weil mir zsammahältet.« Sie klopft mit der Hand auf den Tisch, was den Notizblock leicht hüpfen lässt. »Wenn der Tommi Stress hat, dann spring i mol ein. Und wenn i hinten mit de Bleche kämpfe, dann musch halt du vorne gucke, dass die Gäschte glücklich sin.«

»Das verstehe ich«, sage ich und versuche, ernst zu bleiben, auch wenn mich ihr unverblümter Enthusiasmus innerlich zum kreischen bringt.

»Hast du scho mol sowas gmacht?« fragt sie und beäugt mich mit einem Blick, der irgendwie gleichzeitig neugierig und prüfend ist.

»Ehrlich gesagt, nein«, gebe ich zu.

»Aber ich bin bereit zu lernen und gebe mein Bestes.«

»Des gefällt mir.« Sie nickt energisch.

»Weißt, mir brauche kei Leut', die alles können. Mir brauche Leut', die mit anpacke und net gleich uffgebe. Freundlich un zuverlässig, des reicht scho mal.«

»Das klingt machbar«, sage ich und lehne mich ein bisschen zurück, um mich nicht zu forsch zu geben.

»Samstags isch immer viel los«, erklärt sie weiter.

»Da isch der Markt hier ums Eck, un die Leit komme nach'm Einkaufe gern mol für e Kaffeesche oder e Stückle Kuchen rei. Des wär dann au dei Haupttag.«

»Samstags passt gut für mich«, sage ich und nicke.

»Guet, guet.« Sie lächelt breit und steht dann auf.

»Also, i sag dir, wie's isch: Du kommst nächste Woche Samstag mol. Um neune. Dann gucksch, wie's läuft, un wir entscheide, ob des passe dät.«

»Das klingt super«, antworte ich und erhebe mich ebenfalls.

»Un vergiss net: Pünktlichkeit isch des Wichtigste!«

Sie zwinkert mir zu, als wolle sie sicherstellen, dass ich das auch wirklich verinnerliche. »Und bring e Lächeln mit, gell? Des brauche mir hier.«

»Wird gemacht.«

»Jo, dann simmer verabredet.« Sie greift erneut nach meiner Hand, und schüttelt sie kräftig.

»Bis nächsten Samstag.«

»Adele, Lukas!«

Ich schiebe die Tür auf, der Duft von Plätzchen bleibt mir in der Nase, und draußen umfängt mich die kühle Luft. Während ich die Straße entlanggehe, merke ich, dass ich tatsächlich gute Laune habe. Dieses kleine Café ist wie aus einer anderen Welt, und Anneliese Mayerle scheint die perfekte Verkörperung davon zu sein.

24. November

Wenige Wochen später sitze ich im Biologieunterricht und starre auf die PowerPoint-Präsentation, die an die weiße Wand des Klassenzimmers geworfen wird. Die bunten Folien sind vollgestopft mit Text, Diagrammen und Tabellen. In der Ecke prangt wie immer das gleiche, leicht verpixelte Clipart eines DNA-Strangs, das Herr Harter wahrscheinlich seit zehn Jahren in seinen Präsentationen verwendet. »Und wie ihr ssseht«, lispelt Herr Harter mit seiner typisch emotionslosen Stimme, während er mit einem ausziehbaren Zeigestock auf das Diagramm tippt, »isss die mitochondriale DNA die einzige Form von DNA, die unabhängig vom Zellkern...« Der Rest seiner Worte geht in meinem Kopf unter. Ich habe schon vor zehn Minuten den Faden verloren. Der Unterricht ist immer gleich: Herr Harter redet, wir hören zu, und wir schreiben ab – schneller, als unsere Stifte es eigentlich mitmachen sollten. Meine Mitschriften stapeln sich mittlerweile in mehreren Leitzordnern. Jeder einzelne ist vollgestopft mit seitenweisen Notizen, die ich irgendwann durcharbeiten wollte. Irgendwann. Vielleicht. Wenn Zeit da wäre. Ich lasse meinen Blick durch das Klassenzimmer schweifen. Die Klasse ist nett – ein zusammengewürfelter Haufen von Menschen, die alle irgendwie dasselbe Ziel haben. Ich habe in den letzten Monaten ein paar Kontakte geknüpft, rede in den Pausen hier und da mit den Leuten, tausche Notizen aus oder diskutiere darüber, wie wir die nächste Klausur überleben sollen. Aber zu Steffie... zu Steffie habe ich von Anfang an einen besonders engen Draht gehabt.

Mein Blick wandert zu ihr. Sie sitzt eine Reihe vor mir. Ihr Kopf ist leicht zur Seite geneigt, die Stirn in Konzentration gerunzelt, während sie etwas in ihre Unterlagen kritzelt. Doch ihre Augen sind geistesabwesend, fast so, als würde sie an alles andere denken, nur nicht an Mitochondrien. Steffie hat diese Eigenschaft, die ich wirklich bewundere. Während ich mich oft vom Stress überwältigen lasse, bleibt sie ruhig, fast gelassen. Es ist, als hätte sie ein unsichtbares Schutzschild, das sie von der Hektik des Schulalltags trennt. Vielleicht ist es genau das, was ich an ihr so schätze – sie schafft es, meine chaotische Welt ein bisschen zu ordnen. Herr Harter wechselt zur nächsten Folie, und die Klasse stöhnt leise auf. Ein weiteres Diagramm, weitere Definitionen, weitere Begriffe, die ich mir wahrscheinlich nie merken werde. Während ich versuche, mich auf die Präsentation zu konzentrieren, schweift mein Blick erneut zu Steffie, und plötzlich dreht sie sich zu mir um. »Alles klar bei dir?« fragt sie leise und hebt eine Augenbraue.

Ich lehne mich ein Stück vor und schenke ihr ein gequältes Lächeln.
»Klar. Mitochondrien machen mich richtig doll glücklich.«
Sie kichert leise, was die ernste Stimmung im Raum kurz unterbricht.
»Wenigstens bist du ehrlich.«

»Und du? Siehst aus, als wärst du auch nicht ganz bei der Sache.«
Sie seufzt und zuckt mit den Schultern.

»Ich versuche, das alles hier nicht so ernst zu nehmen. Aber ehrlich? Das hier ist kein Schultag, das ist Folter.«

»Absolut! Nur dass unsere Folter aus Stiften und endlosen Notizen besteht.«

»Zumindest macht's Spaß, wenn du hier bist«, sagt sie und zwinkert mir kurz zu, bevor sie sich wieder ihren Unterlagen zuwendet. Ich grinse in mich hinein. Trotz allem hat sie recht – irgendwie macht das Ganze mehr Spaß, wenn Steffie dabei ist. Als Herr Harter schließlich seine letzte Folie beendet und die Glocke den Unterricht erlöst, packen wir unsere Sachen zusammen. Ich schnappe mir meinen Rucksack und folge Steffie hinaus in den Flur. »Hast du heute noch was vor?« fragt sie, während wir uns langsam in Richtung Treppe bewegen.

»Arbeiten. Im Süßen Löchle.«

»Natürlich«, sagt sie und lacht.

»Lass mich raten: Frau Mayerle hat wieder ein neues Gebäck, das die Welt noch nicht gesehen hat?«

»Wahrscheinlich. Wobei – es ist ja aktuell Fasnacht. Da gibt es ständig irgendwas Fritiertes und das ganze Cafe hängt voller bunter Wimbel und Fasnachtsdeko.« Steffie grinst. »Klingt nach Spaß. Aber wie schaffst du das alles? Schule, Arbeit... hast du überhaupt noch Freizeit?«

»Freizeit ist ein Mythos«, sage ich trocken. »Aber die Arbeit macht echt Spaß. Es ist chaotisch, aber ein gutes Chaos, weißt du? Anders als hier.«

»Und wann lernst du?«

Ich hebe die Schultern. »Irgendwie zwischendurch. Oder gar nicht. Mathe bringt mich sowieso um – seit wir Stochastik haben, fühle ich mich komplett verloren.«

Steffie verdreht die Augen. »Oh Gott, Stochastik. Zahlen durch Buchstaben zu ersetzen war schlimm genug, aber jetzt Wahrscheinlichkeiten? Wie wahrscheinlich ist es, dass ich das je verstehe?«

»Null Prozent«, sage ich, und wir lachen beide, während wir die Treppe hinuntergehen.

Mein Tag ist tatsächlich gefühlt eine Hetzjagd. Nach der Schule eile ich direkt ins Süße Löchle, wo Frau Mayerle mich mit ihrem gewohnten Enthusiasmus empfängt. »Lukas! Schnell, wir brauche dich vorne. Die Bude isch heut richtig voll!« Die Arbeit im Café ist anstrengend, aber sie hat etwas, das mich immer wieder motiviert: die fröhliche Stimmung, der Duft von frisch gebackenem Gebäck und das Lächeln der Gäste. Es fühlt sich fast an wie ein zweites Zuhause – chaotisch, laut, aber irgendwie genau das, was ich brauche.

Abends, wenn ich dann nach Hause komme, habe ich oft keine Energie mehr, um zu lernen. Meine Leitzordner stapeln sich auf dem Schreibtisch, und ich weiß, dass ich längst hätte anfangen sollen, alles zu wiederholen. Dieses Schuljahr ist kein Spaziergang. Es ist ein Marathon. Aber manchmal denke ich, dass es okay ist. Solange ich Menschen wie Steffie um mich habe und ein bisschen Humor behalte, werde ich es irgendwie schaffen. Auch wenn Mathematik auf diesem Niveau wahrscheinlich für immer ein Buch mit sieben Siegeln bleiben wird.

31. Dezember

Der letzte Tag im Dezember beginnt mit einer Nachricht von Steffie, die mich aus meiner Langeweile reißt. »Ich halt's nicht mehr aus. Meine Eltern gucken seit Stunden Volksmusik-Silvester-Vorbereitungen, und ich glaube, mein Gehirn löst sich auf. Lass uns was starten!«.
Ich muss lachen. Natürlich tun sie das. Steffies Eltern und ihre unerschütterliche Liebe zu Fernsehfesten. Mein Plan war eigentlich, Silvester gemütlich zu Hause mit meiner Familie zu verbringen. Der Schulstress der letzten Wochen hatte mich ausgelaugt, und die Idee eines ruhigen Abends schien verlockend gewesen zu sein. Aber jetzt? Jetzt rächt sich dieser Plan. Ich bin genauso gelangweilt wie Steffie.

»Irgendwelche kreative Ideen?« tippe ich zurück.

»Party bei mir. Nur wir, vielleicht noch ein paar andere Leute... ich kann mal Andreas fragen... und… Glühwein. Viel Glühwein.«

Andreas. Natürlich. Andreas aus der Parallelklasse, der seit Monaten jede Gelegenheit nutzt, um mit Steffie ins Gespräch zu kommen. Ich verziehe das Gesicht, grinse dann aber und schreibe zurück: »Aha! Andreas wieder. Soso… aber ja, lass uns treffen.« Ein paar Stunden später stehe ich mit einer Tüte Chips in der Hand vor Steffies Tür. Sie reißt sie auf, ein breites Grinsen im Gesicht. »Du bist spät«, sagt sie, zieht mich hinein und drückt mir ein Glas Glühwein in die Hand. Die Party beginnt harmlos. Andreas taucht auf – natürlich – und bringt seine Kumpels Chris und Sebastian mit. Wir sitzen im Wohnzimmer, trinken Glühwein und mampfen Chips. Es ist eine nette, entspannte Stimmung, bis Steffie aufspringt und die Karaoke-Maschine anschaltet. »Lukas, du bist dran!« ruft sie und winkt mich zum Mikrofon. »Vergiss es«, sage ich und halte die Hände hoch. »Ich treffe keinen einzigen Ton.«

»Perfekt für Robbie Williams«, sagt sie grinsend und drückt mir das Mikrofon in die Hand. Widerwillig nehme ich es und beginne, »Angels« zu singen. Ich hasse diesen Song – er ist der Standard-Hit für jeden betrunkenen Gast auf einem Junggesellenabschied. Meine Stimme klingt so schief, dass es fast wirkt, als würde der Karaoke-Bildschirm protestieren. Doch alle lachen, und zu meiner Überraschung merke ich, dass ich tatsächlich Spaß habe. Doch dann zieht Chris einen Joint aus seiner Tasche und lässt ihn durch die Reihen gehen. Ich lehne ab, aber als ich sehe, wie Steffie ihn annimmt und leicht hustet, brennen bei mir alle Sicherungen durch. »Was zur Hölle machst du da?« frage ich sie.

»Entspann dich, Lukas«, sagt sie und winkt ab.

»Es ist der letzte Tag im Jahr!«. Nun bin ich also an der Reihe. Mit einem gewissen Ekel setze ich die angefeuchtete Spitze der Tüte an meine Lippen und ziehe tief daran. Es ist nicht so, dass ich vorher noch nie gekifft habe – ich habe sogar eine kurze »experimentelle Pha-se« gehabt, in der ich mich als passionierten Hobbyraucher versuch-te. Aber ich rauche nicht. Und das führt dazu, dass ich beim Ausat-men wie ein Wahnsinniger huste. Ein paar Hustenanfälle später folgt dann allerdings ein lautes, unkontrolliertes Lachen. »Ich glaube, du brauchst das eher als ich«, sagt Chris und klopft mir auf die Schulter, während er sich mit einem skeptischen Blick zurücklehnt.

»Ha! Ja, vielleicht...« stottere ich, immer noch mit dem Hals, der sich anfühlt, als hätte er Feuer gefangen. Ich weiß nicht, was dann passiert, aber plötzlich bin ich wie besessen. Ich rauche den Joint fast komplett runter. In meiner Brust wirds richtig schön warm und meine Gedanken verlangsamen sich.

Ich würde jetzt gerne die ganze Welt umarmen!

»Oh, oh, einer meiner Lieblingssongs!« schreie ich laut auf, als auf einmal der Intro-Riff von *Sex on Fire* von Kings of Leon durch die Lautsprecher der Karaokeanlage knallt. Es fühlt sich an, als würde der Song besitzt von meinem Körper übernehmen und mich Gott weiß wohin katapultieren. Ohne eine Sekunde zu zögern, springe ich auf, schnappe mir das Mikrofon wie ein Rockstar, drehe mich zu den anderen und brülle: »DAS IST MEIN MOMENT, LEUTE!«

Chris schaut mich total erschrocken an, als ich völlig ausraste. »Dude, mach ma langsam!« Aber was weiß der schon? Ich bin jetzt ein Rockstar! Ich beginne, wie verrückt Luftgitarre zu spielen, schüttle meinen Kopf in einer Bewegung, die an ein Metal-Konzert erinnert, und springe dann – ohne Vorwarnung – mit einem dramatischen Sprung auf den Boden. Ich lande mehr oder weniger in einer Art Spagat, was mehr nach einem Unfall aussieht als nach einer beeindruckenden Tanzbewegung, aber was soll's?

»My sex is on fireee, da-da-da-da-da-da!« brülle ich ins Mikro, als hätte ich gerade die Bühne vom Madison Square Garden erobert. Ich schließe die Augen, die Musik fließt durch mich, und für einen Moment bin ich der unbestrittene König des Karaoke-Raums. Das Publikum – oder was davon übrig ist, denn es besteht hauptsächlich aus Chris und ein paar verschwommenen Gestalten – ist eine Mischung aus Staunen und fassungsloser Belustigung. Ich höre nur noch mein eigenes Gebrüll und das schallende Lachen von Chris, als er sich fast auf dem Boden kringelt. »Lukas, du bist echt eine Nummer!« ruft er zwischen zwei unkonrotrollierbaren Lachanfällen. »Und du bist mein Roadie!« rufe ich zurück und reiß das Mikro wieder in die Luft, als würde ich gleich den größten Hit aller Zeiten performen. Vielleicht war der Joint nicht die beste Idee. Aber in diesem Moment? Ich bin ein Rockstar. Und es fühlt sich verdammt gut an.

Gegen vier Uhr morgens hat sich die Party dann vollends aufgelöst. Steffie und ich sitzen allein auf dem Sofa, der Raum riecht nach Glühwein und Gras. In Steffies Anlage läuft das Album von Evanescence. »Weißt du, Lukas«, sagt sie plötzlich, »ich wüsste echt nicht, wie ich das Jahr ohne dich überlebt hätte.« Ich grinse unsicher, wahrscheinlich immer noch etwas high vom THC. Sie ist normalerweise nicht so direkt. »Na ja, wer hätte dir denn sonst deine Glühweinschäden weggewischt?« Sie boxt mir leicht in die Schulter und schüttelt den Kopf. »Nein, ernsthaft. Du bist einer der wenigen Menschen, der mich richtig versteht.« Ich werde ganz sentimental »Ach Steffie«, sage ich leise, »du bist aber auch der einzige Mensch, der mich dazu bringen kann, Karaoke zu singen. Aber hey - nächstes Jahr wird *unser* Jahr. Ich verspreche es Dir.« Als ich am nächsten Morgen aufwache, brummt mein Kopf, und mein Mund fühlt sich staubtrocken an. Ich schleppe mich ins Wohnzimmer, nur um festzustellen, dass Steffies Eltern früher zurückgekommen sind. Ihre Mutter steht mit verschränkten Armen da und blickt abschätzig auf die leeren Flaschen, die Karaoke-Maschine, die überfüllten Aschenbecher und einen ordentlichen Glühweinfleck auf dem Zimmerteppich.

Sie hebt eine Augenbraue und sagt trocken:

»Was zur Hölle ist hier passiert???«

15. Januar

Es ist Donnerstagnachmittag, und im Café zum Süßen Löchle herrscht Verkehr wie an einem Bahnhof. Der Duft von frisch gebrühtem Kaffee und Plätzchen hängt in der Luft. Ich jongliere Tabletts voller Bestellungen, während Tommi hinter der Theke steht und vergeblich versucht, die altmodische Kasse zu bändigen. »Lukas! Wo bleibsch du?« ruft Frau Mayerle aus der Küche. Ihre Stimme hat diesen energischen Ton, den man nicht ignorieren kann. »De Kaffeetisch rechts am Fenster wartet scho zehn Minute!«.

»Kommt sofort!« rufe ich zurück und balanciere das Tablett an einem Paar vorbei, das in Einkaufstüten wühlt. Tommi sieht mich mit einem Ausdruck tiefer Verzweiflung an. »Lukas, wie geht das? Sie sagt ‚drück de Knöpf‘, aber ich sehe keine Knöpfe!« Ich stelle das Tablett ab und trete hinter ihn, um einen Blick auf die Kasse zu werfen. »Tommi, das ist die Taste hier – ‚Total‘.«

»Aber ‚Total‘ ist nicht ‚Knöpf‘!« sagt er mit einem entgeisterten Blick, als hätte ich ihm gerade die Gesetze der Physik erklärt.

Ich grinse. »Willkommen in Baden«. Tommi – eigentlich Thomaso Santiago Martín aus Buenos Aires – ist erst seit einem halben Jahr in Deutschland. Er ist Anfang zwanzig, hat sich nach seinem Studium eine Auszeit gegönnt und wollte für ein Jahr Europa entdecken. Wie genau er dabei ausgerechnet in einem kleinen Café in Lahr gelandet ist, bleibt ein Rätsel, aber offenbar hat er sich Frau Mayerles herzlichem Charme nicht entziehen können. Sein Deutsch ist beeindruckend, wenn man bedenkt, dass er erst vor ein paar Monaten angefangen hat es zu lernen. Das Problem ist nur, dass sein Lehrbuchdeutsch mit Frau Mayerles Dialekt kollidiert wie ein ICE mit einer Kuh auf den Gleisen.

»Tommi, bringsch de Gäscht am Fenstertisch no zwei Kännle Kaffee«, ruft Frau Mayerle, während sie ein Blech Plätzchen aus dem Ofen holt. Tommi schaut sie an, seine Stirn in tiefe Falten gelegt. »Was ist ‚Kännle‘?«

»Kännle! So e Kännle halt!« Sie gestikuliert wild, als könnte das die Sache klären. Tommi nickt schließlich unsicher und verschwindet in Richtung Lager. Ein paar Minuten später kommt er zurück – mit einem Porzellankaninchen aus der Deko-Ecke des Cafés.

»Hier, Frau Mayerle. Das ‚Kännle‘«, sagt er und hält das Kaninchen hoch. Ich muss mir das Lachen verkneifen, während Frau Mayerle ihn entsetzt anstarrt. »Des isch kei Kännle! Des isch e Deko-Häsle!« Tommi sieht mich verzweifelt an, und ich hebe beschwichtigend die Hände.

»Ich hätte auch nicht mit einem Kaninchen gerechnet.«

»Tommi, du musst halt genau zuhör‘!« schimpft Frau Mayerle, während sie eine Kaffeekanne greift und sie ihm in die Hand drückt.

»Des isch e Kännle! Des lernsch du scho noch.« Tommi seufzt und murmelt auf Spanisch vor sich hin. Ich verstehe nicht alles, aber dem Tonfall nach könnte es etwas Unfreundliches über Kaffeekannen sein. Frau Mayerle – oder wie sie selbst sagt, »d'Anneliese« – ist das Herz und die Seele des Cafés. Klein, untersetzt und immer in Bewegung, wirkt sie wie ein Energiebündel, das nur mit Kaffee und dem Duft von Gebäck funktioniert. Sie hat das Süße Löchle vor zwanzig Jahren eröffnet, nachdem sie von ihrer Bäckerei-Karriere genug hatte.

»I wollt halt ebbes Kleins, wo i mit de Gäscht schwätze kann«, erzählt sie oft. Ihr Lachen füllt den Raum genauso wie der Duft ihrer berühmten Berliner. Anneliese hat keine eigene Familie, zumindest keine Kinder. Das Café ist ihre Welt, und die Menschen, die hier arbeiten, scheinen für sie ein Ersatz dafür zu sein. Tommi ist so etwas wie ihr besonderes Projekt – sie kümmert sich mit fast mütterlicher Fürsorge um ihn, auch wenn sie ihn gleichzeitig unermüdlich antreibt. Tommi, der in Buenos Aires aufgewachsen ist, erzählt oft von seinem Leben dort: große Straßen, Tango, Steaks, und wie er Deutsch für die »europäische Erfahrung« gelernt hat. Aber was er hier erlebt, entspricht so gar nicht dem Hochdeutsch aus seinen Lehrbüchern.

»Lukas, was ist ,Berliner'?« fragt er eines Tages, als eine ältere Dame zwei davon bestellt.

»runde Kugel!« ruft Frau Mayerle aus der Küche.

»Kugel? Okay.« Tommi greift in die Theke und packt zwei kleine Quarkbällchen ein.

»Tommi!« Ich greife ein, bevor es zu spät ist.

»Das sind Quarkbällchen, keine Krapfen!«

Tommi sieht mich verwirrt an.

»Aber die sind doch rund!!«

Die Dame an der Theke schmunzelt, während ich die richtigen Krapfen herausnehme.

»Das hier, Tommi. Berliner sind mit Marmelade gefüllt.«

»Ah, ich verstehe!« sagt er energisch. Ich schüttele nur den Kopf, während Frau Mayerle aus der Küche kommt und Tommi auf die Schulter klopft.

»Bis Fasnacht musst du des im Griff hab', sonst sin mir verlore!«

Nach der Mittagspause versammelt sie uns beide hinter der Theke. Ihre Augen strahlen vor Begeisterung, und ich weiß, dass nichts Gutes kommt.

»So, Jungs«, beginnt sie, »am Samstag isch de große Fasnachtsumzug. Wisst ihr, was des heißt?«

»Mehr Arbeit?« rate ich vorsichtig.

»Ganz genau!« Sie nickt energisch.

»Des s'Löchle isch bekannt für unsre Krapfen, un des heißt: Voller Laden. Mir brauche ein starkes Team. Un i hab mir ebbes überlegt.« Tommi und ich tauschen einen beunruhigten Blick.

»Was haben Sie sich überlegt?« frage ich skeptisch.

»Mir geh'n als Teletubbys!« sagt sie triumphierend. Tommi runzelt die Stirn. »Was ist ‚Teletubbys'?«

»Des sin Figuren aus'm Fernsehe«, erklärt sie. »bunte Koschtüme mit witzige Antennen auf'm Kopp. Un mir sin dann zu viert: I, der Charly aus da Küche, du, Lukas, und du, Tommi.« Ich verschränke die Arme und werfe ihr einen kritischen Blick zu. Tommi schaut mich entsetzt an. »Lukas, was sind ‚Teletubbys'? Sind die peinlich?«

»Peinlich ist untertrieben«, sage ich trocken.

»Sie sind legendär peinlich.«

»Aber lustig!« ruft Frau Mayerle und klatscht in die Hände. »Des wird super!«

»Frau Mayerle«, protestiere ich, »können wir uns nicht was anderes überlegen? Vielleicht etwas weniger... auffällig?«

»No!« ruft Tommi plötzlich. »Ich will nicht ‚Tubbies‘ sein!«

»Des isch kei Diskussion!« sagt Frau Mayerle und setzt ihre typisch entschlossene Miene auf. »Mir machen des als Team. Punkt.« Ich seufze und werfe Tommi einen resignierten Blick zu. »Willkommen in der Fasnacht, Tommi. Das wird ein Spaß.«

»Ich verstehe nicht«, murmelt er, »aber es klingt nicht wie Spaß.«

Ich schüttele den Kopf, während Frau Mayerle bereits in der Küche verschwindet. Es wird ein langer Samstag. Aber irgendwie – typisch für das Löchle – wird es sicher auch unvergesslich.

3. März

Der Fasnachtsamstag im Café zum Süßen Löchle ist ein Tornado aus Farben, Lärm und Chaos, und ich stehe mittendrin – als grüner Teletubby. Fasnacht. Schon das Wort ruft in mir eine Mischung aus Kindheitserinnerungen und einem leichten Gefühl der Beklemmung hervor. In meinem Heimatdorf ist Fasnacht kein Event, sondern ein Lebensstil. Dort gehört es zum guten Ton, dass man einem Verein bzw. einer Zunft angehört – und zwar spätestens, sobald man laufen kann. Bei uns gab es die Narrenzunft, die Guggemusik, die Hästräger und den Musikverein. Jeder war irgendwie Teil des Brauchtums – jeder außer mir. Meine Eltern hatten nie den Anstand gehabt, mich irgendwo anzumelden, und ich war immer der Außenseiter, der am Straßenrand stand und zusah, wie alle anderen in bunten Kostümen an mir vorbeizogen. Ich erinnere mich noch genau an diese kalten Februartage, an denen ich mit roten Wangen und einer kleinen Tüte voller Bonbons dastand, während meine Freunde als Hexen oder Trommler mitmarschierten. Ich hatte nie ein eigenes Kostüm. »Das ist doch nur alberner Klamauk«, hatte mein Vater immer gesagt, wenn ich ihn fragte, warum ich nicht mitmachen durfte. Vielleicht ist das der Grund, warum ich Fasnacht nie wirklich mochte. Es war wie eine Party, zu der ich nie eingeladen wurde. Und jetzt stehe ich hier, mitten im größten Chaos, in einem grünen Teletubby-Kostüm mit einer Antenne auf dem Kopf. Ironie des Lebens, würde ich sagen.

»Lukas!« Tommis Stimme reißt mich aus meinen Gedanken. Er sieht mich in seinem lila Teletubby-Kostüm an, dessen Teile schlaff an ihm herunterhängen. »Lukas, ich verstehe nicht, warum machen die Leute das? Warum schreien sie so laut, warum trinken sie so viel Bier? Ist das normal?« Ich schüttle den Kopf und versuche, ein Schmunzeln zu unterdrücken. »Normal ist hier relativ, Tommi. Willkommen in der Fasnacht. Das ist badische Tradition.«

»In Argentinien feiern wir eleganter«, sagt er, während er eine Flasche Bier öffnet und das Glas beinahe überfüllt. »Hier ist es...« Er überlegt, hebt die Hände und lässt sie dann wieder sinken.

»Wahnsinnig.«

»Das ist genau das richtige Wort.« Ich grinse, während ich einen Kaffee einschenke und die Tasse über die Theke schiebe. »Aber es gehört dazu. Fasnacht ist hier wie Weihnachten. Nur lauter, bunter und mit mehr Alkohol.« Tommi seufzt und schaut sich die Menschen im Café an. Es ist rappelvoll, die Luft summt vor Stimmengewirr, und die Fasnachtsmusik, die Frau Mayerle über ihre kleine Anlage spielt, ist so laut, dass sie fast die Gespräche übertönt. Die Gäste sind in den schrägsten Kostümen gekommen: Ein Pirat tanzt mit einem Einhorn, ein Cowboy versucht, durch den überfüllten Raum zu manövrieren, und eine ganze Gruppe von Clowns steht an der Kuchentheke und diskutiert, welche Krapfen sie nehmen sollen. Frau Mayerle ist in ihrem Element. In ihrem roten Teletubby-Kostüm, das sich ein bisschen zu eng über ihren Bauch spannt, verkauft sie Krapfen im Akkord. »Hier! No drei Marmeladekrapfe! Acht Schoko! Schnell, schnell, Jungs!« Ihre Stimme hallt über den Lärm hinweg, während sie gleichzeitig noch einen Gast in ein Gespräch über die besten Krapfenrezepte verwickelt. Ich schnappe mir ein leeres Tablett, um neue Getränke zu holen, als Tommi plötzlich ruft: »Lukas! Das Bier ist… finito!«

»Das Fass ist leer?«

»Ja, leer!«

Ich seufze. Natürlich. Gerade jetzt.

»Okay, ich tausche es aus. Bleib hier und kümmer dich um den Rest.« Ich zwänge mich hinter die Theke in den kleinen Raum, wo die Bierfässer stehen. Der Raum ist eng, und in meinem unförmigen Kostüm fühle ich mich wie ein Elefant in einer Telefonzelle. Ich rolle das leere Fass beiseite, schnappe mir ein neues und hebe es in Position. Alles scheint reibungslos zu laufen, bis ich den Zapfhahn anschließe und die Düse teste. Plötzlich schießt eine breite Fontäne von Bier aus der Leitung, direkt auf mich zu. Ich schreie vor Schreck, drehe mich um – und die Bierfontäne trifft Tommi, der neugierig über meine Schulter geschaut hatte, voll ins Gesicht.

»LUKAS!« schreit er, während wir beide innerhalb von Sekunden klatschnass sind. Das Bier tropft von unseren Kostümen und bildet eine Pfütze auf dem Boden. »Fuck!« Ich drehe hektisch an der Düse, bis der Bierstrahl versiegt. Die Musik scheint einen Moment leiser zu werden, und ich blicke auf. Die halbe Menge starrt uns an. Frau Mayerle steht mit einem Tablett voller Krapfen in der Hand, ihre rote Antenne hängt schief, und ihr Gesichtsausdruck wechselt zwischen Schock und Unglauben.

»Lukas!« ruft sie schließlich.

»Was hosch du wieder gmacht? Des Bier isch net fir dusche, gell?«

Ich wische mir das Gesicht ab und schaue in die Menge. Mein Blick bleibt an einem rosa Hasen hängen, der mitten im Raum steht und mich ungläubig anstarrt. Mein Herz setzt einen Schlag aus. Moment mal. Diese Augen. Ich kenne diesen Mann. Das ist der Typ, den ich vor sechs Monaten auf der Dachterrasse in Freiburg getroffen habe. Er sieht genauso überrascht aus wie ich. Sein Mund öffnet sich leicht, als wollte er etwas sagen – doch der Lärm und das Chaos um uns herum schlucken jedes Wort, bevor es überhaupt eine Chance hat, mich zu erreichen. Mein Kopf rattert. Was zur Hölle macht der hier? Warum trägt er ein Hasenkostüm? Und warum sehe ich ihn ausgerechnet jetzt, wo ich tropfnass bin und wie ein grüner Teletubby aussehe?

»Lukas!« Frau Mayerle unterbricht meine Gedanken und wirft mir einen Lappen zu. »Mach des hier sauber, un dann ab an de Theke.« Ich werfe einen letzten Blick in Richtung des rosa Hasen, doch er ist verschwunden. Tommi steht neben mir, klatschnass und mit einem leeren Blick. »Lukas«, sagt er leise, »ich… ich glaube, ich gehe zurück nach Argentinien.«

»Nein, tust du nicht.« Ich klopfe ihm zuversichtlich auf die Schulter und zwinkere ihm zu.

»Du überlebst das. Wir schaffen das zusammen. Und morgen lachen wir darüber.«

»Ich lache nicht morgen«, murmelt er, während er einen Blick auf sein durchnässtes Kostüm wirft. Ich drehe mich zur Menge zurück und fange an, die Theke sauberzumachen. Der rosa Hase mag verschwunden sein, aber mein Kopf ist voller Fragen. Nachdem ich das Chaos mit dem Bierfass beseitigt habe, stehe ich wieder hinter der Getränketheke. Mein grünes Teletubby-Kostüm klebt unangenehm feucht an meinem Rücken, und meine Schuhe quietschen leise bei jedem Schritt. Ich versuche, mich auf die Bestellungen zu konzentrieren, aber mein Gesicht fühlt sich immer noch heiß an, und ich kann mir ohne Spiegel vorstellen, wie rot ich aussehen muss. So hatte ich mir den Tag definitiv nicht vorgestellt. Das Café füllt sich im Minutentakt, und vor mir schieben sich immer mehr Menschen Richtung Theke. Die Schlange reißt einfach nicht ab. Die Luft ist stickig, durchtränkt von Bier, fritierten Backwaren und Schweiß, und die laute Fasnachtsmusik aus Frau Mayerles improvisierter Anlage bringt meinen Kopf zum Dröhnen. Während ich hektisch ein Bier nach dem anderen einschenke und versuche, Tommis verzweifelten Rufen zu folgen, wandert mein Blick wieder zur Tür. Vielleicht ist er ja noch da, der rosa Hase? Um die Eingangstür tümmelt sich nun eine Gruppe neuer Gäste – ein Cowboy mit einem Einhorn, eine Gruppe von Clowns, ein Darth Vader. Kein rosa Hase weit und breit.

Ich schüttele den Kopf und zwinge mich, weiterzuarbeiten. Wahrscheinlich habe ich mir das nur eingebildet. Warum sollte er hier sein, in diesem Chaos? Und selbst wenn er es war, was würde das schon bedeuten? Gerade als ich eine Bestellung an Tommi weitergebe, höre ich eine vertraute Stimme. »Drei Tannenzäpfle bitte.«

Die Stimme lässt mich zusammenzucken. Verdammt, ich kenne sie. Sofort habe ich Flashbacks zu jenem Abend vor vielen Wochen auf der Dachterrasse in Freiburg. Mein Blick wandert zur Theke, und da sehe ich eine Hand, umgeben von rosa Plüsch, die einen Zehn-Euro-Schein ablegt. Mein Blick folgt der Bewegung nach oben – und da steht er. Christian Falkner. Sein Gesicht ist etwas gerötet, wahrscheinlich von der Wärme oder vielleicht vom Bier. Aber es sind eindeutig dieselben Augen, die mich damals auf der Dachterrasse förmlich durchbohrt haben – neugierig, offen, irgendwie schüchtern und doch fokussiert ... und wunderschön, in einem tiefen Grün.

»Duuu?!« entfährt es mir, bevor ich überhaupt nachdenken kann.

Er blinzelt überrascht. Dann weiten sich seine Augen, überrascht und ungläubig zugleich. »Lukas?« Seine Stimme klingt, als hätte er einen Geist gesehen. Ich nicke langsam, mein Gehirn noch dabei, aufzuholen. »Das gibt's doch nicht...« Der Lärm des Cafés, die laute Musik, die Gespräche – alles verschwimmt zu einem dumpfen Hintergrundrauschen. »Was machst du hier?« fragt er schließlich und lacht, ein wenig unsicher. »Ich dachte, du wohnst in Freiburg?« Ich schüttle den Kopf. »Nein, nein. Ich war nur zu Besuch. Ich wohne hier im Tal, in einem kleinen Dorf namens Reichenbach.«

»Reichenbach?« Er runzelt die Stirn, als würde er versuchen, sich das vorzustellen. »Das klingt... sehr ländlich.«

»Naja, das ist es auch«, sage ich mit einem leichten Lächeln.

»Und du? Was machst du hier? Ich hätte nie gedacht, dass ich dich ausgerechnet in einem rosa Hasenkostüm wiedersehen würde.« Christian grinst mich an und ich spüre, wie sich die Spannung in meiner Brust langsam löst. »Das war nicht meine Idee. Meine Freunde haben darauf bestanden, dass wir uns alle verkleiden und hier feiern gehen. Fasnacht-Hochburg, you know...«

»Oh ja, das kenne ich nur zu gut.« Ich greife in den Kühlschrank, und schaffe es endlich nach drei Flaschen Tannenzäpfle zu greifen, die ich dann gekonnt vor ihm auf die Theke fallen lasse.

»Tja Lukas, und du?« fragt er, während er das Bier nimmt und die Flaschen öffnet. »Warum bist du hier – und noch besser, warum in einem Teletubby-Kostüm?« Ich seufze dramatisch. »Lange Geschichte. Kurz gesagt: Das hier ist das Café zum Süßen Löchle, und Fasnacht ist hier eine große Sache. Frau Mayerle, meine Chefin, hat entschieden, dass wir als Teletubbys gehen. Keine Diskussion.« Er lacht, laut und unüberhörbar. Dieses markante, ehrliche Lachen, das so typisch für Christian ist und mich tief ins Herz trifft. »Teletubbys? Das ist großartig. Ich wünschte, ich hätte ein Foto davon.«

»Das wirst du nicht bekommen«, sage ich, während ich die Kasse bediene. »Außerdem – du bist der rosa Hase. Du bist in keiner Position, dich über mich lustig zu machen.« Er hebt die Hände, als wolle er sich verteidigen. »Fair. Aber mal ehrlich, es ist verrückt, dich hier zu treffen. Was für ein Zufall!« Ich nicke langsam, während ich den Zehn-Euro-Schein annehme und ihm das Wechselgeld gebe. »Ja, es ist wirklich verrückt. Aber irgendwie auch... schön.« Er erwidert meinen Blick, und für einen Moment scheint es, als würde etwas in der Luft liegen. Eine Art von unausgesprochener Verbindung, die ich nicht ganz greifen kann.

»Lukas!« Frau Mayerles Stimme durchbricht den Moment wie ein Platzregen. »Was machsch du? De nächste Gäscht wartet scho!«

Ich reiße meinen Blick von ihm los und sehe, wie sie mir eine Tablett voller Gläser entgegenstreckt.

»Ich muss weitermachen«, sage ich zu ihm.

Er nickt und hebt eine der Bierflaschen in meine Richtung. »Ich hoffe, wir sehen uns später nochmal.«

»Vielleicht«, sage ich und lächle, während er in der Menge verschwindet. Als ich mich wieder der Arbeit widme, merke ich, dass mein Herz immer noch schneller schlägt. Der ganze Tag war ein einziges Chaos, aber dieser Moment – dieser kurze, seltsame, vertraute Moment – hat sich tief in meinen Kopf eingebrannt.

Wer ist dieser Mann wirklich?

Gegen 23 Uhr hat sich die wilde Party im Café zum Süßen Löchle spürbar beruhigt. Die Gäste sind größtenteils in die umliegenden Bars und Clubs abgewandert, und die Karnevalsschlager, die mich und Tommi den ganzen Tag in den Wahnsinn getrieben haben, wurde auf ein erträgliches Maß heruntergedreht. Ich lehne mich müde gegen die Theke und sehe, wie Tommi mit halboffenen Augen ein letztes Tablett mit leeren Gläsern einsammelt. Sein lila Teletubby-Kostüm sieht inzwischen aus, als hätte er damit in einem Schlammloch gekämpft.

»So, Jungs«, sagt Frau Mayerle, während sie sich die Hände an ihrer Schürze abwischt. Ihre rote Antenne sieht müde aus, und ihre Wangen glühen – nicht nur vor Anstrengung, sondern vermutlich auch vom einen oder anderen Schnaps, den sie zwischendurch mit Gästen getrunken hat. »I glaub, des war's für heut. Mir mache zu.«

»Danke, Himmel!« murmelt Tommi auf Spanisch und lässt sich schwer auf einen Stuhl fallen.

Doch bevor ich mich zu früh freuen kann, klopft Frau Mayerle mir auf die Schulter.

»Un jetz? Was isch mit nem Absacker im Hexekessel? Isch doch grad um die Eck.«

Ich starre sie an, zu müde, um eine höfliche Ausrede zu finden. »Frau Mayerle, ich bin fertig. Komplett.«

»Tommi?« Sie wendet sich an ihn.

»Ich... ich kann nicht mehr laufen«, sagt Tommi dramatisch, aber sie winkt ab.

»Ach was! Zehn Minute, des schaffet ihr locker. Un e bissle Spaß müsse mir au mal hab', gell?« Ehe wir protestieren können, hat sie bereits ihren Mantel übergezogen und marschiert zur Tür. Tommi und ich tauschen einen resignierten Blick und folgen ihr wie zwei ausgelaugte Teenager, die von ihrer übermotivierten Mutter zur Familienfeier geschleift werden. Der Hexekessel ist genau so, wie ich ihn mir vorgestellt habe: eine dunkle Mayerlebar mit niedrigen Ziegelwänden, bunten Diskolichtern und einer Tanzfläche, die viel zu klein für die Menschenmenge ist, die sich darauf drängt. Die Luft ist geschwängert von Schweiß., Alkohol und etwas, das verdächtig nach Zigarettenrauch riecht, obwohl Rauchen hier längst verboten ist. »So, Jungs!« Frau Mayerle stellt drei Gin Tonics auf die Bar. »Auf e grandiose Fasnet!« Wir stoßen an, und ich trinke den ersten Gin Tonic schneller, als ich sollte. Der Alkohol rauscht durch meinen Körper, und für einen Moment fühle ich mich fast wieder wach. Mit dem zweiten Glas in der Hand lasse ich meinen Blick durch die Menge schweifen. Die Menschen um uns herum tanzen, lachen, schreien. Piraten, Engel, Clowns – ein wilder Mix aus Kostümen und Persönlichkeiten, die sich in den flackernden Farben der Diskolichter bewegen.

Und dann sehe ich ihn.

Der rosa Hase. Wieder.

Er steht ein paar Meter entfernt in der Menge und spricht mit einer Frau, die als Biene Maja verkleidet ist. Ihr Kostüm ist eng, mit einem tiefen Ausschnitt, und sie drückt sich so nah an ihn, dass ich unwillkürlich wegsehen möchte. Sie lächelt ihn an, klimpert mit den Wimpern, und sein Arm liegt locker um ihre Hüfte. Sie scheinen sich blendend zu verstehen, und er beugt sich leicht zu ihr, um ihr etwas zu sagen. Mein Magen zieht sich zusammen.

»Oh mein Gott«, denke ich, während ich einen großen Schluck von meinem zweiten Gin Tonic nehme. »Was mache ich hier eigentlich?«

Plötzlich fühle ich mich fehl am Platz, wie ein Eindringling in einem Moment, der mir nicht zusteht. Der Tag war schon chaotisch genug, und jetzt das? Es ist zu viel. Ohne weiter nachzudenken, stelle ich mein leeres Glas auf die Bar und mache auf dem Absatz kehrt. Ich muss hier raus. Ich bahne mir einen Weg durch die Menge, aber kaum habe ich ein paar Schritte gemacht, spüre ich eine Hand an meinem Arm.

»Lukas?«

Ich drehe mich um, und da steht er. Mr. Rabbit. Sein Gesicht ist leicht gerötet, und sein Blick ist etwas glasig – eindeutig ein Effekt der zahlreichen Tannenzäpfle, die er heute Abend schon intus hat.

»Dachte ich's mir doch, dass du das bist! Ich hatte dich vorhin nicht richtig erkannt. Willst du schon gehen?«

»Äh, ja«, sage ich zögernd und versuche, meine Gedanken zu sortieren.

»Ich bin echt müde. Es war ein langer Tag.«

»Das glaube ich dir sofort«, sagt er und lacht leise.

»Du hast heute echt geschuftet, oder? Fasnacht im Löchle – das hört sich nach vollgas Fasnacht-Dröhnung an.«

Ich zucke mit den Schultern und lächle gezwungen.

»Ja, könnte man so sagen.«

Mein Blick wandert unwillkürlich zurück zu der Frau im Biene-Maja-Kostüm. Sie sieht jetzt zu uns herüber, ihr Lächeln ist etwas unsicher geworden. »Du solltest zurück zu deiner Freundin«, sage ich schnell und mache einen Schritt zurück. »Ich wünsche euch noch viel Spaß.« Er runzelt die Stirn und folgt meinem Blick, bevor er laut lacht. »Was? Sie?« Er schüttelt den Kopf und sieht mich amüsiert an. »Das ist nicht meine Freundin.«

»Oh, Entschuldigung«, sage ich schnell und spüre, wie meine Wangen heiß werden. »Ich dachte nur…«

»Ich steh nicht auf Frauen.«

Seine Worte krachen in mich wie ein Donnerschlag. Für einen Herzschlag lang bin ich zur Salzsäule erstarrt.

»Waaas?« frage ich schließlich, unsicher, ob ich ihn richtig verstanden habe.

»Ich steh nicht auf Frauen«, wiederholt er, diesmal mit einem leichten Grinsen. »Die da drüben – das ist die kleine Schwester von einem meiner Freunde. Nett, aber definitiv nicht mein Typ.« Ich weiß nicht, was ich sagen soll, und meine Gedanken überschlagen sich. Plötzlich erscheint die gesamte Situation in einem neuen Licht.

»Warum gehst du dann?« fragt er plötzlich, seine Stimme etwas weicher. »Ich dachte, wir könnten noch ein bisschen reden.«

»Ich...« Ich zögere, bevor ich ausweichend antworte: »Ich dachte, du bist beschäftigt.«

»Mit ihr?« Er lacht und schüttelt den Kopf.

»Glaub mir, Lukas, ich bin nicht so leicht abzulenken.«

Vielleicht ist es der Gin Tonic, vielleicht die laute Musik oder einfach die Art, wie er mich ansieht – aber mein Puls hat sich gerade deutlich erhöht.

»Bleib noch ein bisschen«, sagt er schließlich und legt seine Hand auf meinen Arm.

»Es wäre schön, noch mit dir zu reden. Ich finde, die Unterhaltung die wir neulich in Freiburg geführt haben, war sehr.. interessant!«

Ich nicke langsam, obwohl ich innerlich immer noch kämpfe, meine Gedanken zu sortieren. »Okay«, sage ich leise.

»Aber nur, wenn du den nächsten Drink holst.«

»Deal«, sagt er und grinst, bevor er zur Bar geht. Die Lichter flackern im Takt der immer lauter werdenden Musik, und es dauert, bis ich meinen Blick von ihm abwenden kann.

Was für ein verrückter Zufall, dass wir uns hier über den Weg gelaufen sind. Ich lasse mich gegen die kühle Wand sinken, schließe kurz die Augen und atme tief ein. Dieser Abend ist noch lange nicht vorbei. Und er hat gerade eine Richtung eingeschlagen, mit der ich nie gerechnet hätte.

Der Lärm des Clubs hinter uns wird leiser, als wir uns in eine schmale, gepflasterte Gasse neben dem Hexekessel zurückziehen. Die Luft ist kalt, schneidend sogar, und mein Atem bildet kleine Wolken, die im schwachen Licht einer flackernden Straßenlaterne tanzen. Christian lehnt sich schwer gegen die rauen Ziegelwände, seine Hände zittern leicht, als er eine zerdrückte Zigarettenpackung aus seiner Tasche zieht.

»Willst du eine?« fragt er, die Zigarette bereits zwischen seine Lippen geklemmt. Ich schüttle den Kopf. Er greift nach einem Feuerzeug und es dauert ein paar Versuche, bevor die Flamme endlich aufleuchtet. Eine Weile stehen wir nur da, schweigend. Der Rauch seiner Zigarette zieht in langsamen Spiralen in den Nachthimmel, während die Kälte sich in meine nassen, immer noch biergetränkten Klamotten frisst. Meine Gedanken kreisen, chaotisch und unkontrolliert. Warum hat er mich zurückgehalten? Warum fühle ich mich so nervös, fast wie ein Teenager, der zum ersten Mal jemanden anspricht?

»Also«, sagt er schließlich, seine Stimme rau und leise,

»was ist bei dir in den letzten Wochen alles passiert, Lukas Bergmann aus Reichenbach?« Ich lache leise, versuche, die plötzliche Enge in meiner Brust zu verdrängen. »Nichts, was du interessant finden würdest. Schule, Arbeit, noch mehr Schule, noch mehr Arbeit. Und ab und zu mal schlafen, wenn's der Zeitplan erlaubt.«

Er hebt eine Augenbraue, zieht an seiner Zigarette und pustet den Rauch aus, bevor er antwortet.

»Klingt anstrengend. Aber ehrlich gesagt, genau das, was ich mir vorgestellt habe.«

»Was meinst du damit?«

»Du wirkst wie jemand, der immer beschäftigt ist«, sagt er mit einem leichten Lächeln. »So, als hättest du keine Zeit, um mal stillzustehen.«

»Und du?« frage ich und schiebe die Asche seiner Zigarette mit der Schuhspitze auf dem Boden herum. »Was hast du in den letzten Wochen gemacht?«

Er zuckt mit den Schultern, sein Blick wandert zu den feuchten Pflastersteinen zu unseren Füßen.

»für die Uni lernen, lernen, lernen... versuchen, mich nicht zu verlieren.«

»Klingt dramatisch«, sage ich, halb im Scherz.

»Vielleicht«, antwortet er und grinst leicht.

»Aber manchmal fühlt sich alles so an.

Er sieht mich an, und ich merke, wie sich unsere Blicke verhaken. Es ist, als würde er etwas suchen, etwas, das ich nicht benennen kann, aber das mich gleichzeitig bis ins Mark berührt.

»Warum warst du wirklich damals auf der Dachterrasse in Freiburg?« frage ich plötzlich, überrascht über meine eigene Direktheit.

Er lächelt, dieses halb verschmitzte, halb traurige Lächeln, das ich nicht deuten kann. »Ich hatte einfach das Gefühl, dass ich dort sein musste. Manchmal entscheide ich solche Dinge aus dem Bauch heraus.«

»Und dann bist du mir über den Weg gelaufen.«

»Ja«, sagt er leise.

»Das war... anders. Ich wusste nicht, dass jemand wie du existiert.«

Seine Worte lassen mich den Atem anhalten.

»Wie jemand wie ich?«

Er sieht weg, seine Zigarettenasche fällt lautlos zu Boden. »Echt«, sagt er schließlich. »Du wirkst so... echt. Und ich? Ich weiß nicht, ob ich das von mir behaupten kann.«

Ich spüre, wie sich ein beklemmendes Gefühl in meiner Brust breit macht und ich mache unbewusst einen Schritt auf ihn zu. Er hebt den Kopf, unsere Gesichter sind jetzt nur noch Zentimeter voneinander entfernt. Sein Blick hält meinen fest, und die kalte Luft um uns scheint plötzlich nicht mehr zu existieren.

Und dann passiert es.

Ich weiß nicht, wer den ersten Schritt macht, aber plötzlich spüre ich seine Lippen auf meinen. Der Kuss ist hungrig, ungestüm, und ich verliere mich in ihm. Alles, was heute passiert ist – das Chaos, der Lärm, das Durcheinander in meinem Kopf – verschwindet in diesem einen Moment. Es gibt nur ihn, seine Nähe, seinen Atem, der warm auf meiner Haut prickelt.

Doch genauso schnell, wie es begann, endet es. Er zieht sich plötzlich zurück, als hätte ihn etwas gestochen, und macht einen hastigen Schritt zurück. Seine Augen sind weit aufgerissen, und er atmet schwer.

»Ich... ich kann das nicht«, stammelt er, seine Stimme ist brüchig, fast panisch.

»Was?« frage ich, immer noch benommen von dem, was gerade passiert ist.

»Es tut mir leid«, sagt er und schüttelt den Kopf.

»Ich... ich kann das einfach nicht.«

Und bevor ich auch nur ein weiteres Wort sagen kann, dreht er sich um und verschwindet zurück in den Club.

Ich bleibe zurück und starre fassungslos auf die leere Gasse vor mir. Was zur Hölle war denn jetzt bitte das für eine Nummer?

15. März

Der Klassenraum ist stickig, und mein Kopf fühlt sich an, als hätte jemand einen Deckel darauf geschraubt und ihn fest zugedreht. Vor der Tafel steht Herr Berger, unser Mathelehrer, ein schlanker Mann mit Brille, der immer so wirkt, als könnte er jedes Problem der Welt mit einer Gleichung lösen. Leider hat er wohl nie bedacht, dass manche Schüler – mich eingeschlossen – selbst Probleme mit Gleichungen *sind*, nicht nur *haben*. Zahlen und Variablen tanzen vor meinen Augen wie kryptische Symbole in einer Geheimsprache, die ich nie gelernt habe. Während andere scheinbar mühelos X und Y entwirren, fühlt es sich für mich an, als würde ich versuchen, ein Puzzle ohne Randstücke zu lösen. »Lukas, können Sie mir sagen, warum die Sinusfunktion so wichtig ist?«, fragt er, während er die Kreide zurück in die Halterung steckt und sich lässig gegen das Lehrerpult lehnt. Ich blicke auf die Tafel, wo eine verschlungene Mischung aus Buchstaben, Zahlen und Wellenlinien steht, die sich gegenseitig zu verhöhnen scheinen. »Ähm... keine Ahnung? Um Schüler seit vielen Generation zu foltern?« Die Klasse bricht in Gelächter aus, und ich merke, wie sich ein leichtes Grinsen auf meinem Gesicht bildet. Herr Berger zieht die Augenbrauen hoch und wartet geduldig, bis die Unruhe sich legt. »Lukas«, sagt er dann in einem Tonfall, der gleichzeitig ruhig und doch voller Autorität ist, »das war kreativ, aber leider nicht richtig. Vielleicht versuchen Sie es nochmal. Warum spielt die Sinusfunktion in der Mathematik eine so wichtige Rolle?« Ich lehne mich zurück, verschränke die Arme und seufze. »Keine Ahnung, Herr Berger. Ich dachte immer, Mathe besteht aus Zahlen. Aber jetzt sind da Buchstaben, und bald schreiben wir Gedichte. Warum muss ich das wissen?« Wieder lacht die Klasse, und ich höre, wie meine Sitznachbarin Steffie leise kichert. Herr Berger klopft mit dem Zeigefinger auf das Pult, ein leises, rhythmisches Pochen, das sofort alle Blicke auf ihn lenkt. »Herr Bergmann«, sagt er langsam, als würde er versuchen, mit einem besonders widerspenstigen Schüler Geduld zu üben, »Mathematik ist nicht nur Zahlen. Es ist eine Sprache. Und wie jede Sprache hilft sie uns, die Welt besser zu verstehen. Die Sinusfunktion beschreibt zum Beispiel Schwingungen, Wellen – Dinge, die in der Natur und Technik ständig vorkommen.« Ich schnaube leise.

»Okay, aber warum brauche ich das? Ich arbeite im Café. Da kommt keine Sinusfunktion zum Einsatz. Und wenn doch, läuft was schief.« Die Klasse lacht wieder, aber diesmal etwas nervöser, als ob sie merkt, dass ich Berger langsam herausfordere. Dieser wiederum legt nun seinen Kopf leicht zur Seite und starrt mich an »ich verstehe Ihre Frustration. Aber denken Sie mal an etwas Einfaches, wie Musik. Die Schallwellen, die Ihre Lieblingslieder erzeugen, basieren auf Sinus- und Kosinusfunktionen. Selbst die Echos in einem Raum – alles Mathematik.«

»Aber ich will kein Musiker werden. Oder ein Echo.«

»Und dennoch hören Sie Musik, oder nicht?« fragt er, wobei ein Hauch von Triumph in seiner Stimme liegt.

»Ja«, sage ich zögernd. »Aber ich benutze dafür keine Sinusfunktion. Ich drücke einfach auf Play.« Einige Schüler lachen, andere tuscheln, aber Herr Berger bleibt unbeeindruckt. Er tritt zur Tafel und klopft mit dem Finger auf eine Gleichung: $y=\sin(x)$.

»Lukas, sehen Sie diese Funktion?« fragt er, wobei er mich direkt ansieht.

»Ja«, murmle ich, widerwillig.

»Das ist mehr als nur ein Haufen Zahlen und Buchstaben. Das ist eine Beschreibung der Welt. Ohne diese Funktion hätten wir keine Lautsprecher, kein Internet, keine moderne Medizin. Und ich verspreche Ihnen, dass Sie eines Tages froh sein werden, das verstanden zu haben.«

»Ich bezweifle das«, sage ich leise und verschränke die Arme enger.

»Lukas«, sagt er, diesmal mit einem leichten Lächeln,

»Sie bezweifeln vieles. Aber lassen Sie mich raten: Sie haben diese Gleichung noch nie wirklich versucht zu verstehen, oder?«

»Vielleicht, weil sie nicht verständlich ist.«

»Vielleicht, weil Sie es noch nicht wirklich versucht haben.« Seine Stimme ist ruhig, aber bestimmt, und ich spüre, wie die Klasse plötzlich ganz still wird. Alle Augen sind auf uns gerichtet.

»Gut.« Berger dreht sich um, nimmt die Kreide und beginnt, die Funktion Stück für Stück aufzubrechen.

»Wir fangen von vorne an. Herr Bergmann ich erkläre es Ihnen so lange, bis es klick macht. Deal?«

Ich seufze tief und nehme meinen Stift in die Hand. »Okay, Herr Berger. Aber ich warne Sie – ich bin hoffnungslos.«

»Hoffnungslos gibt es nicht«, sagt er und beginnt, die Funktion zu zerlegen. Zwanzig Minuten später habe ich nicht nur das Gefühl, dass mein Kopf gleich explodiert, sondern auch, dass Sinus und Kosinus mich heimlich verhöhnen. Die Klasse ist noch immer still, obwohl einige Mitschüler leise kichern, während ich auf meine Notizen starre.

»Sehen Sie«, sagt Berger schließlich und deutet auf meine Skizze. »Es ist gar nicht so schwer. Der Sinus beschreibt die Höhe der Welle, abhängig von ihrem Winkel. Das ist alles.«

»Das ist alles?« Ich sehe ihn mit weit aufgerissenen Augen an. »Herr Berger, das fühlt sich an wie eine mehrteilige Doktorarbeit.«

Die Klasse lacht erneut, aber diesmal lacht Berger mit. »Es mag komplex aussehen, aber wenn Sie es Stück für Stück betrachten, wird es einfacher.«

»Stück für Stück?« Ich schüttele den Kopf. »Herr Berger, ich glaube, wir haben da unterschiedliche Definitionen von ‚einfach‘.«

»Vielleicht«, sagt er schmunzelnd, »aber vielleicht überdenken Sie das, wenn Sie es das nächste Mal tatsächlich anwenden müssen.«

»Wenn das der Fall ist, kaufe ich Ihnen einen Kaffee im Süßen Löchle«, sage ich und grinse.

»Darauf komme ich zurück«, erwidert Berger, bevor er sich wieder der Klasse zuwendet.

Während er weiterspricht, blicke ich erneut auf die Gleichung und die Wellenlinie. Sie sieht immer noch aus wie ein Rätsel, aber ein kleiner Teil von mir fragt sich, ob Berger vielleicht recht hat. Vielleicht verstehe ich das eines Tages. Vielleicht. Aber heute noch nicht.

17. März

Es gibt Tage, da fühlt sich Schule an wie ein Fulltime-Job – nur ohne Gehalt, ohne Anerkennung und mit deutlich mehr Kopfschmerzen. Heute ist einer dieser Tage. Ich komme nach Hause, schleiche wie ein Zombie durch die Tür und lasse meine Tasche im Flur fallen. Mein Gehirn fühlt sich an, als hätte es den ganzen Tag versucht, eine Betonmauer zu durchbrechen.

Warum? Wegen Zahlen. Zahlen überall.

Mathe und Physik sind nicht mehr nur Fächer – sie sind meine Endgegner. Früher war Mathe mal ganz okay. Ein bisschen Addieren, Subtrahieren, vielleicht mal eine Bruchrechnung, und alles war gut. Aber jetzt? Jetzt geht es nur noch um Formeln und Gleichungen, die keinen Sinn ergeben. Seit wann sind Zahlen out? Warum geht es plötzlich nur noch darum, x und y zu finden? Wer hat die eigentlich verloren? Und warum soll ich sie jetzt suchen? Und dann Physik. Keine Ahnung, wer auf die Idee gekommen ist, dass es eine gute Idee ist, Dinge wie Energieerhaltung und Kräftezerlegung in den Unterricht zu packen. Die Lehrer tun immer so, als würden wir das im Alltag brauchen. Aber mal ehrlich: Wann hat jemals jemand gesagt, »Oh nein, ich kann meinen Kaffee nicht trinken, weil ich den Schwerpunkt meiner Tasse nicht berechnen kann«?

Genervt schleppe ich mich in mein Zimmer, schmeiße mich aufs Bett und starre an die Decke. Es reicht. Ich brauche Hilfe.

Natürlich müsste ich erst mal rausfinden, wer freiwillig bereit ist, sich mit meinem mathematischen Chaos auseinanderzusetzen. Und da kommt mein Retter in der Not ins Spiel: der Kleinanzeigenteil der

Lahrer Nachrichten. Zwischen Anzeigen für gebrauchte Gartenmöbel, Babysitter und »seriöse Bekanntschaften« (wer glaubt das eigentlich?) finde ich es schließlich:

»Unkomplizierte Nachhilfe in Mathe, Chemie und Physik. Hausach.« Unkompliziert. Allein das Wort fühlt sich an wie eine warme Umarmung. Und Hausach ist nur 15 Minuten mit dem Auto entfernt. Perfekt. Ich greife mein Handy und rufe die angegebene Nummer an. Nach ein paar Sekunden meldet sich eine freundliche, leicht tiefe Stimme. »Manuel am Apparat.«

Er klingt jung, vielleicht ein paar Jahre älter als ich, und definitiv nicht wie der griesgrämige Mathelehrer in Rente, den ich befürchtet hatte. Wir plaudern kurz, und er fragt nach meinem Wissensstand. Es ist mir peinlich, aber ich erkläre ihm, dass mein Wissensstand irgendwo zwischen »Was ist eine Parabel?« und »Physik ist nur Magie mit Formeln« liegt.

»Das kriegen wir hin«, sagt er entspannt. »Wann hast du Zeit?«

Ein paar Tage später haben wir einen Termin ausgemacht. Ich bin neugierig, aber auch ein bisschen nervös. Immerhin ist Mathe nicht nur mein Endgegner – es ist mein Erzfeind. Aber Manuel klingt nett, und vielleicht wird es ja wirklich unkompliziert. Zumindest hoffe ich das.

19. März

Ich stehe vor einem Einfamilienhaus, das die besten Tage schon hinter sich hat. Der weiße Anstrich ist fleckig, die dunklen Holzrahmen der Fenster sind vom Wetter gezeichnet. Dahinter reihen sich zwei große Holzscheunen, ein Traktor und mehrere Anhänger. Ein klassischer kleiner Bauernhof. Der Geruch von Heu, Kühen und der dumpfe Klang von Glocken lässt mich vermuten, dass es sich um einen Milchbetrieb handelt. Vor der schmalen Haustür halte ich an und drücke die obere Klingel, auf der in verblassten Buchstaben Himmelsbach steht. Es dauert ein paar Momente, dann höre ich das rhythmische Trampeln von oben. Natürlich, eine Holztreppe. Diese Geräusche kenne ich schon von unzähligen anderen Häusern auf dem Land. Es folgt das typische Poltern von schnellen Schritten, die energisch die Stufen hinunterspringen. Die Tür fliegt auf, und ich blicke nach oben – nur um für einen Moment völlig aus der Fassung gebracht zu werden.

Verfickte scheisse!

Vor mir steht ein unfassbar gutaussehender junger Mann, gekleidet in einen dunkelblauen Trainingsanzug, weiße Sportsocken an den Füßen, die Hände lässig an den Türrahmen gelehnt. Doch es sind nicht die Klamotten, die mich aus der Bahn werfen – es sind seine unglaublich intensiv tiefblauen Augen, eingerahmt von rotblondem, kurz geschnittenem Haar und einem Drei-Tage-Bart. Dazu dieser athletische Körper... »Hi! Ich bin Manuel!«, begrüßt er mich mit einem Lächeln über beide Backen. Ich spüre, wie sich die Hitze in mein Gesicht schleicht, während ich versuche, mich zusammenzureißen.

»Servus. Ich bin Lukas«, erwidere ich und strecke ihm die Hand
entgegen. Sein Händedruck ist fest, und mit einer einladenden Geste
deutet er an, dass ich ihm folgen soll.

Beim Eintreten fällt mein Blick in den Flur – weiße Raufasertapete
an den Wänden, kombiniert mit einem Boden aus dunkelbraunen
Fliesen. Landpomeranzen Chic. Die Dekoration besteht aus Land-
schaftsbildern in altmodischen Mahagoni-Rahmen, die dem Ganzen
den Charme der späten 70er verleihen. Einladend ist anders, denke
ich. Manuel nimmt die Holztreppe mit der gleichen Energie, mit der
er die Tür geöffnet hat, und sprintet in den ersten Stock. Ich folge
ihm – und merke dabei, dass es unmöglich ist, meinen Blick nicht auf
seinen perfekt geformten Po zu richten.

Verdammte scheisse, worin bin ich denn jetzt wieder gelandet?

Manuel's Zimmer ist größer, als ich es erwartet hatte. Sobald ich
eintrete, fällt mein Blick auf die Wände, die von Postern und Bildern
gesäumt sind. In einer Ecke hängen eingerahmte Trikots, eines davon
mit der Nummer 10, darunter prangt in geschwungener Schrift der
Name seines örtlichen Fußballvereins. Ein weiteres Poster zeigt eine
jubelnde Mannschaft, wahrscheinlich nach einem Turniersieg. Dazwischen mischen sich Fotos von Bands, deren Gesichter mir bekannt
vorkommen – eine interessante Mischung aus Rock und Pop. Der
Raum strahlt diese ungezwungene Energie aus.

An der kürzeren Seite des Zimmers steht ein großer Schreibtisch.
Darauf ein organisiertes Chaos aus Notizblöcken, Büchern und losen
Blättern. Mein Blick bleibt an einigen hängen, auf denen Formeln
und Diagramme zu sehen sind. Mathematik, Physik vielleicht?

Ein paar der Formeln kommen mir bekannt vor, doch bei den meisten checke ich mental aus. Wahrscheinlich sollte ich alle kennen – der ewige Kampf mit meinem Anspruch und der Realität, denke ich und rolle mit den Augen.

»Möchtest du was trinken?« Manuels Stimme reißt mich aus meinen Gedanken. Er lehnt lässig an der Tür, ein fast schon spielerisches Lächeln auf den Lippen.

»Gerne ein Wasser«, antworte ich. Er nickt und verschwindet aus dem Zimmer, was mir die Gelegenheit gibt, alles genauer unter die Lupe zu nehmen. Auf dem Boden liegen zwei Hanteln und eine zusammengerollte Yogamatte, während eine kleine Vitrine an der Wand glänzende Pokale und Medaillen präsentiert. Neben einem großen Spiegel an der Wand entdecke ich eine eingerahmte Urkunde – anscheinend wurde er zum »Spieler des Monats« ausgezeichnet. TUS Suhlbach. Ich muss schmunzeln, denn das ist der Verein, in dem auch einer meiner Cousins Fußball spielt. Die Welt auf dem Dorf ist nochmal eine Spur kleiner. Eine Sporttasche steht daneben, halb geöffnet, aus der ein Fußball herausschaut.

Ich gehe ein paar Schritte, werfe einen genaueren Blick auf die Bücher auf dem Schreibtisch. Mathe-Lehrbücher, ein Buch über Maschinenbau, ein weiteres über Bodybuilding und dazwischen »Poor Dad, Rich Dad« von Robert Kiyosaki.

Jesses, was für ne Klischee-Hete schießt es mir durch den Kopf. Manuel kommt zurück, ein Glas Wasser in der Hand, und stellt es auf den Schreibtisch. »Here we go.« Er wirft mir einen neugierigen Blick zu, offenbar interessiert daran, wie ich seinen Raum wahrnehme. »Sorry für das Chaos. Ich habe gerade viel um die Ohren. Bewerbungen für die FHs fertig machen.« Ich schnappe mir das Glas, nehme einen Schluck und sehe ihm direkt in die Augen. »Naja, ich würde es nicht Chaos nennen. Eher… gelebte Ordnung. Und die Pokale – ziemlich beeindruckend.«

»Du willst Maschinenbau studieren?«

er blickt mich fragend an. »Ja. Wie kommst Du drauf?«

»Das Buch hat dich verrraten«, sage ich und deute auf den riesen Schinken, der auf seinem Schreibtisch liegt.

»Ja… ich habe mich in Karlsruhe an der FH beworben. Aber die ist ziemlich renommiert. Die erhalten übel viele Bewerbungen.«

»Stimmt. Hatte ich auch schon gehört. Aber wenn's mit Karlsruhe nicht klappt, willst du nicht weiter weg?«

Manuel kratzt sich am Kopf »Ne, Karlsruhe wäre schon ganz gut. Dann bin ich auch nicht so weit weg vom Hof. Meine Eltern wären ohne meine Hilfe aufgeschmissen. Ich hab das bisher immer ganz gut hinbekommen. Auch schon während meiner Ausbildung zum Mechatroniker oder während ich die FH Reife nachgeholt habe.«

Ich bin beeindruckt, wie anscheinend minutiös Manuel seine berufliche Karriere geplant hat. Ich setze mich auf den Stuhl neben ihm und breite meine Schulsachen vor uns aus. Auf einer Seite meines Ordners habe ich Notizen zu den Themen gemacht, die ich einfach nicht verstehe. Als ich darauf schaue, wird mir plötzlich peinlich bewusst, dass ich mich gleich als absoluter Stochastik-Legastheniker outen muss. Aber gut, da muss ich jetzt durch.

Manuel hingegen bleibt völlig entspannt und geduldig. Er beginnt, mir die Grundlagen von vorne zu erklären – wie man Formeln auflöst und Gleichungen systematisch angeht. Sein ruhiger Ton macht es mir zwar etwas leichter, aber gleichzeitig bringt er mich auch ziemlich aus der Fassung. Wir sitzen eng nebeneinander über ein DIN-A4-Blatt gebeugt, wechseln uns ab beim Schreiben und Notieren, während er mir alles Schritt für Schritt erklärt. Dabei entsteht zwangsläufig immer wieder leichter Körperkontakt – und das macht es mir wirklich nicht einfacher, mich auf die Mathematik zu konzentrieren. Nach etwa einer Stunde merke ich, wie langsam der Groschen vermeintlich fällt. Ich beginne, das Prinzip zu verstehen, und zum ersten Mal ergibt das Ganze irgendwie Sinn. Manuel gibt mir ein paar leichtere Übungsaufgaben, die ich fast ohne seine Hilfe lösen kann.

Oh mein Gott – ich glaube, ich hab's endlich geschnallt!

Fast euphorisch greife ich nach einem der Übungsblätter, die uns Herr Berger mitgegeben hat, und lege es vor uns hin. Doch bevor ich loslegen kann, wirft Manuel einen Blick auf die erste Aufgabe, dreht sich grinsend zu mir um und sagt:

»Jetzt machen wir erstmal ein kleines Päusle.«

Ich nicke und stimme erleichtert zu. Manuel greift nach einem Glas auf der Ablage und schüttet sich Cola ein. Um die Stille zu durchbrechen deute ich auf die eingerahmte Urkunde an der Wand.

»Spieler des Monats, ja? Du bist also richtig gut?«

Er lehnt sich zurück, verschränkt die Arme hinter dem Kopf und grinst mich an. »Na ja, gut genug, um ein bisschen Anerkennung zu bekommen. Aber für mich ist Fußball mehr als das. Es ist... Freiheit, weißt du? Sobald ich auf dem Platz bin, existiert nichts anderes. Kein Stress, keine Schule, kein Alltag. Nur der Ball, das Team und das Ziel.« Ich nickte, obwohl ich das Gefühl hatte, seine Worte nicht ganz greifen zu können. Es war diese Art von Leidenschaft, die ich selbst nie so richtig empfunden hatte – zumindest nicht für irgendetwas Bestimmtes. »Klingt, als wärst du ziemlich mit Herzblut dabei. Spielst du in einer Liga?«

»Ja, Bezirksliga. Wir sind ein kleines Team, aber mit viel Zusammenhalt. Klar, gewinnen macht Spaß, aber es ist dieses Teamgefühl, das mich immer wieder antreibt. Du weißt, dass da Leute sind, die dich unterstützen, egal was passiert. Das gibt dir irgendwie Kraft.«

Ich sehe ihn einen Moment an und spüre, wie seine Worte in mir nachhallen. Ich habe nie in einem Team gespielt, nie das Gefühl gehabt, zu etwas Größerem dazuzugehören. Vielleicht bewundere ich das an ihm – diese gewisse Sicherheit, seinen Platz zu kennen.

»Klingt echt cool«, sage ich schließlich.

»Ich meine, ich hab nie Fußball gespielt, aber… du hast recht. Diese Leidenschaft merkt man dir irgendwie an.«

Er lacht leise, lehnt sich wieder nach vorne und sieht mich direkt an. »Und was ist mit dir? Was ist dein Ding?«

Ich ziehe die Stirn kraus und lächle unsicher.

»Ähm, nein, definitiv nicht. Ehrlich gesagt, hab ich keine Ahnung, was mein Ding ist. Ich… stehe irgendwie noch auf der Suche-Seite des Lebens, weißt du?«

Manuel nickt, ohne dass ein Hauch von Mitleid in seinen Zügen zu erkennen ist.

»Hey, das ist okay. Nicht jeder hat seinen Platz schon gefunden. Manchmal dauert es ein bissle. Aber glaub mir, wenn du's findest, wirst du's wissen. Bis dahin kannst du dich ja der höheren Mathematik widmen.« Er tippt mit dem Finger auf den Text auf dem Übungsblatt. Die Pause ist anscheinend schon wieder vorbei.

Nachdem ich nur die Hälfte der Übungsaufgaben alleine und davon auch nur zwei ohne Fehler lösen kann, verabschiedet sich meine Zuversicht so schnell, wie sie gekommen ist.

»Nur nicht aufgeben. Das wird schon.«

Mit dieser Floskel verabschiedet mich Manuel nach zwei Stunden Nachhilfe, und ich eile schnellen Schrittes zurück zu meinem Auto. In der Zwischenzeit hat es geschneit. Ich drücke das Gas durch, damit sich die Räder durch den Schnee drücken. Ich will hier nur noch weg. Ich weiß nicht, was schlimmer ist, dass Stochastik immer noch mein unbezwingbarer Endgegner ist (und bleibt) oder dass ich mich anscheinend gerade in einen Fußballspieler schockverliebt habe.

22. März

Steffies Wohnung ist klein, aber gemütlich. Das Wohnzimmer, das gleichzeitig als Esszimmer und Büro dient, ist vollgestopft mit Büchern, Deko, Pflanzen und einer chaotischen Ansammlung von alten Schallplatten. Ihre Wandtapeten erinnern mich an 70er Jahre Pril-Blumen. Eigentlich altbacken – aber hier macht das alles irgendwie sinn. Wir sitzen nebeneinander an ihrem Küchentisch, über unsere Laptops gebeugt, während sie mir geduldig den Mathe-Kram erklärt, bei dem ich mal wieder mental ausgecheckt habe. Heute allerdings bringt sie nicht viel Geduld auf, da ich mit meinen Gedanken ständig abschweife. »Lukas, konzentrier dich mal«, sagt sie und tippt mit ihrem Stift gegen meinen Arm.

»Ich versuche es ja«, murmele ich und starre auf die Aufgabe vor mir, die aussieht wie eine Mischung aus chinesischen Schriftzeichen und Hieroglyphen. »Aber ich kann nicht. Mein Kopf ist voll.«

»Voll von was? Stochastik ist doch kinderleicht!«

Ich schnaube. »Nein, Steffie, nichts ist kinderleicht. Und ich lerne seit Wochen ununterbrochen. Wenn ich nicht hier bei dir sitze, dann arbeite ich im Café. Und wenn ich nicht im Café bin, denke ich über...«

Ich breche ab, doch sie hebt eine Augenbraue. »Über was?«

»Über nichts«, sage ich schnell.

»Ach komm, du meinst diesen Kerl, oder? Den rosa Hasen?«

»Du meinst Christian«

Sie lächelt verschmitzt.

»Ahaaa... der große geheimnisvolle Anwalts-Anwärter. Dein Mr. Big.« Ich werfe ihr einen genervten Blick zu, gefolgt von einem Radiergummi.

»Aua!.... Weißt du was? Schluss mit Lernen. Let's go crazy. Wir fahren nach Freiburg.« Ich runzle die Stirn. »Was??«

»Da ist eine Semesterparty«, sagt sie und lehnt sich zurück.

»Welche Fakultät?« frage ich misstrauisch.

»Germanistik. Angehende Lehrer. Alles ganz gesittet.«

Ich überlege einen Moment, dann nicke ich langsam.

»Okay, damit komme ich klar. Von Jura-Studenten habe ich momentan genug.«

Steffie grinst. »Ach ja... Philipp würde auch mitkommen.«

»Philipp?« Ich schaue sie überrascht an. »Aus unserer Parallelklasse?«

»Ja«, sagt sie und räuspert sich leicht.

»Wir treffen uns ab und zu zum Lernen. Der ist ganz witzig...«

Ich lache laut und lasse mich auf meinem Stuhl zurückfallen.

»Zum Lernen? Omg. Natüüüüürlich!!!« Ich zwinkere ihr zu.

»Halt die Klappe!« Sie schnappt sich den Radiergummi vom Boden und wirft ihn in meine Richtung. Gerade noch rechtzeitig reiße ich die Hand hoch, um den Treffer abzuwehren.

Das kleine Studentenwohnheim im Zentrum von Freiburg ist überfüllt. Die Flure sind voller Menschen, laute Musik dringt aus jedem zweiten Zimmer, und die Luft ist geschwängert von Zigarettenrauch und dem Duft von Joints. Ich lasse mich von Steffie durch die Menge ziehen, während sie mich mit ihrer typischen Energie von Gruppe zu Gruppe zerrt. Mein erster Eindruck: Hier wird mehr gelacht und gequatscht als gefeiert, was ehrlich gesagt sehr angenehm ist.

»Das ist anders als gedacht«, murmle ich, während ich versuche, mich an die lockere Atmosphäre zu gewöhnen.

Steffie grinst. »Ich hab doch gesagt, alles ganz gesittet.

Die angehenden Deutsch-Lehrer sind keine Chaoten.«

»Gut«, sage ich, während ich mein Bier festhalte.

»Ich hatte schon Angst, dass wir bei irgendwelchen unentschlossenen Jurastudenten landen.«

»Oh, keine Sorge, die gibt's hier bestimmt auch irgendwo«,

sagt sie mit einem Augenzwinkern, bevor sie plötzlich anhält.

»Ah, da ist Laura!«

Laura, ihre Freundin, ist ein quirliges Energiebündel mit leuchtend roten Haaren, die einer Explosion ähneln. Sie trägt ein strahlendes Lächeln und ein Glas Weißwein, das sie anscheinend nie verschüttet, egal wie schnell sie sich bewegt. »Steffie! ...Hallo Lukas, ich bin Laura! Endlich seid ihr da!« ruft sie und winkt uns zu.

»Kommt mit, ich stelle euch ein paar Leuten vor.«

Bevor ich protestieren kann, zieht sie uns beide weiter, und ich finde mich plötzlich inmitten einer kleinen Gruppe von Leuten wieder. Die Stimmung ist entspannt und Gespräche fließen nahtlos ineinander. Laura schiebt uns zu einem jungen Mann mit blondem Mittelscheitel, und einer breiten, braunen Hornbrille.

Typisch Hipster eben.

»Das ist Kevin«, sagt sie, während sie ihm auf die Schulter klopft.

»Hi, schön, euch kennenzulernen«, sagt Kevin und reicht mir die Hand. »Ich bin übrigens Gastgeber und Zeremonienmeister dieser kleinen, illustren Veranstaltung hier.«

Er verneigt sich vor uns.

»Ah, also die Person, die schuld ist, wenn die Polizei klingelt?«, witzle ich, während ich seine Hand schüttle. Kevin lacht. »Genau. Aber keine Sorge, ich hab' die Nachbarn bestochen. Und apropos, da kommt mein Boyfriend – der holt mich notfalls aus dem Knast.« Ich drehe mich automatisch um, und bekomme direkt Herz-/Kreislaufstörung, denn vor mir steht auf einmal kein geringerer als Christian Falkner. Der Flucht-Knutscher. Dieses Mal in normaler Kleidung. Er trägt eine schwarze Jeans und ein schlichtes weißes T-Shirt, das seine Schultern perfekt betont. Sein Haar ist ordentlich nach hinten gekämmt und er strahlt über das ganze Gesicht. Mein Mund wird trocken, und mein Herz schlägt plötzlich schneller. Wir tauschen leicht nervöse und schockierte Blicke.

»...kennt ihr euch?«, fragt Kevin und schaut zwischen uns hin und her.

Christian stockt, blickt nervös hin und her, seine Hände in den Taschen. »Ähem, ja«, sagt er schließlich »wir haben uns in Lahr auf der Fasnacht kennengelernt. Lukas arbeitet im Süßen Löchle.«

Kevin lacht. »Das Süße Löchle? Was für ein großartiger Name.«

»Das sag ich jedes Mal«, murmelt Christian, sein Ton leicht amüsiert, aber seine Augen weichen meinem Blick nicht aus.

Ich zwinge mich zu einem gekünsteltem Lächeln.

»Ja, ein wirklich... uuuunverwechselbarer Name.« Die Situation fühlt sich surreal an, fast wie ein schlechter Film und ist an Absurdität nicht mehr zu übertreffen. Kevin plaudert munter weiter, aber ich höre kaum zu. Meine Gedanken rotieren und ich kann nicht aufhören, Christian anzustarren. Er wirkt... anders. Ruhiger, selbstsicherer... echt sexy! Aber dennoch liegt etwas Unausgesprochenes in der Luft zwischen uns. »Ich bin kurz weg«, murmle ich schließlich und schiebe mich durch die Menge in Richtung Toiletten.

Als ich aus der Toilette komme, wartet Christian bereits auf mich. Er lehnt mit verschränkten Armen an einer Zimmerwand und blickt mich erwartungsvoll an. Für einen Moment sage ich nichts, während ich meine Hände in die Taschen meiner Jeans stecke.

»Ich fühle mich verfolgt!« ,

sage ich schließlich, halb im Scherz, halb ernst.

Er lächelt kurz auf. »Ich wollte reden.«

»Über was?«

»Über das, was vor dem Hexenkessel passiert ist.«

Ich ziehe eine Augenbraue hoch.

»Ich dachte, wir hätten das hinter uns gelassen.«

»Das hast du vielleicht, aber ich nicht.«

Sein Ton ist leise, aber eindringlich.

Ich verschränke die Arme vor der Brust.

»Das sind ja ganz neue News. Was gibt es da noch zu sagen? Es war ein Kuss. Dann bist du abgehauen. Ende der Geschichte.«

»Ja. Aber.. es war *mehr* als nur ein Kuss« wiederspricht er fast trotzig. »Das fällt Dir jetzt erst ein? Was war es dann?« frage ich, und meine Worte klingen schärfer, als ich beabsichtigt hatte. »Du hast mich weggeschubst, Christian. Du hast mir klar gemacht, dass du das nicht willst – aus offensichtlichen Gründen. Und jetzt tauchst du hier auf und willst reden?« Er läuft ein paar Schritte auf und ab, seine Hände fahren durch sein Haar. »Ich war überfordert, okay? Ich hatte zu viel getrunken, und alles an diesem Moment hat mich... durcheinandergebracht.«

»Durcheinandergebracht?« Ich bin im Irritationsmodus.

»Das ist eine interessante Art, es zu beschreiben.«

»Hör zu«, sagt er und bleibt plötzlich direkt vor mir stehen »Ich weiß, dass ich Mist gebaut habe. Aber ich konnte nicht anders. Ich war völlig... überrumpelt. Das war alles Neu für mich.« »Neu?« frage ich, und mein Ton wird weicher, obwohl ich mich immer noch ärgere. »Ja.« Seine Augen durchbohren mich nun wie zwei Laserpointer »Du musst doch zugeben, dass da etwas besonderes zwischen uns war.. ist... ach was weiß ich, Lukas. Aber ich weiß, dass ich dich nicht einfach ignorieren kann.« Seine Worte treffen mich härter, als ich zugeben möchte. Ich blicke auf den Boden, versuche, meine Gedanken zu ordnen. »Und was erwartest du von mir?« frage ich schließlich.»Ich erwarte nichts«, sagt er leise.

»Aber ich musste dir das sagen. Ich musste es loswerden.« Ich atme tief durch und schüttle den Kopf. »... dann danke für die Info, Christian.« Ich starre ihn mit großen Augen an »Ich weiß nicht, ob ich damit umgehen kann, Christian. Ich habe genug Chaos in meinem Leben.«

»Ich verstehe«, murmelt er, und sein Blick hat nun etwas flehendes. »Aber... kannst du mir wenigstens eine Chance geben, das zu erklären?« Ich zögere, bevor ich schließlich nicke.

»Vielleicht. Aber nicht hier und vor allen Dingen nicht jetzt.«

Christian sieht mich an, und ein schwaches Lächeln spielt sich um seine Lippen. »Verstehe.« Er geht ein paar Schritte zurück, bleibt aber kurz stehen und dreht sich nochmal nach mir um. »Lukas?«

»Ja?«

»Es tut mir wirklich leid.«

Ich nicke nur, unfähig, etwas zu sagen, und sehe ihm nach, wie er in der Menge verschwindet. *Mein Leben ist eine Freakshow!*

01. April

Es ist Dienstagabend und ich sitze im Auto Richtung Hausach. Normalerweise bin ich ein ziemlich entspannter Typ – Autofahrten sind für mich der perfekte Moment, um Musik zu hören und meine Gedanken schweifen zu lassen. Aber heute? Heute ist mir super warm, ich bin etwas durch den Wind und was essen konnte ich vorher auch nicht. Ich habe über eine Stunde gebraucht, um mich für ein Outfit zu entscheiden. Eine Stunde! Und das, obwohl ich genau weiß, dass

Manuel das gar nicht bemerken wird. Am Ende habe ich mich für ein schlichtes Hemd und eine dunkle Jeans entschieden – lässig, aber nicht zu lässig. Gepaart mit einem dezenten Spritzer meines besten Parfums. Ich rede mir die ganze Zeit mantraartig ein, dass es nur eine Nachhilfestunde ist, nichts weiter. Dennoch möchte ich für ihn gut aussehen.

Als ich an Manuels Tür klingle, öffnet er fast sofort. Er trägt einen grauen Hoodie und eine dunkelblaue, enge Jeans, die ihm viel zu gut steht. Seine Haare sind, wie immer, etwas zerzaust, und er lächelt, als er mich sieht.

»Hey«, sagt er und tritt zur Seite, damit ich hereinkommen kann.

»Servus«, erwidere ich, während ich versuche, lässig und normal zu wirken.

Wenig später sitzen wir an seinem Schreibtisch, das neue Arbeitsblatt für Stochastik, welches uns Herr Berger Vormittags noch freudestrahlend ausgeteilt hatte, liegt auf dem Tisch zwischen uns. Manuel erklärt mir geduldig die Grundregeln der Wahrscheinlichkeitsrechnung, während mein Blick hin und wieder vom Blatt abdriftet und an seinem Profil hängen bleibt.

Manuel hat eine unfassbar ebene, makellose Gesichtshaut. Die Konturen seines Gesichts sind markant und absolut synchron. Wenn er lacht bilden sich kleine Grübchen in seinen Backen. Sein rotblondes Haar fällt ihm leicht in die Stirn, was ihm diesen unwiderstehlichen »Ich bin zu beschäftigt, um perfekt auszusehen«-Charme verleiht. Der Drei-Tage-Bart unterstreicht das Ganze nur, und dann sind da diese tiefblauen Augen, die sich auf die Zahlen vor uns konzentrieren, als wäre die Lösung des Arbeitsblatts die Antwort auf alle Fragen des Universums. »Also, wenn du die Wahrscheinlichkeit willst, dass mindestens eine rote Kugel gezogen wird, dann...« beginnt er, und ich muss mich zusammenreißen, um ihm zu folgen. Seine Hände gleiten über das Papier, während er Zahlen und Symbole skizziert. Ich weiß nicht, warum ich seine Hände so faszinierend finde. Vielleicht liegt es daran, dass sie irgendwie kräftig und gleichzeitig ruhig wirken. Hände, die arbeiten und trösten könnten. Und dann ist da noch diese Angewohnheit, die mich fast um den Verstand bringt: Wenn Manuel nachdenkt, beißt er sich immer leicht auf die Unterlippe.

Ich sehe, wie er das gerade wieder macht, während er mit seinem Stift eine Gleichung in die richtige Form bringt. Der Anblick ist so ablenkend, dass ich fast vergesse, dass ich eigentlich lernen soll.

»Lukas?« fragt er plötzlich und sieht mich an.

»Was?« Ich blinzele schnell und hoffe, dass ich nicht zu offensichtlich gestarrt habe. »Du bist dran.« Er zeigt auf die nächste Aufgabe.

»Na los. So schwer ist die nicht.«

Ich schaffe es tatsächlich, die Aufgabe zu lösen – irgendwie – aber nach einer Stunde merke ich, wie mein Kopf anfängt, schwerer zu werden. Offenbar merkt Manuel das auch, denn er legt seinen Stift beiseite und streckt sich. »Päusle?« fragt er mit einem kleinen Lächeln. Ich lache. »Päusle!« Er grinst breiter. »Ich brauch halt mal kurz Luft. Und du anscheinend auch.« Er steht auf, geht zum Fenster und öffnet es, während ich mich im Stuhl zurücklehne und ein Glas Wasser trinke. Der frische Luftzug tut gut, und für einen Moment ist alles einfach... leicht. »Bereit für Runde zwei?« fragt Manuel schließlich, als er sich wieder hinsetzt. Ich nicke, auch wenn ich weiß, dass mein Herz sich in seinem Beisein vermutlich nie ganz beruhigen wird. Aber ich bin bereit – für Stochastik, für die nächsten Stunde, und für all das, was vielleicht noch kommen könnte.

2. April

Ich schiebe meinen Rucksack auf die Bank neben mir und blicke auf den leeren Schulhof. Die Herbstsonne bricht sich in den bunten Blättern, die der Wind sanft über den Boden weht. Irgendwie fühlt sich alles heute leichter an – als hätte ich ein bisschen von dem Ballast losgelassen, den ich so lange mit mir herumgetragen habe. »Ich hab die letzten Tage nachgedacht«, sage ich schließlich zu Steffie, die neben mir sitzt und einen Schluck aus ihrer RedBull-Dose nimmt. »Das klingt gefährlich«, antwortet sie mit einem kleinen Grinsen, ohne mich anzusehen. »Nein, im Ernst«, fahre ich fort und stoße sie leicht mit dem Ellbogen an. »Ich glaube... ich bin wieder bereit, mich auf jemanden einzulassen. Weißt du, so richtig.« Jetzt sieht sie mich an, ihre Augenbrauen heben sich überrascht. »Du? Der große Zyniker?« Ich lache leise. »Excuse me? Wie kommst Du denn da daruf? Es war ja nicht immer so, aber... ich hatte einfach keine Lust mehr, mich ständig auf Leute einzulassen, die sowieso nur das eine wollen. Es ist, als hätte ich eine Magnetfunktion für Männer, die keine Ahnung haben, was sie wollen – außer vielleicht etwas Kurzfristiges.« Und wie ich dort sitze und ihr meine Erkenntnis mitteile, erinnere ich mich unweigerlich an meine letzten, kläglichen Dating-Versuche. Da war zum Beispiel Felix, der mich bei unserem ersten Treffen mit einem Vortrag über Kryptowährungen langweilte, während ich mich verzweifelt fragte, ob ich meinen Burger nicht einfach stehen lassen und abhauen könnte. Oder Jonas, der zwar unglaublich süß war, aber unser Date dazu nutzte, eine Liste all seiner Ex-Freunde zu rezitieren – komplett mit Schulnoten für deren »Beziehungsfähig-keiten«. Und dann war da Ben, der bei unserem Spaziergang im Park nach zwanzig Minuten unvermittelt sagte: »Ich bin nicht wirklich auf der Suche nach was Festem, aber du scheinst nett zu sein.« Nett. Das war das letzte Wort, das ich hören wollte, während ich gerade ver-suchte, den Mut aufzubringen, seine Hand zu nehmen. »Also, was hat den Sinneswandel gebracht?« sagt sie und zwinkert. Ich zögere einen Moment, bevor ich weiterrede. »Der Vorfall auf der Studentenparty mit Christian... das hat mich irgendwie zum Nachdenken gebracht.«

»Christian?«, fragt sie, ihre Augen weiten sich leicht.

»Der Typ, der in einer Beziehung ist?« Ich nicke und sehe auf meine Hände. »Ja, genau der. Er war der erste Mann seit... ich weiß nicht wie lange, bei dem ich das Gefühl hatte, dass es echt sein könnte. Dass da mehr ist als nur ein paar oberflächliche Komplimente und ein schneller Flirt. Klar, er ist in einer Beziehung, und das macht die Sache sowieso unmöglich. Aber allein die Art, wie er mit mir geredet hat, welche unbedarfte Verbindung wir hatten... das hat etwas in mir ausgelöst. Ich hab gemerkt, wie sehr ich das vermisst habe – dass sich jemand wirklich für mich interessiert.«

»Das klingt... kompliziert«, sagt Steffie vorsichtig. »Ist es auch«, gebe ich zu und lehne mich zurück. Ich lasse die Worte einen Moment wirken und spüre das Gewicht der letzten Monate wie eine alte, zähe Lethargie auf meinen Schultern. »Aber es geht mir nicht mal um ihn. Es geht darum, dass ich gemerkt habe, dass ich mich verschlossen habe, weißt du? Aus Angst, wieder enttäuscht zu werden. Und vielleicht hab ich damit Leute ausgeblendet, die es ernst meinen könnten.« Sie nickt langsam, als würde sie meine Worte sorgfältig abwägen. Aber ich bin noch nicht fertig. Das, was ich so lange zurückgehalten habe, drängt jetzt nach draußen, und ich weiß, dass ich die harte Wahrheit schonungslos offenlegen muss. »Es ist nur... es waren so viele Enttäuschungen, Steffie.« Meine Stimme klingt rauer, als ich erwartet hatte. »Ich meine, es fing ja schon damit an, dass ich überhaupt den Mut brauchte, mich zu outen. Und als ich es endlich getan habe, dachte ich, das Schwierigste wäre vorbei. Aber dann kamen diese... Erlebnisse. Diese Männer, die auf den ersten Blick so charmant und perfekt wirkten. Die dir sagen, wie besonders du bist, nur um sich dann doch nicht binden zu wollen. Einer hat mir mal ins Gesicht gesagt, ich wäre ein netter Zeitvertreib, aber nichts für etwas Ernstes. Das hat gesessen.« Ich halte inne und schlucke, während die Erinnerung an diesen Moment wie ein dumpfer Schlag zurückkommt. »Und dann war da dieser andere Typ, der mir wochenlang Hoffnungen gemacht hat. Nachrichten und Telefonate bis spät in die Nacht, Komplimente, Pläne für die Zukunft. Ich hab mich richtig reingesteigert, dachte wirklich, diesmal könnte es was werden. Und dann erfahre ich, dass er schon die ganze Zeit jemand anderen hatte und mich nur benutzt hat, um sich besser zu fühlen, wenn es mit dem anderen schlecht lief.« Ich lache, aber es bleibt mir im Hals stecken – ein trockener, tonloser Laut, der mehr nach Resignation als nach echter Heiterkeit klingt.

»Ich hab irgendwann angefangen, das wie ein Muster zu sehen. Jedes Mal, wenn ich dachte, ich hätte jemanden gefunden, wurde ich nur wieder daran erinnert, dass ich anscheinend nicht gut genug bin für etwas Echtes. Also hab ich die Mauer hochgezogen. Es war einfacher, niemanden ranzulassen, als ständig enttäuscht zu werden.« Steffie seufzt leise und legt ihre Hand auf meine. »Lukas... du bist nicht das Problem. Es waren die falschen Leute, nicht du.« Ich schaue auf unsere Hände und kämpfe gegen den Kloß in meinem Hals. »Das weiß ich rational auch. Aber versuch mal, das deinem Herz beizubringen, wenn du immer wieder dasselbe erlebst.« Ein Moment vergeht. Die Luft zwischen uns fühlt sich schwer an, aber nicht unangenehm. Eher wie ein Raum, in dem die Wahrheit endlich ausgesprochen wurde. »Und Christian hat das alles wieder aufgerissen?«, fragt sie schließlich. »Nicht direkt. Aber seine Aufmerksamkeit hat mich daran erinnert, wie es sich anfühlt, wenn jemand wirklich zuhört. Wenn es nicht nur darum geht, wie du aussiehst oder was du vorzuweisen hast, sondern um dich als Person. Ich hab das so lange nicht mehr gespürt, dass ich fast vergessen hatte, wie sehr ich es vermisse.« Steffie drückt nun meine Hand sanft. »Ach mensch Lukas, du hast es doch voll verdient glücklich und erfüllt zu sein. Mit jemandem, der nicht nur halb dabei ist. Jemand, der bleibt.« Ich atme tief durch. Es tut gut, das alles endlich gesagt zu haben. Es fühlt sich nicht leichter an, aber irgendwie... echter. »Ich hoffe es«, flüstere ich. »Ich hoffe es wirklich.« Sie nickt und legt eine Hand auf meine Schulter »na, das klingt nach einem ziemlichen Durchbruch«. Ich lächle dankbar und drehe mich zu ihr um. »Und du? Was ist los?«

»Nichts«, sagt sie schnell, aber ich sehe, wie ihre Wangen leicht rot werden. »Steffie«, sage ich mit einem leichten Lächeln. »Muss ich jetzt bohren? Ich kenne dich. Also, was ist es?« Sie atmet tief ein, dann schaut sie mich endlich an. »Ich treffe mich mit Andreas«, sagt sie und verzieht den Mund, als wüsste sie nicht, wie ich reagieren würde. »Andreas?« Ich ziehe eine Augenbraue hoch. »Aus unserer Klasse? Der Andreas?«

»Ja«, sagt sie und schaut wieder weg. »Wir haben uns ein paar Mal nach der Schule getroffen. Es ist nichts Großes. Aber ich finde ihn irgendwie gut«

»Nichts Großes?« Ich grinse. »Steffie, du triffst dich mit jemandem und erzählst mir das *jetzt* erst?«

»Es ist nur… ich weiß nicht«, sagt sie und spielt mit ihrem Schal. »Er ist echt nett. Ganz anders, als ich dachte. Er hört mir zu, ist witzig, hat einen guten Musikgeschmack und er hat dieses aufrichtige Interesse an mir, weißt du?«

»Das klingt doch perfekt«, sage ich und lehne mich zurück. »Warum dann das ‚Ich weiß nicht‘?« Sie zuckt mit den Schultern. »Ich bin einfach unsicher. Was, wenn es nicht funktioniert? Wir sind so unterschiedlich. Und dann sehen wir uns jeden Tag in der Schule. Das könnte echt peinlich werden.«

»Welcome to reality!« sage ich mit einem Grinsen. »Du wirst nie wissen, ob es funktioniert, wenn du es nicht ausprobierst. Außerdem, Andreas? Der scheint mir nicht der Typ zu sein, der unnötig Drama macht.«

»Vielleicht hast du recht«, murmelt sie, aber ihr Gesicht bleibt skeptisch. Ich lege eine Hand auf ihre Schulter. »Steffie, du denkst zu viel. Wenn es sich jetzt gut anfühlt, dann genieß es. Du musst nicht sofort wissen, ob es für immer hält.« Sie nickt langsam, ihre Lippen ziehen sich zu einem kleinen Lächeln. »Okay, vielleicht hast du recht. Aber es ist trotzdem gruselig.«

»Gruselig gehört dazu«, sage ich und stoße sie leicht mit der Schulter an. »Vielleicht sollte ich mir eine Scheibe von deinem Optimismus abschneiden«, sagt sie mit einem leichten Lachen. »Vielleicht«, erwidere ich grinsend. »Aber ernsthaft, du solltest ihm eine Chance geben. Wer weiß? Vielleicht überrascht er dich.« Der Pausengong läutet, und wir stehen auf. Steffie bleibt kurz stehen, sieht mich an und sagt: »Du weißt, dass ich dich nerven werde, um alle Details deiner zukünftigen Dates zu erfahren?«

»Und du weißt, dass ich dich genauso nerven werde, wenn du mir nicht alles über Andreas erzählst.« Sie lacht, und wir gehen zusammen ins Schulgebäude. Ich merke, dass ich immer noch grinse, und als ich kurz zu Steffie blicke, sehe ich, dass sie es auch tut. Vielleicht ist das ein Morgen, an dem wir beide ein kleines bisschen mehr Hoffnung haben als sonst.

10. April

Ich sitze mal wieder an Manuels Schreibtisch und starre auf mein Übungsblatt. Es ist fertig, sauber ausgefüllt, und – soweit ich das beurteilen kann – fehlerfrei. Ich habe es tatsächlich geschafft, ein Matheblatt zu lösen, ohne Wutanfälle, Panikattacken, etc. Wenn Herr Berger das sieht, wird er wahrscheinlich einen Freudentanz aufführen.

»Geometrie liegt dir echt!« sagt Manuel, während er sich entspannt zurücklehnt. Er verschränkt die Arme hinter dem Kopf und mustert mich mit einem breiten Grinsen. »Wir sind heute echt früh fertig. Du bist offiziell mein bester Schüler.«

»Na klar«, sage ich mit gespielt überheblichem Ton, lehne mich zurück und verschränke die Arme vor der Brust. »Ich bin quasi der nächste Pythagoras. Mathematisches Genie, aber in modern und wesentlich attraktiver.« Manuel lacht »Natürlich.« Er schnappt sich ein Lineal und wedelt damit wie ein Lehrer. »Und du bist eindeutig ein Musterbeispiel von Mathematikverständnis.« Ich nicke, aber mein Grinsen weicht schnell einem neugierigen Blick. »Sag mal, was machst du eigentlich, wenn du mal keine Matheaufgaben mit mir löst? Netflix-Marathons? Kühe melken?« Manuel lacht trocken. »Keine Kühe, danke. Und ja, ab und zu Netflix. Aber eigentlich verbringe ich die meiste Zeit auf dem Platz oder schaue Fußballspiele.« Ich hebe die Augenbrauen. »So viel Fußball?«

»Ja. Ich liebe es einfach. Wenn ich nicht selbst trainiere, schaue ich Spiele, analysiere Taktiken oder kicke neben dem normalen Training zusätzlich mit den Jungs auf dem Bolzplatz.« Er zuckt mit den Schultern und grinst. »Wow.« Ich lehne mich zurück und schaue ihn beeindruckt an. »Klingt, als wär das quasi deine Religion.«

»Ist es auch«, gibt er zu. »Aber ich liebe einfach Sport. Und Technik, Konstruktionen… das hat mich schon immer fasziniert. Und ehrlich gesagt, der Gedanke, mal was anderes zu sehen als diesen Ort hier, motiviert mich noch mehr.«

»Andere Stadt, andere Leute?« frage ich. »Genau. Endlich raus aus diesem Kaff.« Er sieht kurz aus dem Fenster, als ob er sich schon vorstellt, wie es wäre, hier wegzukommen. »Hier bleibt doch alles gleich. Immer die gleichen Gesichter, die gleichen Erwartungen. Ich will einfach… mehr.« Ich nicke langsam, während ich auf meinen Stift starre. »Klingt gut. Ich meine, wenn jemand das schaffen kann, dann du.«

»Danke.« Er lächelt kurz, und dann funkeln seine Augen plötzlich schelmisch. »Was ist mit dir? Was machst du, wenn du nicht gerade Matheübungen durchrockst?« Ich grinse. »Nunja, lesen, lernen, arbeiten… hauptsächlich versuche ich allerdings, meine ältere Schwester zu ignorieren.«

»Du hast eine Schwester?« fragt er neugierig.

»Ja, Bianca. Sie ist zwei Jahre älter und hält sich für das Zentrum des Universums.« Manuel lacht. »Klassisch große Schwester, oder?«

»Absolut.« Ich schnaube. »Aber was ist mit dir? Du hast gesagt, du bist Einzelkind, oder?«

»Ja, zum Glück. Meine Eltern haben genug damit zu tun, mich zu managen. Da brauchen sie kein zweites Chaoskind.«

»Ich bin mir sicher, du warst das perfekte Kind«, sage ich trocken.

»Natürlich.« Er zwinkert. »Das perfekte Kind, das ständig Hausarrest hatte, weil es Dinge auseinandergeschraubt hat, um zu sehen, wie sie funktionieren oder ausgebüchst ist ohne jemanden Bescheid zu geben.«

»Das passt irgendwie«, sage ich und lache.

»Der angehende Maschinenbauer hat also schon früh angefangen.« Manuel nickt, und für einen Moment herrscht eine angenehme Stille zwischen uns. Dann räumt er seine Stifte ein und lehnt sich zurück. »Okay, genug Smalltalk. Was machst du heute noch? Freundin treffen? Kino?« Die Frage trifft mich wie ein Blitz. »Ähm…« Ich spüre,

wie meine Wangen heiß werden, und fange an, nervös an meinem Ärmel zu ziehen. Manuel sieht mich an, eine Augenbraue hochgezogen.

»Was? Keine Freundin?«

»Nee«, sage ich und blicke auf das Übungsblatt herab.

»Keine Freundin.«

»Häh? Wieso nicht?« fragt er und lehnt sich leicht vor.

»Ich finde, du bist echt ein cooler Typ – witzig, bodenständig und
mathematisch begabt. Das ist ja wirklich nicht selbstverständlich, gerade zwischen all den Chaoten hier auf dem Land.« Ich rolle mit den
Augen, aber meine Stimme klingt etwas nervös. »Haha, sehr witzig.
Aber… ich hab's einfach nicht so mit Frauen, okay?« Er starrt mich
kurz völlig verloren an, und ich kann förmlich sehen, wie sich die
Zahnräder in seinem Kopf drehen. Dann zuckt er erschrocken mit
seinen Schultern. »...Männer??« Ich spüre, wie mein Herz schneller
pumpt, aber ich zwinge mich, ihm geradeaus in die Augen zu sehen.
»Ähm... Ja... kann man so sagen...« sage ich schließlich, mein Blick
schießt durch den Raum wie die Kugel in einem Flipper-Automaten.
Manuel nickt langsam, und in seinem Gesicht liegt ein Ausdruck von
sowas wie Verständnis.

»...okay«, sagt er schließlich.

»Okay?« wiederhole ich skeptisch.

»Ja, okay.« Er lächelt leicht. »Ich habe keinen Stress damit.«

»Okay!« Nun schaffe ich es auch, ihm endlich in die Augen zu blicken. Ich *hasse* solche Situationen. Wenn man einem anderen Mann
erzählt, dass man auf das gleiche Geschlecht steht, dann ändert das
in der Regel *alles*. Einmal zu lang in die Augen geschaut, einmal zu
fest umarmt – schon haben heterosexuelle Jungs in der Regel Schiss,

dass sie zwei Minuten später in Maikäferchenstellung aufs Bett genagelt werden. Unter diesen Vorurteilen ist schon die ein oder andere Freundschaft zerbrochen. »Jetzt verstehe ich auch, warum du dich manchmal so nervös verhälst«.

»WIE BITTE?« Ich fühle mich ertappt und starre ihn mit offenem Mund an. »Excuse me? Bilde Dir bloß nichts ein! Das kann gar nicht sein.« Ich werfe ihm einen Bleistift an die Brust und versuche mit aller Kraft das steigende Blut in meinem Kopf zu unterbinden. »Schon gut«, sagt er grinsend. »Ich bin nur der Typ, der dir Mathe beibringt. Also sei nett zu mir.« Und obwohl mein Gesicht immer noch glüht, muss ich nervös lachen.

11. April

Irgendwie inspiriert mich Manuel total. Er ackert auf dem Hof, arbeitet an seinen Bewerbungen, hält sich fit, gibt für seinen Fußballverein alles und steht trotzdem jeden Tag völlig energiegeladen auf, um weiterzumachen. Das ist echt... beeindruckend. Verglichen mit mir, war ich eher zu einem Einsiedlerkrebs verkommen. Es hatte sich schon weit vor der Schule eingeschlichen, dass ich nach der Arbeit nach Hause kam und völlig k.o. aufm Sofa zusammengeklappt bin. Wenn man den ganzen Tag damit beschäftigt ist, Layouts in InDesign zu erstellen, Bilder in Photoshop zu bearbeiten und zwischendurch in zähen Meetings mit Kunden und Projektpartnern zu sitzen, wirkt selbst die Idee, nach Feierabend mit jemandem zu reden, extrem anstrengend. Ich bin kein großer Fan von Menschenmengen. Ich mag es, wenn es auch mal ruhig ist und ich Zeit für mich habe. Zu viel soziale Interaktion strengt mich manchmal extrem an. Aber Manuel? Der hätte mich wahrscheinlich ausgelacht, wenn er mich so gesehen hätte – in Jogginghosen auf der Couch, Chipskrümel auf dem Bauch. Genau deswegen war heute der perfekte Tag, um endlich mal wieder Bewegung in mein Leben zu bringen – im wahrsten Sinne des Wortes. Jedenfalls hatte ich mir spontan einen Kurs in einem lokalen Fitnessstudio gebucht. Cross-Fit. Eine Stunde Ganzkörpertraining – noch nie gemacht. *Perfekt für den Einstieg*, redete ich mir ein. Ich stehe also Nachmittags vor der Glasfront des Fitnessstudios und sehe den großen Schriftzug über der Eingangstür: *CROSS-FIT KICKSTART – Dein Körper. Dein Limit.* »Es ist ja nur eine Stunde«, murmle ich mir selbst zu. »Wie schlimm kann's schon werden?« Die Antwort auf diese Frage bekomme ich keine fünf Minuten später, als ich den Raum betrete. Der Trainer – ein breitschultriger Typ mit einer Glatze, die so glänzt, dass sie vermutlich Flugzeuge blenden könnte – begrüßt mich mit einem breiten Grinsen. »Hi! Ich bin Steph! Du bist neu hier?«

»Servus. Lukas. Ja. Wollte mal was Neues ausprobieren.«

»Sehr gut! Willkommen! Auf neue Teilnehmer habe ich am Anfang immer einen besonderen Fokus.« Ich lächle irritiert und hoffe, dass das etwas Gutes bedeutet. Wir fangen an mit Burpees. Ich weiß nicht genau, wer Burpees erfunden hat, aber ich bin sicher, dass diese Person irgendwann in einem parallelen Universum dafür in die Hölle gekommen ist. Nach den ersten fünf bin ich bereits außer Atem, doch der Trainer – ich habe ihn heimlich »General Muskelkater« getauft –

ruft: »Kommt schon, Leute, das ist erst der Anfang! Das ist nicht die Schmerzgrenze, das ist nur der Aufwärmbereich!« Ich sehe mich um und bemerke, dass die anderen Teilnehmer – allesamt durchtrainiert und offenbar aus Stahl gebaut – lächeln, während ich mich wie ein sterbender Fisch auf dem Boden zusammenkauere. »Lukas!« brüllt der Trainer. »Hoch mit dir! Wir sind hier nicht auf der Couch!« Ich schaffe es irgendwie, wieder aufzustehen, und denke mir: *Okay, das war schlimm, aber jetzt kommt bestimmt was Leichteres.* Nach den Burpees geht es weiter zu den Gewichten. Der Trainer drückt mir eine Kettlebell in die Hand, die sich anfühlt, als hätte ich eine Tonne in der Hand »Lukas, was machst du da?« fragt er, als ich versuche, das Ding zu heben. »Ich hebe?« japse ich. »Nein, du streichelst die Kettlebell. Heb sie, schwing sie, in die Knie und wieder hoch, über die Schulter und wieder vor die Brust – wie ein richtiger Krieger!« *Krieger? Ich bin Pazifist!* Ich schwinge die Kettlebell und merke sofort, dass meine Muskeln mir das übel nehmen. Nach zwei Minuten schaffe ich es kaum noch, das Ding zu halten, doch der General hat offenbar andere Pläne. »Und jetzt 20 Liegestütze!«, brüllt er. »Ich kann doch nicht mal fünf!«, protestiere ich, doch er ignoriert mich. Die anderen Teilnehmer werfen mir aufmunternde Blicke zu, aber ich bin zu beschäftigt, meinen Körper vom Boden zu kratzen, um ihre Unterstützung zu schätzen. Nach fünf schiefen, zittrigen Liegestützen falle ich platt wie eine Flunder auf die Matte. »Lukas, was ist los? Soll ich dir einen Kaffee bringen?«, ruft der Trainer mit einer Mischung aus Sarkasmus und Motivation. Ich denke, es kann nicht schlimmer werden, aber dann sehe ich die Battle Ropes – zwei schwere Seile, die anscheinend dazu da sind, mich endgültig zu demütigen. »Jetzt zeigen wir diesen Seilen, wer der Boss ist!« ruft der Trainer. Ich nehme die Seile in die Hände und beginne, sie zu schwingen. Nach genau zehn Sekunden brennen meine Arme so sehr, dass ich schwöre, ich höre sie schreien. »Kann ich den Seilen auch einfach ein paar nette Worte sagen?« frage ich, doch der Trainer schüttelt nur den Kopf. »Nein! Schwingen, nicht quatschen!« Ich mache weiter, bis die Seile gefühlt ihr Eigenleben entwickeln und mich fast umwerfen. Irgendwie schaffe ich es, nicht zu fallen, doch mein ganzer Körper protestiert lautstark. Nach einer Stunde, die sich wie eine Ewigkeit anfühlt, liegt die Gruppe erschöpft auf den Matten. Der Trainer steht über uns, zufrieden wie ein Feldmarschall, der seine Truppen durch eine gnadenlose Schlacht geführt hat. »Das war erst der Anfang!«, ruft er. »Nächste Woche wird's härter!« Ich drehe meinen Kopf zur Seite und schaue den Typ neben mir an. Mein Körper fühlt sich an, als hätte ein LKW ihn überrollt – zweimal. »Glaubst du, ich überlebe das?« Er grinst müde und streckt sich, als hätte er selbst gerade einen Marathon hinter sich. »Nicht in einem Stück, aber das ist normal.«

Mit einem gequälten Stöhnen rapple ich mich hoch, greife nach meiner Wasserflasche und humpele in Richtung Ausgang. Meine Beine zittern, als hätten sie ihren Job gekündigt. »CrossFit. Eine Stunde reicht völlig«, murmele ich und klammere mich ans Treppengeländer, während ich versuche, die wackeligen Stufen heil hinunterzukommen. Unten angekommen, werfe ich einen letzten Blick zurück auf die Folterkammer, die andere ein Fitnessstudio nennen. Nächstes Mal vielleicht doch lieber Yoga. Oder einen Netflix-Marathon – der klingt nach einer gesünderen Alternative.

12. April

Ich liege mit dem Muskelkater des Todes auf meinem Bett und bemitleide mich selbst. Jede Bewegung tut weh. Ich habe Schmerzen an Stellen in meinem Köper, wo ich gar nicht wußte, dass man dort Muskelkater haben kann. Das Piepen meines Handys reißt mich kurz aus meinem Selbstmitleid. Mit einem lauten Stöhnen greife ich danach, entsperre den Bildschirm und sehe eine SMS-Nachricht von Manuel. »Hey, Lukas! Na, wie fühlst du dich nach der ersten Runde ‚Stochastik für Anfänger‘? Panik etwas gelegt, oder träumst du schon von Parabeln?« Ich schnaube und lasse mich zurück in meine Kissen sinken. *Parabeln. Ernsthaft?* Als ob das der schlimmste Teil gewesen wäre. Ich tippe eine Antwort: »Parabeln? Schön wär's! Ich träume mittlerweile von Gleichungen, Wahrscheinlichkeiten... Danke dafür!« Kaum abgeschickt, vibriert mein Handy schon wieder. »Klingt nach einem soliden Start! Warte ab, bis du anfängst, Wahrscheinlichkeiten im echten Leben auszurechnen – zum Beispiel, wie hoch die Chance ist, dass du das Schuljahr überlebst.« Ein zwinkernder Smiley bildet das Ende seiner Nachricht. Ich stöhne und werfe mein Handy neben mich aufs Bett. Perfekt. Genau die Motivation, die ich gebraucht habe. Ich antworte ihm »Es war traumatisierend.« Das Handy vibriert wieder, und aus dem Augenwinkle sehe ich seine Antwort auf dem Bildschirm. »Oh Mann, ich bin schuld, oder? Aber hey, du hast dich echt gut geschlagen heute. Dein Ansatz bei der Aufgabe mit den Kugeln war fast richtig!« Ich verdrehe die Augen. »Fast richtig.« Typisch Manuel, es nett auszudrücken. »‚Fast richtig‘ ist eine nette Umschreibung für ‚komplett daneben‘«, antworte ich.

»Stimmt nicht«, schreibt er sofort zurück. »Du warst nur auf dem… sagen wir, falschen Ast des Baumdiagramms. Aber du kommst da rein, versprochen.« Sein Optimismus ist irgendwie ansteckend, auch wenn ich mich noch nicht ganz davon überzeugen lasse.

»Na ja, wenn du sagst, dass ich Hoffnung habe…«

Seine Antwort kommt fast sofort. »Ich bin nicht nur dein Nachhilfelehrer, sondern auch dein persönlicher Cheerleader. Ohne Outfit, versteht sich.« Ich muss laut lachen und schüttele den Kopf. Ich kann ihn förmlich sehen, wie er dieses Grinsen aufsetzt, das er immer hat, wenn er glaubt, besonders charmant zu sein.

»Gott sei Dank«, schreibe ich. »Das wäre verstörend.«

»Hey, wenn das dein Problem mit Stochastik löst, ziehe ich sogar ein Cheerleader-Outfit an. Aber nur einmal!« Mein Lachen wird lauter. Moment mal, flirtet der etwa mit mir? »Ich bin mir nicht sicher, ob ich dann mehr Angst vor Stochastik oder vor dir hätte…«

»Fair«, kommt seine Antwort. »Aber ernsthaft, mach dir keinen Kopf. Stochastik ist wie ein Puzzle – irgendwann macht es Klick.« Einen Moment starre ich ungläubig auf den Bildschirm. »Hoffentlich macht es Klick, bevor die Klausur zu mir sagt:

‚Ätsch - Durchgefallen‘.«

»Wenn das passiert, wäre das auch mein *fail*«, schreibt er zurück.

»Aber nur, weil ich dich bis dahin unterrichte. Keine Sorge, Lukas, wir schaffen das zusammen.« Ich zögere, bevor ich antworte. Seine Zuversicht tut gut, mehr als ich zugeben will.

»Du hast ja gut reden. Du kannst das Zeug im Schlaf.«

»Das war nicht immer so«, schreibt er.

»Früher hab ich auch gedacht, dass Wahrscheinlichkeiten einfach eine Verschwörung von Mathelehrern sind.«

Ich lache laut auf. »Und jetzt?«

»Jetzt liebe ich es – wirklich. Aber das war nicht immer so. Am Anfang hatte ich auch meine Schwierigkeiten in Mathe, bis irgendwann der Groschen gefallen ist und ich gemerkt habe, wie logisch das alles ist. Aber keine Sorge, ich werde dich nicht missionieren oder dich dazu bringen, es genauso zu *fühlen* wie ich. Mein einziger Job ist es, dafür zu sorgen, dass du bestehst – und das kriegen wir hin.«

»Deal«, schreibe ich. »Aber ohne Cheerleader-Outfit, okay?«

»Na gut... fürs Erste.« Ich lege das Handy weg und grinse, während mein Daumen noch kurz über das Display streicht. Der Typ ist echt witzig – auf eine ungezwungene, charmante Art, die mich immer wieder zum Lachen bringt. Irgendwie ist es schön, dass wir einfach so miteinander reden können, ohne dass es kompliziert wird oder irgendetwas zweideutiges zwischen den Zeilen mitschwingt.

1. Mai

Sonntagmittag. Der Duft von Braten und Kartoffeln hängt schwer in der Luft, während ich am Esstisch sitze und versuche, das Familienritual ohne größere Blessuren zu überstehen. Bei den Bergmanns bedeutet Sonntag, dass wir uns alle einfinden, um gemeinsam zu essen. Ein Ritual, das für andere vielleicht harmonisch klingt, für mich aber eine Übung in Geduld ist. Bianca sitzt mir gegenüber, perfekt gestylt wie immer, als hätte sie sich aus einer Hochglanzzeitschrift teleportiert. Neben mir plaudert meine Mutter schon eifrig, während sie großzügig Soße über die Kartoffeln auf meinem Teller schüttet. Mein Vater sitzt am Kopf des Tisches und widmet sich mit chirurgischer Präzision seinem Fleisch, als sei es die wichtigste Aufgabe des Tages. »Erinnert ihr euch noch an unseren Urlaub am Gardasee?« beginnt meine Mutter und lächelt, als würde sie eine alte Filmrolle abspielen. »Das war so herrlich! Jeden Morgen frische Brötchen aus dieser kleinen Bäckerei... Wie hieß sie noch mal? Ach, egal, jedenfalls war das ein Traum.«

»War das nicht der Urlaub, bei dem Lukas sich den schlimmsten Sonnenbrand seines Lebens geholt hat?«, fragt Bianca mit einer Spur zu viel Genuss in der Stimme. Ich verdrehe die Augen und lege mein Besteck ab. »Oh, danke, dass du das wieder ausgräbst. Als hätte ich in den letzten zehn Jahren nicht genug darunter gelitten.« Mein Vater lacht leise, bevor er emotionslos hinzufügt: »Das war schon beeindruckend. Du sahst aus wie eine Tomate. Beziehungsweise eine gegrillte Tomate.« Das Gelächter am Tisch wirkt warm und familiär, aber für mich fühlt es sich an, als wäre ich wieder das schwarze Schaf der Familie, auf das alle gerne mal zeigen. Ich zwinge mich zu einem dünnen Lächeln und kaue weiter an meinem Braten.

»Apropos«, sagt meine Mutter plötzlich und dreht sich zu mir um. »Lukas, wie läuft es denn im Café? Gibt's da nicht bald diese neue Aktion? Irgendwas mit Erdbeeren?« Ich nicke, rolle die Augen leicht und zucke dabei mit den Schultern. »Ja, Erdbeer-Saison. Der absolute Wahnsinn. Annelies läuft zur Höchstform auf. Wir machen fast nichts anderes mehr als rosarote Getränke und Törtchen für Instagram-Posts.« Meine Schwester hebt kaum den Blick von ihrem Teller, aber ich sehe ein leichtes Schmunzeln über ihr Gesicht huschen. »Seit Tagen ist Annelies besessen in der Küche und testet jede nur denkbare Backkreation mit Erdbeeren. Erdbeer-Tiramisu, Erdbeer-Cheesecake, Erdbeer-Galettes – der große Kühlschrank in der Backküche gleicht mittlerweile einer einzigen Dessert-Theke. Ich schwöre, sie träumt mittlerweile in Rezepten.« berichte ich.

»Nunja, das klingt dennoch nicht unbedingt nach einer Karriere fürs Leben«, wirft Bianca trocken ein, ohne von ihrem Teller aufzublicken. Meine Kiefermuskeln spannen sich an, und ich öffne den Mund, um etwas zu erwidern, aber meine Mutter kommt mir zuvor. »Ach, das ist doch nur eine Phase«, sagt sie beschwichtigend.

»Lukas ist noch jung. Bianca, denk doch mal an deine Anfangszeit. Du warst ja auch nicht sofort die Top-Managerin.« Dazu muss man sagen, dass meine Schwester Bianca direkt nach ihrer mittleren Reife eine Ausbildung zur Bankkauffrau angetreten war. Sie arbeitet nun schon solide zehn Jahre bei der städtischen Sparkasse. Meinen Eltern erzählt sie immer, was für einen Stress sie hat und wie anspruchsvoll das als Managerin ist. Die Wahrheit ist jedoch, dass sie eine kleine Filiale in einem der Außenbezirke leitet und die meiste Zeit mit am Schalter sitzen muss. Bis auf Abhebungen, Einzahlungen und die ein oder andere Beratung zu einem Bausparvertrag ist da nicht viel mit managen. Ihre Mitarbeiter beschränken sich auf zwei Herren, die dieses Jahr ihr vierzigstes Dienstjubiläum feiern und zeitnah in Rente gehen werden. Ich vermute, dass man die Filiale dann in eines dieser modernen SB-Center umbauen wird.

Und das heißt dann: *Adele, Bibi!*

Bianca kontert mit einem Seufzen, das vor Überheblichkeit trieft: »Ja, aber ich wusste, was ich wollte«,

»Na, schön für dich«, murmele ich, bevor ich einen weiteren Bissen Braten in den Mund schiebe, um mich daran zu hindern, etwas Unüberlegtes zu sagen. Meine Mutter bemerkt offenbar, dass die Stimmung zu kippen droht, und lenkt das Gespräch in eine andere Richtung. »Übrigens«, beginnt sie mit dieser Stimme, die sie immer hat, wenn sie eine Anekdote ausgräbt, »ich habe neulich Gabi aus dem alten Büro getroffen. Ihr Sohn hat gerade geheiratet. Eine riesige Hochzeit, mit allem Drum und Dran. Und seine Frau, was für ein nettes Mädchen! Ganz bezaubernd.« Ich kann nicht anders, als kurz zu Bianca zu schielen, die kaum merklich schmunzelt. Ich kenne diesen Tonfall meiner Mutter nur zu gut. Es dauert keine drei Sekunden, bis sie sich zu mir dreht. »Lukas«, sagt sie, und ich spüre schon die unangenehme Frage aufsteigen, »hast du eigentlich jemanden? Du bist doch bestimmt nicht immer allein.« Ich räuspere mich und nehme einen Schluck Wasser, um Zeit zu schinden. »Ach, du weißt doch«, sage ich schließlich und versuche, meine Stimme beiläufig klingen zu lassen, »ich genieße mein Leben so, wie es ist.« Mein Vater wirft mir einen Blick über den Rand seiner Brille zu, mit diesem kleinen Schmunzeln, das mich wahnsinnig macht. »Heißt das, wir sollten uns Sorgen machen?«

Ich lache trocken. »Sorgt euch lieber um die Tomatenernte dieses Jahr. Die ist wichtiger.« Zum Glück lässt meine Mutter das Thema fallen und wendet sich wieder ihrer geliebten Nostalgie zu. Sie erzählt von alten Arbeitskollegen, Urlauben und Dingen, die irgendwann passiert sind, die mich aber nie wirklich betroffen haben. Es ist immer dasselbe Muster: Vergangenes ausschlachten, Persönliches vermeiden, und bloß nicht zu tief gehen. Ich sitze still da und esse den Rest meines Kartoffelbreis. Es ist nicht so, dass ich meine Familie nicht mag. Aber diese Sonntagsessen sind wie ein Theaterstück, in dem jeder seine Rolle spielt. Und ich bin der Statist, der eigentlich lieber im Publikum sitzen würde. Der Gedanke an das Ende des Essens – und die Ruhe meiner Wohnung – hält mich über Wasser. Noch eine halbe Stunde, denke ich. Dann bin ich wieder in meiner Welt, wo mir niemand auf die Nerven geht.

5. Mai

Seit ein paar Tagen beginnen die Temperaturen zu steigen und der Schwarzwald erwacht endlich aus seinem langen Winterschlaf. Die Luft draußen riecht nach feuchter Erde und ersten Blüten, und die Sonne kämpft sich mit warmen Strahlen durch die dichten Baumkronen. Heute ist der erste Tag seit Monaten, an dem ich ohne dicke Winterjacke vor die Tür treten kann. Nur ein leichter Pullover, und selbst der fühlt sich fast schon zu viel an. Manuel steht bereits an der Haustür, als ich aus meinem Auto steige. Er strahlt mich wie immer übers ganze Gesicht an und winkt mir zu. Ich muss zugeben, diese Nachhilfe macht mehr Spaß, als ich ursprünglich gedacht hätte. Manuel hat die Fähigkeit, selbst die schwierigsten Zusammenhänge auf eine lockere und verständliche Weise zu erklären, und wir lachen oft zusammen – oder über mich. Der Vibe zwischen uns stimmt einfach. »Na, bereit für die nächste Runde Stochastik-Tortur?« ruft er und lacht, als ich eine übertrieben glückliche Grimasse ziehe. »Klar, ich bring den Willen mit, du die Geduld«, kontere ich, während ich ihm zur Haustür folgte. Die Nachhilfe verläuft besser als erwartet. Manuel erklärt mir die Aufgaben mit einer Ruhe, die sofort etwas von meinem Stress nimmt. Seine Stimme ist geduldig, seine Worte verständlich, und wenn ich fragend die Stirn runzle, lächelt er nur und versucht es auf eine andere Weise. Er wirkt, als hätte er alle Zeit der Welt, und diese Gelassenheit steckt an. Irgendwann lehnt er sich zurück, verschränkt die Arme hinter dem Kopf und meint: »Weißt du was? Wir haben heute schon einiges geschafft auf deinem Weg zum Mathe-Profi. Ich finde, wir haben uns nun ein großes Eis verdient.« Ich blicke ihn überrascht in seine tiefblauen Augen, die im Licht fast zu leuchten scheinen und muss lachen.

»Das glaube ich erst, wenn ich eine Klausur mit Bestnoten zurück erhalte. Aber hey, Eis klingt nach einem Plan. Geht auf mich.«

Wir verlassen das Haus, und während wir über den Kiesweg zu meinem Auto gehen, philosophiert Manuel über seine Lieblingseissorten. »Pistazie ist unschlagbar!«, sagt er gerade, als eine scharfe Stimme hinter uns die Unterhaltung unterbricht.

»Manuel! Wohin gehsch du??«

Ich drehte mich überrascht um und sehe einen Mann auf uns zustürmen. Er sieht aus wie eine ältere, rauere Version von Manuel – die selben rotblonden Haare, aber mit grauen Strähnen, und ein wettergegerbtes Gesicht. Seine Haltung ist angespannt, seine Stimme scharf, und seine Arbeitskleidung von Heu und Staub bedeckt. Jap – definitv Manuels Vater. Manuel bleibt stehen. Sein ganzer Körper versteift sich auf einmal und er zieht leicht den Kopf ein, als würde man ihn gleich zum Schafott führen. »Ich… äh… wir wollten uns nur kurz ein Eis holen…« sagt er vorsichtig, sein Tonfall fast entschuldigend. »Ein Eis? Ein Eis??« Der Mann schnauft, seine Stimme klingt schneidend vor Spott. »Hör mal, Junge, der Stall isch noch nicht fertig! Denksch du, die Kühe melke sich von selbscht, während du dir e schöne Nachmittag machsch?« Manuel hebt leicht die Hände, als wolle er die Situation beruhigen. »Ich hab doch gesagt, ich mach's später. Ich bin gleich zurück.«

»Schpäter?« Sein Vater macht einen Schritt auf uns zu, die Hände in die Seiten gestemmt. »So läuft des hier net! Manuel. Der Hof läuft richtet sich net nach deinem Zeitplan. Glaubsch du, du kannsch dir hier jetzt e schlauer lenz mache? Was kommt als Nächstes? Zu fein für körperliche Arbeit? Der feine Herr Student?« Ich bin von der Situation völlig überrascht. Zum einen weil Manuel auf einmal neben mir wirkt wie ein kleines Kind und zum anderen, weil der alte Knacker die Nerven hat, seinen Sohn *so* vor einer fremden Person bloßzustellen. Zumal mich Herr Vater bisher auch noch keines Blickes gewürdigt hat. Manuels Gesichtsfarbe wechselt von sexy porzellanhafter Blässe zu peinlich berührter Röte. Er senkt den Blick und seine Hände zupfen nervös an den Ärmeln seines Pullovers, als ob er sich damit unsichtbar machen könnte.

»Es ist nicht so, Papa«, sagt er leise, fast unhörbar.

»Was isch es dann? Erklär's mir!« Der Mann stemmt die Hände in die Hüften, seine Stimme war jetzt fast ein Brüllen. »Du verschwindsch hier ständig, als ob der Hof nix mehr mit dir zu tun hätte.« Manuel zuckt leicht zusammen, sein Blick huscht zu mir – voller

Angst, Scham und dieser stummen Bitte, nicht einzugreifen. »OK. Ich mach's jetzt.«, murmelt er schließlich, seine Stimme brüchig. Sein Vater schnaubt und winkt ab. »Des will ich auch hoffe!« Ohne ein weiteres Wort dreht er sich um und stapft zurück Richtung Scheune, während eine Staubwolke von seinen schweren Stiefeln aufgewirbelt wird. Ich stehe da, völlig überrumpelt, und sehe Manuel an. Er wirkt auf einmal kleiner, verletzlicher, als ob die ganze Szene ihn in sich zusammenfallen läßt. Wie kann sein Vater so eine krasse Macht über ihn ausüben? Manuel, ein gestandener Mann. Er zögert, bevor er sich mir zuwendet, sein Gesicht blass, seine Schultern immer noch angespannt. »Sorry«, murmelt er, den Blick starr auf den Boden gerichtet. »Das war… peinlich.«

»Manuel, du musst dich nicht entschuldigen«, sage ich schnell, aber meine Stimme klingt unsicher. Ich will ihn trösten, aber ich weiß nicht wie. »Doch, ich muss«, sagt er leise, schüttelt den Kopf und schenkt mir ein gezwungenes Lächeln. »Du solltest das nicht sehen müssen. Mein Vater… na ja, er ist so. Der Hof ist sein Leben, und für ihn gibt's nix anderes.« Ich will etwas sagen, irgendetwas, um diese unangenehme Situation zu brechen, aber mein Kopf fühlt sich leer an. Die richtigen Worte liegen mir auf der Zunge, doch sie kommen nicht heraus. Stattdessen herrscht diese seltsame, unausgesprochene Stille zwischen uns. Manuel atmet tief durch, als würde er sich sammeln, und deutet dann mit einem kurzen Nicken Richtung Scheune. »Ich sollte das jetzt erledigen«, sagt er, seine Stimme leiser als zuvor. Er tritt einen Schritt zurück, als würde er sich bereits innerlich verabschieden. Dann zwingt er sich zu einem kleinen Lächeln. »Eis holen wir ein anderes Mal, okay?« Ich will nicken, will etwas Lockeres er-

widern, aber alles, was ich schaffe, ist ein einfaches: »Null Problemo«
Ich fühle mich auf einmal seltsam hohl, als ich ihm nachsehe. Traurig
trottet er von dannen. Diese Seite an ihm hätte ich jetzt nicht erwartet.

10. Mai

Ich stürme durch die Ladentür des »Süßen Löchle«, leicht außer Atem
und wie immer leicht zu spät dran. Die Glocke über der Tür bimmelt
fröhlich, als wollte sie meinen chaotischen Auftritt kommentieren.
Ich streife mir die Schürze über, noch während ich mich im Lauf-
schritt hinter die Theke begebe, bereit, mich mitten ins Café-Gewusel
zu stürzen. Doch dann bleibt mir die Luft weg – nicht vor Stress,
sondern wegen eines unvergleichlichen, betörenden Dufts, der den
Raum erfüllt. Warm, nussig, ein Hauch von Zimt und Frucht.

»... ist das... ist das etwa...?« frage ich, meine Stimme voller Ehr-
furcht, während ich mich suchend umsehe. Annelies taucht hinter
der Backstube auf, ihre Hände staubig von Mehl, und strahlt mich an.
»Des isch e frische badische Linzer Torte!« sagt sie stolz, ihr Dialekt
so gemütlich wie immer. Meine Augen weiten sich, und mein Magen
knurrt beinahe im Einklang mit meinem Herzschlag.

»OH - MEIN – GOTT«, sage ich leise. »Mein absoluter Lieblings-
kuchen. Den könnte ich das ganze Jahr über essen!!.«

»Ja dann, los!« sagt Annelies lachend und stellt mir einen Teller mit
einem großzügigen Stück vor die Nase. »Aber probier net alles weg,
gell? Des isch für die Kundschaft.« Ich nehme eine Gabel und teile

ein Stück ab. Schon der erste Bissen ist eine Offenbarung: die mürbe Kruste, die intensive Süße der Marmelade, die leichten Gewürze, die perfekt harmonieren. Ich schließe die Augen und lasse ein genussvolles »Mhmmm...« hören, das eindeutig mehr als nur Genuss verrät. »Wie e Orgasmus im Mund«, murmle ich, ohne darüber nachzudenken. Annelies bricht in schallendes Gelächter aus, so laut, dass sich ein paar Kunden neugierig umdrehen. Sie wischt sich eine Träne aus dem Augenwinkel und schüttelt den Kopf. »Lukas, du bischt eifach herrlich. Weißt du was? Des könnten wir uf die Etikette in dr Auslage schreiwe: ‚Mit Orgasmus-Garantie‘!«

Ich reiße die Augen auf und sehe sie halb entsetzt, halb amüsiert an. »Wenn du das wirklich machst, wirst du Ärger mit den Rentnern hier im Viertel kriegen.« Sie winkt lachend ab. »Awas, die sind doch abgehärtet! Und außerdem… die machens doch eh noch wie früher – bei dem Linzertörtle spürsch es wieder!« Ich schüttele lachend den Kopf, während ich den Teller zurück auf die Theke stelle. »Okay, aber ehrlich – wie soll ich jetzt den Rest meiner Schicht überstehen, wenn ich weiß, dass diese Köstlichkeit da hinten steht?«

»Mit viel Selbstbeherrschung«, sagt Annelies und zwinkert. »Oder du wartest, bis die Schicht rum isch, dann kriegsch no e Stückle.«

»Deal«, sage ich, obwohl ich weiß, dass es die härteste Selbstbeherrschungsprobe meines Lebens wird. Mit einem Grinsen auf den Lippen wende ich mich den ersten Kunden des Tages zu, während der Duft der Linzer Torte mich wie eine süße Versuchung durch die Schicht begleitet.

12. Mai

Ich sitze auf meinem Bett, das Handy in der Hand, während ich durch meine SMS-Nachrichten scrolle. Nach einem langen Tag in der Schule will ich eigentlich nur abschalten. Allerdings muss ich zur Kenntniss nehmen, dass ich schon länger nichts mehr von Manuel gehört habe. Nach dem Vorfall mit seinem Vater hoffe ich nicht, dass er mich jetzt ghostet. Ohne groß nachzudenken, tippe ich eine Nachricht: »Servus! Wie läuft's bei dir? Schon was Neues von den FH's gehört?« Es dauert nicht lange, bis sein Name auf meinem Bildschirm aufleuchtet. »Hey! Ja, tatsächlich. Hab heute die Zusage aus Hamburg bekommen!« Ich lächle, überrascht und irgendwie stolz. Hamburg! Das ist großartig! »Hamburg?« tippe ich schnell zurück.

»Das ist ja meeeega! Herzlichen Glückwunsch! Aber... das ist ganz schön weit weg, oder?«

»Ja, ist es«, schreibt er. »Ich hatte mich dort spaßeshalber beworben, um meine Chancen auszuloten. Und jetzt das! Eigentlich wollte ich gar nicht so weit weg. Ich habe keine Ahnung, was ich jetzt machen soll.«

»Vielleicht ist das ein kosmisches Zeichen?« schreibe ich mit einem lachenden Emoji, aber ein kleiner Stich trifft mich doch bei dem Gedanken, dass er vielleicht bald so weit weg sein könnte. »Haha, wer weiß... Ich warte noch auf ein, zwei andere Antworten.«

»Verständlich«, antworte ich schnell. »Bin echt stolz auf dich, dass das so schnell geklappt hat.«

»Danke, Lukas. Du bist der Beste«, *awww, süß von ihm.*
Bevor ich mir noch mehr darauf einbilden kann, wechsle ich lieber

schnell das Thema »Was treibst du die Woche so?«, tippe ich schnell.

»Dienstag und Donnerstag hab ich Fußballtraining«, antwortet er. »Wir bereiten uns auf ein Freundschaftsspiel vor.« *Natürlich hat er Training.* Ich seufze und schreibe zurück: »Und die anderen Tage?«

»Da muss ich abends lernen. Also wird's wohl auch bei mir eng.« Ich lasse mich auf mein Bett zurückfallen und starre an die Decke. »Sieht so aus, als wären wir diese Woche beide komplett ausgebucht.«

»Leider, ja«, kommt zurück. »Aber hey, du bist ja mittlerweile sicherlich eine Gastro-Koryphäe – ich komm einfach mal ins ‚Süße Löchle‘ auf einen Kaffee, wenn ich Zeit hab.« Ich grinse und schreibe: »Wenn du mir dann nicht den halben Tresen vollkippst, wie beim letzten Mal, gerne.«

»Das war EINMAL, und der Deckel war nicht richtig drauf!«

Ich lache leise und tippe zurück: »Klar, schuld war natürlich der Deckel.«

»Genau«, schreibt er, und ich kann mir sein Grinsen förmlich vorstellen. »Ich sag einfach, der Deckel hat Hamburg auch auf seiner Liste.«

»Du bist unmöglich«, antworte ich, bevor ich das Handy weglege, nur damit es sofort wieder vibriert. »Und trotzdem magst du mich.«

»Leider«, schreibe ich und merke, dass ich tatsächlich lächle.

»Pass auf dich auf, Lukas. Und viel Spaß im ‚Süßen Löchle‘.«

»Danke, Manuel. Viel Erfolg beim Training – und meld dich, wenn du mal einen echten Kaffee trinken willst.«

»Deal. Bis bald, Lukas.« Ich schaue auf die letzte Nachricht, bevor ich mein Handy endgültig zur Seite lege. »Bis bald«, murmle ich leise zu mir selbst, mit einem Lächeln, das ich mir nicht erklären kann.

20. Mai

Es ist Samstagmittag, und ich frage mich ernsthaft, was uns geritten hat. Vor ein paar Tagen hatten Steffie und ich die grandiose – oder eher wahnsinnige – Idee, einen Wandertag einzulegen. In unserer Vorstellung klang es idyllisch: von meinem kleinen Dorf aus gemütlich auf einen der nächstgelegenen Berge marschieren, die frische Luft genießen, vielleicht sogar ein bisschen die Seele baumeln lassen. In der Realität? Naja, sagen wir mal, meine Begeisterung hält sich gerade in Grenzen. Steffie hatte die Tour auf einer Wander-Website entdeckt, und ehrlich gesagt, klang sie ziemlich vielversprechend – »Von Hütte zu Hütte« durch die dichten Wälder rund um Reichenbach. Eine mittelschwere Route mit knackigen Höhenmetern, genau das Richtige, um den Kopf freizubekommen und den Alltag hinter sich zu lassen. »nur 10,6 Kilometer und 420 Höhenmeter«, hatte Steffie gesagt, während sie mir ihr Handy unter die Nase hielt »Das ist doch machbar, oder?« Machbar war es, klar. Aber ich hatte nicht erwartet, dass es so… idyllisch klingt. Der Weg startet auf schmalen Pfaden, die durch dichte Wälder führen und uns direkt zum Altvater bringen sollen – was auch immer das ist. Steffie hatte keine Ahnung und ich noch weniger, aber es klang irgendwie geheimnisvoll, also warum nicht? Danach wird's wohl gemütlicher, zumindest laut Beschreibung. Breite Waldwege verbinden die Hütten: Bernardhütte, Rauhörnlehütte und Julius-Kaufmann-Hütte. Der Plan? An jeder Hütte eine kleine Pause einlegen, Vesper rausholen und vielleicht einen Moment einfach nur sitzen, während man die Aussicht genießt. Steffie meinte, einige der Hütten hätten Feuerstellen, wo man sogar grillen könnte. Ich hab sie gefragt, ob sie vorhat, belegte Brötchen mitzuschleppen, worauf sie nur meinte: »Brötchen vielleicht nicht, aber eine Flasche Sekt, falls wir den Weg überleben.« Das Highlight soll wohl die Guttahütte sein, die am Wochenende sogar bewirtet wird. Das klingt nach einem guten Ziel, wenn wir es bis dahin schaffen. Steffie läuft ein Stück vor mir, ihre typische Pferdeschwanzfrisur wippt bei jedem Schritt, und ihre hellblauen Wanderschuhe wirbeln den Staub des Pfades auf. »Ich hätte nie gedacht, dass wir das tatsächlich durchziehen«, sagt sie und dreht sich lachend zu mir um, ihre Wangen leicht gerötet vom Anstieg. »Hey, ich bin vielleicht faul, aber nicht unzuverlässig«, erwidere ich grinsend und schnalle meinen Rucksack etwas enger. »Außerdem war es deine Idee, mehr Sport zu treiben. Ich wollte einfach nur nicht als Couchkartoffel dastehen.«

»Und du hast zugestimmt, du kleine Linzer Schnitte!« Sie bleibt stehen, legt die Hände in die Hüften und deutet auf einen moosbewachsenen Baumstamm, der aussieht, als hätte die Natur selbst daran geschnitzt. »Schau mal, wie schön das aussieht. Sieht aus wie ein kleines Zuhause für Waldgeister.« Ich bleibe neben ihr stehen, atme tief ein und nehme den Geruch von feuchter Erde, Harz und einen Hauch von Blüten auf, der durch die klare Frühlingsluft schwebt. »Waldgeister oder Wildschweine. Eins von beiden«, sage ich trocken und werfe ihr einen schiefen Blick zu. »Immer so romantisch, Lukas«, sagt sie mit einem gespielten Seufzen, doch ihr Lächeln verrät, dass sie meinen Humor gewohnt ist. »Ich geb mir Mühe«, antworte ich und tue so, als würde ich mich in einen imaginären Smoking zwängen. Sie lacht und geht weiter, ihre Schritte federn auf dem weichen Waldboden. Über uns tanzt das Licht durch die Baumkronen, und in der Ferne höre ich das leise Plätschern eines Bachs. Wir wandern schweigend weiter, bis sie schließlich das Thema wechselt. »Übrigens, ich hab letztens ein neues Café in der Stadt entdeckt«, beginnt sie. »Super gemütlich. Sie haben die beste Erbsenmilch-Latte, die ich bis dato probiert habe. Du musst mal mitkommen!«

»Erbsenmilch?« Ich ziehe eine Augenbraue hoch. »Was ist los mit normaler Milch? Hab ich was verpasst?«

»Normal ist langweilig, mein Lieber«, sagt sie und wirft mir einen Blick über die Schulter zu. »Außerdem musst du mit der Zeit gehen. Mandelmilch ist der Trend.«

»Dann bleib ich altmodisch. Ich mag neue Trends in Form von Kuchen, nicht in meinem Kaffee. Und im übrigen kann ich dem süßen Löchle nicht untreu werden. Wenn *das* rauskommen würde...« Wir lachen beide, und für eine Weile reden wir über belanglose Dinge – ihre Family, ihre Herausforderungen in der Schule bzw. in Englisch, und so weiter. Irgendwann bleibt sie dann jedoch abrupt stehen und holt tief Luft. »Aber genug von mir. Es ist Zeit für die Ex-Akten.«

Ich bleibe ebenfalls stehen, die Hände in die Hüften gestemmt. »Was für Akten??«

»Die Ex-Akten. Ehemalige Liebhaber und gescheiterte Beziehungen. Die wirklich spicy stories. Das gehört doch zum Wandern dazu. Endlose Pfade und endlose Geschichten.« Sie setzt sich in Bewegung, doch ich merke, dass ich nun wohl am Zug bin. »Okay, okay«, gebe ich nach. »Da gibts nicht viel zu erzählen. Wen willst du hören? Felix oder Anton?«

»Beide. Aber fang mit Felix an.« Ich lache trocken. »Na gut. Felix war mein erster Freund mit 16. Oh Gott, damals war ich so naiv.

Ich hab alles für ihn getan, dachte, das wäre Liebe. Aber irgendwann wurde mir klar, dass ich nie genug war. Es gab immer jemanden, der spannender war. Anfangs habe ich noch gefragt, ob da jemand anderes ist. Irgendwann habe ich aufgehört, weil die Antwort immer dieselbe war: Schweigen.« Steffie runzelt die Stirn. »Wow. Das klingt… richtig toxisch.«

»War es auch. Aber ich hab's damals nicht so gesehen.«

»Und Anton?« Ich seufze und kicke einen kleinen Stein vom Weg. »Anton war… anstrengend. Alles, was ich gemacht habe, war falsch. War ich emotional, war's zu viel. War ich ruhig, war's zu wenig. Am Ende wusste ich nicht mehr, wer ich eigentlich bin.«

»Kein Wunder, dass du jetzt vorsichtig bist«, sagt sie leise. Ich nicke, und für einen Moment ist nur der Wald um uns herum zu hören. »Ja, vielleicht bin ich zu vorsichtig. Vielleicht hab ich Angst, wieder zu viel von mir zu verlieren.« Sie legt ihre Hand auf meine Schulter, kurz und aufmunternd. »Du bist mehr als genug, Lukas. Du musst nur jemanden finden, der das auch so sieht.« Ich schlucke, nicke, und wir gehen weiter. Manchmal reicht es, dass jemand solche Dinge sagt, auch wenn es schwer ist, sie zu glauben. Nach einer Weile setzen wir uns auf einen umgestürzten Baumstamm, der mitten am Wegesrand liegt. Die Sonne scheint durch die Blätter, wirft tanzende Muster auf den Waldboden, und ich sehe, wie Steffie in ihrem Rucksack kramt. Mit einem triumphierenden »Aha!« zieht sie eine Wasserflasche heraus, schraubt sie auf und nimmt einen großen Schluck. »Okay, ich hab's dir erzählt«, sage ich schließlich und klopfe mit der flachen Hand auf den Stamm, als wäre das ein offizielles Signal. »Jetzt bist du dran. Ex-Akten, Steffie. Alles auf den Tisch.« Sie grinst verschwörerisch, schraubt die Flasche langsam wieder zu und lehnt sich zurück. Ihre Haltung wirkt entspannt, aber ich sehe, wie ihre Finger nervös mit dem Flaschendeckel spielen. »Meine Ex-Akten sind ehrlich gesagt ziemlich kurz und wahrscheinlich sterbenslangweilig im Vergleich zu deinen«, gibt sie zu. »Eigentlich gibt's nur Matthias.«

»Matthias?« Ich ziehe eine Augenbraue hoch und versuche, mir diesen Typen vorzustellen. »Der mysteriöse Matthias, von dem du so gut wie nie redest? Los, erzähl schon.« Steffie sieht in die Ferne, ihr Lächeln wird sanfter, nachdenklich, fast ein bisschen melancholisch. »Matthias und ich waren lange zusammen. Fünf Jahre, um genau zu sein. Wir haben uns in der Schule kennengelernt. Er war mein erster Freund und irgendwie… war er alles für mich. Zumindest damals.«

»Fünf Jahre?« pfeife ich durch die Zähne. »Das ist echt lang. Was ist passiert?« Sie zieht die Beine an, legt die Arme um ihre Knie und seufzt. »Es hat sich… verlaufen. Am Anfang war alles so aufregend. Er war witzig, charmant und hatte diese Art, immer für mich da zu sein. Aber irgendwann…«

Sie bricht ab und schüttelt leicht den Kopf. »Irgendwann wurde es weniger ein ‚Wir‘ und mehr ein… ich weiß nicht. Alltag vielleicht. Routine.« Ich lehne mich vor und stütze die Ellbogen auf die Knie. »Du meinst, er war bequem?«

»Bequem?« Sie überlegt kurz, dann nickt sie. »Ja, genau. Bequem. Er war zufrieden mit allem, wie es war. Und ich?« Sie lacht bitter. »Ich wollte mehr. Ich wollte reisen, Neues erleben, mich weiterentwickeln. Aber Matthias wollte lieber auf der Stelle treten.«

»Das klingt… frustrierend«, sage ich vorsichtig.

»Das war es auch.« Sie sieht mich an, und in ihrem Blick liegt eine

Mischung aus Erschöpfung und Akzeptanz. »Wir haben uns irgendwann nur noch im Kreis gedreht. Jede Diskussion war die gleiche. Und weißt du, was das Schlimmste war? Ich hab angefangen, zu denken, dass ich zu viel verlange.«

»Hast du?« frage ich leise.

»Nein.« Sie sagt es entschieden, als hätte sie die Frage schon tausendmal gestellt und beantwortet. »Das habe ich irgendwann verstanden. Es ist nicht zu viel, sich nach einem Partner zu sehnen, der dieselben Träume teilt. Oder der wenigstens versteht, dass ich nicht stehenbleiben kann. Aber Matthias…« Sie zögert, spielt wieder mit dem Deckel ihrer Flasche. »Matthias wollte einfach das Leben, das wir schon hatten. Und ich wollte mehr.«

»Wie seid ihr auseinandergegangen?« frage ich, obwohl ich mir die Antwort fast denken kann.

»Friedlich«, sagt sie, aber ihr Tonfall verrät, dass es mehr kompliziert als friedlich war. »Es gab keinen großen Knall, kein Drama. Irgendwann haben wir beide erkannt, dass wir uns verloren hatten. Es hat wehgetan, klar, aber im Nachhinein war es das Beste für uns beide.« Ich nicke langsam, nehme einen Schluck Wasser und überlege, wie ich darauf reagieren soll. »Also suchst du jetzt nach jemandem, der mehr in deinem Tempo ist?« Sie schnaubt leise, ein Lächeln spielt um ihre Lippen. »Vielleicht. Oder nach jemandem, der mich mitzieht, wenn ich mal nicht vorwärtskomme. Aber keine Ahnung, ob es den perfekten Menschen überhaupt gibt.«

»Du klingst ja fast schon romantisch«, sage ich mit einem breiten Grinsen. »Ach, halt die Klappe.«

Sie wirft mir einen kleinen Zweig zu, der direkt auf meiner Schulter landet. »Es war ein Moment der Schwäche.«

»Eindeutig«, erwidere ich, während ich den Zweig wegwische. »Aber hey, das macht dich menschlich.«

Sie lacht und steht auf, schwingt ihren Rucksack über die Schulter. »Komm, du Klugscheißer. Weiter geht's. Der Schwarzwald wartet.«

Ich rolle mit den Augen und folge ihr.

23. Mai

Ein unaufhörlicher Sturm tobt über uns hinweg. Starker Regen prasselt seit einer Stunde auf meine Terasse wie ein wildes Trommelfeuer. Ich liege auf meiner Couch, tief in eine Decke gewickelt, und versuche mich in der vertrauten Welt von Sex and the City zu verlieren. Meine Lieblingsserie. Carrie ist gerade dabei, über das Chaos in Beziehungen zu philosophieren, als plötzlich ein Klopfen an der Terrassentür mich zusammenzucken lässt. Ich erstarre und schalte den Ton vom Fernseher aus. Erst denke ich, irgendwas muss gegen die Tür gefallen sein, aber dann höre ich das Klopfen erneut, diesmal energischer. Widerstrebend schiebe ich die Decke beiseite und stehe auf. Ich nähere mich vorsichtig der Tür und schiebe den Vorhang etwas zur Seite. Was ich sehe, verschlägt mir den Atem. Manuel steht auf meiner Terrasse. Nur in kurzer Sporthose, T-Shirt und Laufschuhen. *Klatschnass!* Das Wasser tropft von ihm, die nassen Stoffe kleben an seiner Haut. Er hat die Arme fest um seinen Oberkörper geschlungen, als würde er versuchen, sich selbst zu wärmen. Einen kurzen Moment treffen sich unsere Blicke und jetzt erkenne ich erst seine rot unterlaufenen Augen, seine Brust hebt und senkt sich hektisch, als würde er jeden Moment zusammenbrechen. »MANUEL!« Ich reiße die Terassentür auf und bevor ich etwas sagen kann, stolpert er schon in meine Wohnung. »Entschuldige… Entschuldige, dass ich einfach so hier auftauche«, stammelt er, während er vor mir steht, am ganzen Körper zitternd. »Ich wusste nicht, wo ich sonst hin soll.«

»Um Gottes Willen, was ist denn passiert?«, frage ich, noch immer völlig überrascht. Wasser tropft von ihm auf den Boden und bildet kleine Pfützen um seine Füße. »Es tut mir leid«, wiederholt er, Tränen kullern ihm übers Gesicht, und seine Stimme bricht, während er spricht. »Ich... ich wollte dich nicht... erschrecken.«

»Vergiss das. Jetzt komm erstmal runter und setz dich«, sage ich und deute auf einen Stuhl an meinem Küchentisch

»Du bist ja völlig durchgefroren.«

Er sinkt langsam nieder, das Wasser, das von ihm tropft, ignoriere ich. Geistesgegenwärtig nehme ich ein großes Handtuch aus meinem Kleiderschrank und reiche es ihm, dann setzte ich mich neben ihn und warte, bis er von selbst zu sprechen beginnt, während er sich das Gesicht trocken reibt. Er nimmt das Handtuch mit zitternden Händen und wickelt es um seine Schultern. »Mein Vater...« Seine Stimme klingt leise, kaum hörbar. Er stockt, schluckt schwer und sieht mich schließlich mit geröteten Augen an. »Er hat die Zulassungsbestätigung gefunden.«

»Welche Zulassungsbestätigung?« frage ich vorsichtig.

»Für... die Fachhochschule in Hamburg«, antwortet er, seine Stimme brüchig. »Ich wollte es ihm noch nicht sagen, weißt du? Aber er hat den Brief per Zufall auf meinem Schreibtisch liegen sehen. Und dann ist er... durchgedreht.« Ich spüre, wie sich ein Kloß in meinem Hals bildet »Durchgedreht? Warum? Das ist doch eine großartige Sache! Du hast es geschafft!« Manuel lacht bitter, ein Laut, der mir eiskalt den Rücken hinunterläuft. »Nicht für ihn. Für ihn ist das Verrat. Der Hof, das Leben hier – das ist alles, was für ihn zählt. Und ich... ich soll das genauso sehen. Aber ich kann das nicht.« Seine Stimme bricht erneut, und ich sehe, wie er sich abwendet, als würde er versuchen, seine Tränen vor mir zu verbergen.

»Und dann?«, frage ich vorsichtig, obwohl ich die Antwort fürchte.
»Ich war joggen, als er das Schreiben zufällig entdeckt hat. Als ich
dann zurückkam… hat er mich schon erwartet. Wir haben gestritten, er hat mich angeschrien, und dann…« Er zieht den Ärmel seines durchnässten T-Shirts hoch und offenbart eine dunkle Rötung
an seinem Oberarm. »Dann hat er mich verdroschen. Er ist völlig
durchgedreht. Und ich… ich konnte mich nicht wehren, schließlich
ist er ja mein Vater. Ich musste raus, Lukas. Ich bin einfach losge-
laufen.« Mein Herz zieht sich zusammen, und unterm Tisch ballen
sich meine Hände zu Fäusten. Die Vorstellung, dass jemand Manuel – ausgerechnet Manuel, der so stark und unerschütterlich wirkt
– verletzen könnte, lässt mein Blut kochen. »Ernsthaft? Du bist von
dir zu Hause den ganzen Scheissschutterlindenberg runtergelaufen?
Zu Fuß bis hierher? Omg!« Ich bin schockiert. Versuche mich wieder
zu beruhigen. »Manuel, es war genau richtig, dass du hergekommen
bist«, sage ich leise, meine Stimme so sanft wie möglich. »Mach dir
darüber keine Gedanken. Du bist hier sicher. Und du kannst bleiben, so lange du willst.« Er nickt, aber sein Blick bleibt auf den Boden geheftet. Seine Schultern sind leicht nach vorne gesunken, als
würde er versuchen, sich unsichtbar zu machen. »Danke«, murmelt
er, so leise, dass ich es fast überhören könnte. Aufgewühlt stehe ich
auf und nehme ein weiteres Handtuch aus meinem Kleiderschrank.
Als ich zurückkomme sitzt Manuel wie ein Häufchen Elend vor mir,
ein Anblick, den ich schwer ertragen kann »Manuel«, sage ich leise, »ist das… ist das schon öfters vorgefallen? Dass dein Vater…«
Er unterbricht mich nicht, aber er antwortet auch nicht sofort.
Nervös knibbelt er an seinen Fingern. Schließlich murmelt er:

»Der ist einfach gestresst, weißt du? Der Hof... der Hof läuft nicht mehr so wie früher. Es reicht manchmal kaum um über die Runden zu kommen. Und... wir alle müssen mithelfen.« Ich schiebe mich ein Stück näher, lege vorsichtig eine Hand auf seine Schulter. »Ganz ehrlich, das entschuldigt nicht, warum er... warum er *so* reagiert.« Manuel sieht mich an, und in seinen tiefblauen Augen liegt etwas, das ich nicht deuten kann. Schmerz? Wut? Resignation? Vielleicht alles zusammen. »Er hat Angst, Lukas«, sagt er schließlich. »Angst, dass alles zusammenbricht. Er kann noch nicht in Rente gehen, und verkaufen will er den Hof auch nicht. Das ist sein Leben, verstehst du?«

»Ja«, sage ich leise, obwohl ich mir nicht sicher bin, ob ich es wirklich verstehe.

»Und ich...« er hält inne, beißt sich auf die Unterlippe, wie er es immer tut, wenn er nachdenkt. »Er hat Angst, dass ich ausfalle. Wenn ich weg bin, wer hilft dann?« Er bricht ab, schüttelt den Kopf.

»Er ist eben so. Manchmal.«

»Manuel!« Meine Stimme ist fester, als ich erwartet habe.

»Das ist *keine* Entschuldigung, verdammt nochmal. Egal, wie gestresst er ist, das gibt ihm nicht das Recht, dich *so* zu behandeln.« Er nickt emotionslos. »Hier. Ich gebe dir gleich trockene Sachen. Du kannst gerne duschen und Co.« Ich deute auf die Tür im Flur neben der Küche. Kommentarlos steht Manuel auf und geht in Richtung Bad. Ich krame weiter in meinem Kleiderschrank nach trockenen Sachen für ihn. Als ich an der geöffneten Badezimmertür vorbeilaufe, komme ich nicht umhin einen kurzen Blick hineinzuwerfen. Manuel steht nackt mit dem Rücken zu mir. Sein ganzer Rücken ist übersäht mit blauen und lilafarbenen Flecken.

»Um Gottes Willen, was hat der Alte mit dem Jungen bloß angestellt?«, schießt es mir durch den Kopf. Ich lege den kleinen Klamottenstapel sachte auf den Küchentisch. Nach einer Weile kommt Manuel aus dem Badzimmer, das Handtuch um seine Hüfte geschlungen.

Okay, Bergmann. Konzentrier dich. Die Augen schön OBEN lassen.

»Ähm, hier... das ist dir alles wahrscheinlich viel zu groß – aber Du kannst gerne mein Lieblingsshirt haben!« Endlich lächelt er, seine Augen immer noch glasig. »Danke, Lukas. Wirklich. Das ist mir echt unangenehm.«

»Achwas, kein Problem«, sage ich und setzte mich wieder auf mein Sofa. »Wie gesagt, du kannst so lange bleiben, wie du willst. Wirklich kein Thema!« Manuel nickt und verschwindet mit den Klamotten wieder im Bad. Ich gehe in die Küche und setze Teewasser auf. Wenig später steht er dann vor mir. Das Disturbed Fan-Shirt sieht wirklich viel zu groß an ihm aus, fast wie ein Zelt. Man könnte meinen, als wäre er in meinen Sachen eingegagen. Ich muss schmunzeln.

»Disturbed, hm?« sagt er und blickt an sich herab.

»Ja, Mann! Die beste Band ever!«, antworte ich mit einem Augenzwinkern, »hier – ein Tee«.

»Danke«, seufzt er. Ich nicke und setze mich wieder auf mein Sofa.

Er setzt sich schweigend neben mich und zum ersten Mal seit seinem Überfall scheint er sich zu entspannen.

»Sex and the city, hm?«

Ich hatte den Fernseher völlig vergessen. Etwas peinlich berührt, greife ich schnell nach meiner Fernbedienung. »Äh – ja. Erwischt. Um ehrlich zu sein, schaue ich das ganz gerne, um abzuschalten. Und um mal wieder zu lachen. Aber wir können auch was anderes anschauen, wenn du möchtest. Außer Fußball.« Manuel lacht auf. »Nein, alles gut. Lachen hört sich gut an. Um ehrlich zu sein, habe ich die ein oder andere Folge auch schon gesehen.« Ich schaue ihn mit einem verschwörerischen Blick tief in die Augen und sage: »Ausgezeichnet!«, bevor ich die Start-Taste an der Fernbedienung drücke und Carrie wieder zum Leben erwecke. Manuel schläft diese Nacht auf meinem Sofa, unweit von meinem eigenen Bett. Es dauert lange, bis ich selbst einschlafen kann, da ich immer wieder zu ihm hinüber blicke. Wie gerne hätte ich ihn einfach nur gehalten und getröstet. Wie kann ein Mensch einem Anderen so etwas antun.

Der Regen prasselt weiterhin gegen die Fenster meiner Wohnung, und der Wind biegt die Bäume vor unserem Haus. Jedoch war das Wetter draußen in diesem Moment nicht annähernd so stürmisch wie die Gefühle, die ich in mir verspüre. In diesem Moment wird mir klar: Ich würde alles tun, um Manuel zu helfen – ganz gleich, was es mich kosten würde. So, wie wahre Freunde eben füreinander da sind.

24. Mai

Wie ferngesteuert bewege ich mich heute durch die Flure meiner Schule. Alles läuft in Zeitlupe, und selbst die Stimmen meiner Lehrer klingen wie Hintergrundrauschen. Ich sitze im Klassenzimmer, den Kopf auf die Hand gestützt, und starre auf das leere Blatt Papier vor mir. Die Buchstaben auf der Tafel verschwimmen, und ich spüre diesen dumpfen Schmerz in meiner Brust, der einfach nicht weggeht.

Manuels Gesicht geht mir nicht aus dem Kopf – dieses verletzliche, zerstörte Gesicht, als er gestern Abend bei mir aufgetaucht ist, klitschnass vom Regen, völlig aufgelöst. Der Gedanke daran, wie sein Vater ihn geschlagen hat, macht mich wütend und traurig zugleich. Und jetzt? Jetzt weiß ich nicht, wie es weitergehen soll. Ich habe ihm versprochen, für ihn da zu sein, aber was, wenn das nicht genug ist?

»Lukas?« Steffies Stimme reißt mich aus meinen Gedanken. Ich blicke auf und sehe, wie sie sich über ihren Tisch zu mir lehnt, ihre Augen schmal vor Sorge. »Hm?« mache ich nur, obwohl ich weiß, dass sie sich mit dieser halbherzigen Antwort nicht zufrieden geben wird.

»Was ist los mit dir? Du bist heute so ruhig«, flüstert sie, während unser Physiklehrer vorne weiter über irgendetwas redet, das ich ohnehin nicht mitbekomme. »Nichts«, sage ich schnell und senke den Blick, doch ich merke sofort, dass sie es mir nicht abkauft. »Hmmm, Lukas Bergmann! Komm schon...«, insistiert sie und stupst mich mit ihrem Kugelschreiber an. »Das hier ist nicht ‚nichts‘. Du bist heute irgendwie abwesend.« Sie kreist dabei mit ihren Händen vor meinem Gesicht. Ich seufze leise und schaue kurz zur Tafel, bevor ich mich ihr zuwende. »Später, okay?« Sie mustert mich mit diesem Blick, der mir sagt, dass sie nicht locker lassen wird, aber sie nickt schließlich. »Später«, sagt sie, bevor sie sich wieder zurücklehnt. Die Pause kommt schneller, als ich erwartet habe. Ich habe gehofft, ich könnte die Konfrontation mit Steffie noch ein wenig hinauszögern, aber sie ist schneller als ich. Kaum haben wir das Klassenzimmer verlassen, schnappt sie mich und zieht mich in eine ruhige Ecke auf dem Flur.

»So, jetzt reden wir«, sagt sie, verschränkt die Arme und sieht mich erwartungsvoll an. »Was ist los, Lukas?« Ich sehe mich kurz um, als könnte ich irgendwo eine Fluchtmöglichkeit entdecken, aber es gibt keine. Also atme ich tief durch und senke den Blick. »Es geht um Manuel.«

»Manuel?«, wiederholt sie überrascht »was ist passiert?« Kurz zögere ich einen Moment um die richtigen Worte zu finden: »Er ist gestern Abend zu mir gekommen. Total aufgelöst. Sein Vater… hat ihn geschlagen.« Steffies Gesichtsausdruck wechselt sofort von neugierig zu schockiert. »Was?« flüstert sie, ihre Augen weiten sich. »Sein Vater? Warum?«

»Weil er die Zusage für den Studienplatz in Hamburg gefunden hat«, sage ich leise und sehe sie an. »Manuel wollte ihm zunächst nichts davon erzählen, weil er wusste, dass er ausrasten würde. Und genau das ist passiert. Als Manuel vom Joggen zurückkam, ist es völlig eskaliert.«

»Oh mein Gott«, sagt Steffie und legt eine Hand vor ihren Mund. »Und wie geht's ihm jetzt?«

»Ich weiß es nicht«, murmele ich und spüre, wie sich meine Kehle zuschnürt. Der Kloß in meinem Hals wird größer, schwerer. »Er hat bei mir geschlafen, aber heute Morgen war er schon weg, bevor ich richtig wach war. Er meinte, er muss zurück, weil er keine Ahnung hat, was sein Vater sonst anstellen könnte.« Steffie starrt mich fassungslos an, und ich sehe, wie sich Wut in ihren Augen sammelt – heiß und ungebändigt. »Lukas, das ist... das ist einfach nur krank.« Ihre Stimme zittert vor Empörung. »Sein eigener Vater? Wie kann jemand so sein?« Ich beiße mir auf die Lippe und starre auf meine Hände. Die Worte hallen in meinem Kopf nach, aber ich finde keine Antwort darauf. Denn genau das frage ich mich auch. »Ich weiß es nicht«, sage ich ehrlich und lehne mich gegen die Wand. »Ich weiß nur, dass ich mir Sorgen mache. Was, wenn es wieder passiert? Was, wenn er nicht mehr zu mir kommt?« Steffie legt eine Hand auf meinen Arm, und ich sehe, wie ihre Stimme weicher wird.

»Hör zu, Lukas. Du kannst nicht alles alleine lösen. Ich weiß, dass dir Manuel wichtig ist – und ich finde es toll, dass du für ihn da bist. Aber das hier? Das ist größer als du. Vielleicht... vielleicht sollte er mit jemandem reden. Jemand Professionellem.« Ich lasse ihren Vorschlag sacken, mein Magen zieht sich unbehaglich zusammen. »Denkst du, er würde sowas überhaupt in Erwägung ziehen?« frage ich leise. Steffie seufzt und schüttelt den Kopf. »Ehrlich? Ich weiß es nicht. Aber wenn jemand ihn dazu bringen kann, dann du. Offensichtlich hat er zu Dir ja ein tiefes Vertrauen, Lukas. Bei dir fühlt er sich sicher. Vielleicht reicht das, um ihm einen Anstoß zu geben.« Ich nicke langsam, obwohl ich nicht sicher bin, ob ich dieser Aufgabe wirklich gewachsen bin.

»Und wenn du Hilfe brauchst«, fügt Steffie hinzu, »dann sag mir Bescheid. Du bist nicht allein, Lukas.« Ich sehe sie an und spüre, wie ein Hauch von Erleichterung durch mich geht. »Danke, Steffie«, sage ich leise. »Dafür sind Freunde doch da«, sagt sie und lächelt. »Und jetzt komm. Lass uns was essen. Du siehst aus, als könntest du eine Pause gebrauchen.« Ich nicke und folge ihr zum Parkplatz unserer Schule, während meine Gedanken immer noch bei Manuel sind. Aber wenigstens weiß ich jetzt, dass ich nicht allein bin – und dass ich einen Plan brauche, um ihm zu helfen.

25. Mai

Die Musik dröhnt durch mein Zimmer, als wollte sie die Stille zerschneiden, die sich in meinem Kopf breitmacht. Evanescence läuft in Dauerschleife – viel zu laut, viel zu intensiv, aber genau das brauche ich gerade. »My Immortal« füllt den Raum, und jeder Ton fühlt sich an wie ein Stich in die Brust. Ich stehe mitten in meinem Zimmer, sehe mich um, und es ist, als wäre der Abend gestern noch überall greifbar. Die Decke auf dem Sofa ist immer noch zerwühlt, das Kissen verformt. Auf dem Stuhl in der Ecke hängt das Handtuch, das Manuel benutzt hat, als er sich nach der heißen Dusche abgetrocknet hat. Sein Duft ist noch da, ein schwacher Hauch, der sich mit der kühlen Luft im Raum mischt. Ich nehme das Handtuch vorsichtig vom Stuhl, halte es kurz in der Hand. *Warum hat er es so eilig gehabt, heute Morgen zu gehen? Warum musste er zurück zu dem Ort, der ihn so kaputt macht?*

Die Erinnerung an die Begegnung mit Manuels Vater lässt meine Hände zittern. Die Aggression, die er ausstrahlte. Und dann blicke ich zu meiner Terassentür und muss unweigerlich an Manuel denken, wie er gestern Abend vor mir stand, klatschnass und mit verweinten Augen. Augen, erfüllt von Angst und einer tiefen Verletzlichkeit. Ich atme schwer, während ich das Handtuch zusammenfalte und in den Wäschekorb werfe. Es fühlt sich falsch an, die Spuren von ihm einfach zu beseitigen, aber ich weiß nicht, was ich sonst tun soll. Ich gehe zum Sofa, nehme die Decke in die Hand und streiche sie glatt. Mein Kopf ist ein Chaos aus Gedanken: *Wie geht es ihm jetzt? Wo steckt er? Hat er genug gegessen? Ist er okay? Was, wenn sein Vater wieder durchgedreht ist? Warum hat er sich noch nicht gemeldet?*

Ich werfe die dunkelblaue Wolldecke über die Lehne und lasse mich auf das Sofa sinken. Meine Hände greifen automatisch nach meinem Handy, das auf dem Couchtisch liegt. Keine Nachricht. Kein Anruf. Ich drücke auf den Bildschirm, sehe unseren letzten Chatverlauf.

»Ich muss zurück, Lukas. Danke für alles. Ich melde mich später.«

Das war es? Kurz, knapp, distanziert. Nicht der Manuel, den ich kenne. Nicht der Manuel, der sonst mit Emojis übertreibt oder mir mitten in der Nacht Sprachnachrichten schickt, weil er irgendwas Witziges loswerden will. Mein Blick bleibt auf dem Display hängen, als könnte ich so eine weitere Nachricht herbeizaubern. Nichts. Keine drei Punkte, die andeuten, dass er tippt. Keine Erklärung. Nur diese vier kargen Sätze, die sich fremd anfühlen. *Warum meldet er sich nicht? Ist er okay? Oder hat er beschlossen, mich aus seinem Chaos und somit aus seinem Leben rauszuhalten?* Ich werfe das Handy auf den Tisch, als hätte es mich verbrannt, und fahre mir durch die Haare. Still dasitzen macht mich wahnsinnig, also zwinge ich mich, aufzustehen. Ich zupfe an den Kissen auf meinem Bett herum, streiche unruhig über den Stoff, nur um meine Hände zu beschäftigen. Dann drehe ich die Musik lauter. Die ersten Klänge von »Bring Me to Life« füllen den Raum. Mein Mund formt automatisch die Worte, meine Stimme kaum mehr als ein Summen. Ich denke nicht darüber nach – das Lied kennt mein Unterbewusstsein längst auswendig. Vielleicht ist es das, was ich jetzt brauche: nicht nachdenken. Nicht fühlen. Nur den Lärm über alles legen, was in mir tobt. Während ich die Sachen wegräume, die noch vom Abend herumliegen, fühle ich, wie sich eine Art Leere in mir ausbreitet. Es ist, als hätte er nicht nur sich selbst, sondern auch einen Teil von mir mitgenommen, als er heute Morgen gegangen ist. Ich stelle mich vor den Spiegel, sehe mich an – zerzauste Haare, müde Augen, ein Gesicht, das nicht so aussieht, als hätte es gerade eine erholsame Nacht hinter sich.

Was soll ich tun? Soll ich ihn anrufen? Ihn in Ruhe lassen?

Ein Teil von mir will sofort loslaufen, ihn suchen, ihn festhalten und ihm sagen, dass er nie wieder zurück zu diesem Haus gehen muss. Dass ich da bin. Dass ich ihn beschützen kann. *Oder gehe ich zu weit? Übertreibe ich?* Ich schließe die Augen, stütze mich auf die Kommode und versuche, meine Atmung zu beruhigen. Der nächste Song beginnt, und ich lasse ihn einfach durch mich hindurchfließen. Die Worte von Amy Lee bringen all die Emotionen in mir zum Ausdruck, die ich nicht laut sagen kann. Ein leises Summen reißt mich aus meinen Gedanken. Mein Handy vibriert auf dem Tisch, und mein Herzschlag setzt für einen Moment aus. Ich stürze förmlich hinüber, nehme es in die Hand und sehe, dass es nur eine Nachricht von Steffie ist. »Komm morgen in der Pause zu mir. Wir reden nochmal, okay? Ich glaube du bist gefühlstechnisch da echt weit in etwas reingeraten.« Ich lasse das Handy sinken und seufze laut auf. Sie hat recht. Ich muss mir darüber klar werden, was diese Gefühle eigentlich bedeuten. Aber mehr als alles andere wünsche ich mir, dass Manuel jetzt hier wäre, auf diesem Sofa, neben mir. Dass ich ihn in die Arme schließen könnte, seinen Herzschlag unter meiner Wange spüren und ihm sagen, dass alles gut wird – und es vielleicht sogar selbst glauben. Stattdessen sitze ich allein in einem Zimmer, das sich gleichzeitig zu groß und zu eng anfühlt, zu laut und doch viel zu still. Nur die Musik füllt die Leere. Evanescence dringt durch meine Lautsprecher, jeder Ton zieht mich tiefer in diese Mischung aus Melancholie und Trost. Ich schließe die Augen und lasse mich von der Melodie festhalten – so, wie es gerade sonst niemand kann.

26. Mai

Ich liege auf einem riesigen, dunkelgrünen Kordsofa, mein Kopf auf einem weichen, leicht abgenutzten Kissen, das nach Lavendel und ein bisschen nach Steffies Shampoo riecht. Über mir ragen die hohen Giebel des Dachzimmers auf, warme Lichterketten schlängeln sich um Holzbalken, und der Regen prasselt leise gegen die schrägen Dachfenster. Steffies riesiges Wohnzimmer ist unfassbar gemütlich. Viel zu gemütlich, um über Dinge nachzudenken, die wehtun. Sie sitzt im Schneidersitz neben mir, eine dampfende Tasse Salbeitee in den Händen. Ihre Pflanzen – große Monstera-Blätter, ein wilder Efeu, der sich über ein altes Regal windet – werfen weiche Schatten an die

Wände. Sie sieht mich an, ihre Stirn leicht in Falten gelegt. »Also…«
Sie nimmt einen Schluck von ihrem Tee. »jetzt mal ganz ehrlich, du
siehst in diesem Manuel doch mehr als nur einen *Freund*. Liege ich da
richtig?« Ihre direkte Art trifft mich völlig kalt. Ich runzle die Stirn.
»Bitte?? Wie kommst Du denn jetzt da drauf?« Sie zieht eine Augenbraue hoch und blickt mich nun direkt an. »Lukas, du liegst hier auf
meinem Sofa, guckst seit zwanzig Minuten an die Decke und seufzt
in einer Frequenz, die mich langsam nervös macht. Es geht immernoch um Manuel, oder?« Ich starre weiter nach oben, weil es einfacher
ist, als ihr ins Gesicht zu sehen. »Vielleicht.«

»Vielleicht.« Sie schnaubt leise.

»Lukas, bitte. Es hat dich voll erwischt.«

»Hat es nicht! Ich bin nur *besorgt* um ihn!« Ich richte mich auf,
ziehe meine Beine an und umklammere meine Knie. Steffie mustert
mich einen Moment, dann legt sie die Tasse auf den Holztisch neben
sich. »Klar. Kann ich voll verstehen. Aber du hast dich da voll reingesteigert. Und ich glaube, du hast es auch unterschätzt, was dieser
Vorfall mit dir gemacht hat.«

Ich verdrehe die Augen. »Findest du das jetzt nicht etwas zu dramatisch?«

»Dramatisch? Du bist der, der seit Tagen völlig lethargisch umher-
irrt. Der, der jetzt hier auf meinem Sofa liegt, traurige Musik eingelegt
hat und aussieht, als hätte man ihm die Lieblingsserie abgesetzt.«

Ich schnaube. »Ernsthaft?«

»Ja. Und weißt du was? Du machst dir etwas vor. Ob du es zugeben willst oder nicht – Manuel hat dir längst den Kopf verdreht.
Während all der unzähligen Nachhilfestunden hast du dich Hals über

Kopf in ihn verliebt. Und als dieses Drama war, er dich gebraucht hat, warst du da. Ohne zu zögern, ohne nachzudenken. Du hast die Grenze überschritten, die weit über eine normale Nachhilfestunde hinausging. Es hat dich berührt, dass er dich brauchte. Dass du helfen konntest. Dass du endlich *mehr* warst als nur sein Nachhilfeschüler. Vielleicht hast du dich genau deshalb so sehr hineingesteigert – weil du gespürt hast, dass es womöglich eine Rolle gibt, die über euer jetziger Verhältnis weit hinaus geht. Und jetzt? Jetzt meldet er sich nicht mehr. Und diese Verbundenheit, die du dir eingeredet hast, beginnt zu bröckeln. Sie reißt dich mit sich, zieht dir den Boden unter den Füßen weg. Weil es nicht nur um Freundschaft ging. Nicht für dich.“ Ich halte inne. Die Luft in dem gemütlichen Zimmer ist warm, duftet nach Steffies Kerzen – Zimt, Orange, ein Hauch von Vanille – und trotzdem läuft mir ein kalter Schauer über den Rücken.

»… Entschuldigung?« Mein Hals fühlt sich plötzlich trocken an.

Steffie zieht die Beine unter sich und lehnt sich näher zu mir. Ihre Stimme wird weicher. »Lukas, sei ehrlich. Ist es nur das Ego-Ding? Oder hast du längst mehr für ihn empfunden, als du dir eingestehen wolltest?«

Ich bin schokiert, fühle mich in die Enge gedrängt, öffne meinen Mund lautlos und schließe ihn direkt wieder. Keine schnelle Antwort kommt mir in den Sinn. Ich will Nein sagen. Ich will sagen, dass wir nur Freunde sind, dass ich einfach nur Angst habe, einen guten Freund zu verlieren. Aber dann denke ich an Manuel. Daran, wie seine Augen strahlen. Daran, wie er nach dem Training seine Haare aus dem Gesicht wischt und mich dabei ansieht, als würde er irgendwas sagen wollen, sich dann aber doch nicht traut. Daran, wie es sich angefühlt hat, wenn wir nebeneinander saßen und einfach geredet haben – völlig unverkrampft, als gäbe es nichts und niemanden außer uns. Mein Magen zieht sich zusammen.

»Verdammte scheisse!«, murmele ich.

Steffie lehnt sich zurück und grinst. »Dachte ich's mir doch.«

Ich seufze und lasse mich wieder in die weichen Kissen sinken. »Oh man! Ich fühle mich wie eine verzweifelte, notgeile alte Jungfer. Kann ich bitte einfach für immer hierbleiben und mich zwischen deinen Pflanzen verstecken?« Sie lacht. »Klar. Aber früher oder später musst du da raus und ihm sagen, was du fühlst.« Ich schließe die Augen und atme tief ein. Vielleicht. Aber nicht heute.

28. Mai

Ich habe erfolgreich ein weiteres Sonntags-Mittagsessen mit meiner Family überlebt. Vollgefressen sitze ich auf einem Sessel im Wohnzimmer meiner Eltern, blättere im FOKUS und nippe an einer Tasse Kaffee. Bianca liegt auf der Recamiére gegenüber. Der Geruch von Sonntagsbraten (schon wieder!) hängt noch immer in der Luft, schwer und würzig, und ich bereue die dritte Portion Kartoffeln zutiefst. »Ich hasse meinen Job«, eröffnet sie und starrt mich an, als erwarte sie, dass ich sofort mitfühlend nicke. Ich hebe nur eine Augenbraue. »Na, das ist ja mal eine neue Info. Du liebst deinen Job doch sonst so sehr.« Ich muss lachen. »Komm schon, so schlimm kann es doch nicht sein.« »Nicht schlimm?« Sie richtet sich halb auf und sieht mich an, als hätte ich gerade behauptet, die Erde sei flach. »Lukas, ich sitze jeden Tag in einer kleinen, verstaubten Bankfiliale, umgeben von Menschen, die entweder kurz vor der Rente stehen oder ihre letzte Freude im Leben darin finden, Excel-Tabellen zu sortieren.«

»Oh, der Excel-Horror«, sage ich trocken und nehme einen Schluck vom Kaffee, den unsere Mutter uns aufgedrängt hat. »Das ist noch nicht mal das Schlimmste«, fährt sie fort und beugt sich verschwörerisch zu mir vor. »Da gibt es diesen einen Typen – Herr Kessler. Weißt du, was der macht?« Ich schüttele den Kopf, schon halb am Grinsen. »Was macht Herrn Kessler?«

»Er starrt mir ständig auf die Brüste«, sagt sie, die Augen weit aufgerissen. Ich verschlucke mich fast am Kaffee. »Was? Herr Kessler? Der klingt wie jemand, der die Gartenabteilung bei Obi leitet.«

»Ja, so sieht er auch aus«, sagt sie trocken. »Aber scheinbar hat er in seinem Alter ein neues Hobby entdeckt. Weißt du, wie unangenehm das ist? Ich sitze da, erkläre ihm irgendeine Auswertung, und seine Augen machen so eine direkte Landung.« Ich lache laut. »Vielleicht solltest du ihm ein Namensschild für deine Brüste basteln, damit er wenigstens höflich fragt.«

»Lukas!« Sie wirft ein Kissen nach mir, trifft aber nur den Couchtisch. »Das ist nicht witzig!«

»Entschuldigung«, sage ich und versuche, mein Lachen zu unterdrücken. »Aber was machst du dann?«

»Ich ignoriere es«, sagt sie und wirft die Hände in die Luft. »Was soll ich machen? Ihn darauf ansprechen? ‚Entschuldigung, Herr Kessler, könnten Sie bitte meinen Gesichtsausdruck lesen, anstatt… na ja, dir fällt schon was ein.‘«

»Das wäre episch«, sage ich und stelle mir die Szene bildlich vor.

»Bitte mach das mal. Ich will ein Video.«

»Du bist unmöglich«, murmelt sie, schnappt sich eine Schokopraline von der Schale auf dem Tisch und wirft sie mir zu. »Aber ernsthaft, ich überlege wirklich, ob ich nicht einfach kündigen soll.«

»Und was dann? Karriere als Influencerin?« frage ich grinsend.

»Klar«, sagt sie sarkastisch. »Ich werde die erste, die Tipps für langweilige Banktage gibt. ‚So überlebt ihr Herrn Kesslers Blicke – und bleibt dabei höflich!'« Ich lache, bis ich fast vom Sofa rutsche. »Ich glaub, du würdest damit Erfolg haben. Aber ernsthaft, was würdest du machen, wenn du da aufhörst?«

»Weiß ich nicht«, murmelt sie, ihre Stimme plötzlich leiser. »Aber ich weiß, dass ich so nicht weitermachen will. Ich will was… Spannenderes. Irgendwas, bei dem ich mich lebendig fühle.«

Ich sehe sie an und merke, dass sie es wirklich ernst meint. Für einen Moment sage ich nichts, bevor ich leise antworte: »Dann mach's. Such dir was Neues. Du bist doch clever. Du kriegst das hin.«

Sie schaut mich an, und ich sehe, wie ein kleines Lächeln auf ihre Lippen schleicht. »Danke, Lukas. Du bist gar nicht so nutzlos, wie ich dachte.«

»Wow, was für ein Kompliment«, sage ich gespielt beleidigt.

»Immerhin ehrlich«, sagt sie grinsend und lehnt sich wieder in den Sessel zurück. »Aber weißt du was? Wenn ich jemals kündige, werde ich dem Kessler eine Abschiedskarte schreiben. Mit einem Foto meiner Brüste. ‚Damit Sie nichts vermissen.'« Ich lache so laut, dass unsere Mutter aus der Küche kommt und uns fragend ansieht. »Was ist denn hier so lustig?«

»Nichts, Mutter« sage ich schnell, während meine Schwester und ich uns einen verschwörerischen Blick zuwerfen.

2. Juni

Mein Handy rutscht vibrierend über den Küchentisch, gerade als ich hektisch versuche, meine Bolognese vorm Anbrennen zu retten. Mit der einen Hand rühre ich wild im Topf, mit der anderen – voller Tomatensoße – angle ich nach dem Display.

Manuel: »Hey, bist du zu Hause?«

Ich blinzle auf die Nachricht. Ernsthaft? Nach Tagen völliger Funkstille? Mein Herzschlag setzt kurz aus und mit einem Kochlöffel in der einen und einem Hauch von Hoffnung in der anderen tippe ich zurück: »Ja, bin am Kochen. Was gibt's?«

Kaum lege ich das Handy zurück, vibriert es erneut.

Manuel: »Ich bin gerade in der Nähe. Würde gerne kurz was vorbeibringen. Will dich aber nicht lange stören.«

Mein Puls zieht an. »Ok!?« tippe ich zurück und starre auf den Bildschirm. *OMG! Was kommt jetzt?!*

Es klingelt an der Tür, während ich gerade die Spaghetti in kochendem Wasser ertränke. Ich wische mir die Hände an einem Küchentuch ab, das ich mir über die Schulter werfe, und gehe zur Tür. Als ich die Tür öffne, steht er da – ein breites Grinsen auf den Lippen. Manuel sieht atemberaubend aus. Beige Chinos, dunkelblaues Polo-Shirt, weiße Sneaker, dazu eine dunkelbraune Lederjacke. Sein Haar sitzt perfekt, und offenbar hat er seinen Bart frisch gestuzt. Das Outfit betont seinen muskulösen Oberkörper auf genau die richtige Weise. In der einen Hand hält er eine Flasche Montepulciano – meinen Lieblingsrotwein – in der anderen die ordentlich gefalteten Klamotten, die ich ihm geliehen hatte, samt einer großen Packung MERCI-Schokolade.. »Ich hoffe, ich störe nicht«, sagt er und hebt die Flasche leicht an. »Stören?« ich trete nervös zur Seite, damit er eintreten kann. »Du kommst genau im richtigen Moment. Rotwein passt perfekt zu Spaghetti Bolo.«

»Oh! Ich wollte mich jetzt aber nicht aufdrängen. Ich wollte dir das nur gschwind vorbeibringen und mich nochmals für deine Unterstützung bedanken.«

»Achwas. Manuel, jetzt mach keinen Aufriss. Komm rein!«

Er tritt ein, zieht seine Lederjacke aus und drückt mir den Stapel Kleidung in die Hand. Tief atme ich ein, als könnte ich jedes Molekül seines Dufts in mich aufnehmen.

»Ich wollte die Sachen nicht einfach nur so zurückgeben.«

»Alles gut. Das war echt nicht nötig«, sage ich und lege die Kleidung beiseite. »Du kannst gerne zum Essen bleiben. Spaghetti gibt's genug.« Er zögert leicht. »In Ordnung. Wenn du darauf bestehst«, sagt er mit einem nervösen lächeln.

»Das riecht schonmal verdammt gut.«

Minuten später sitzen wir an meinem Mini-Küchentisch. Manuel nimmt die erste Gabel voll Sauce und Pasta, und der Ausdruck in seinem Gesicht spricht Bände. »Oooookay, das ist wirklich gut«, sagt er anerkennend. »Natürlich ist es das.« antworte ich selbstsicher und lehne mich grinsend zurück.

»Das ist mein Signature-Dish. Jahre der Perfektionierung.«

»Beeindruckend.« Er hebt sein Glas Wasser. »Auf den besten Koch!«

»Ach komm schon. Solch ein Gamechanger ist das jetzt auch nicht. Du kennst doch sicher noch andere gute Köche«, entgegne ich.

»Das tue ich. Aber keiner macht Spaghetti wie du.« *Lügner!* Ich schmunzle und erhebe mein Glas zum Anstoßen. Nach dem Essen räumen wir die Teller weg, und ich stelle die Rotweinflasche auf einen kleinen Tisch neben meinem Sofa. Manuel folgt mir, lässt sich auf das Sofa sinken und streckt sich aus. Ich setze den Korkenzieher an und öffne die Flasche »Äh, Moment – die Flasche ist wirklich für einen *besonderen* Moment oder so gedacht« sagt er und beobachtet entsetzt, wie ich die Gläser fülle.

Ich halte inne, sehe ihn an und schmunzle.

»Jaaajaaaa… wer sagt denn, dass das hier kein besonderer Moment ist?« Er lächelt zurück, hebt die Augenbrauen und prostet mir zu. Für einen langen Moment ist es ruhig, nur das Summen des Geschirrspülers ist zu hören. »Weißt du«, beginnt er leise und zögerlich, »ich habe mir Gedanken gemacht. Über Dich. Bei dir… bei dir ist alles irgendwie… einfacher. Immer wenn wir zusammen sind habe ich das Gefühl, dass ich nichts beweisen muss. Ich kann einfach… *ich* sein.«

Seine Worte treffen mich wie ein Vorschlaghammer. Nervös wende ich den Blick ab von ihm und räuspere mich »Huch… ähm, wo kommt dass denn auf einmal her? Danke für Deine Offenheit«, sage ich völlig überrascht »so sollte es doch sein, nicht wahr.« Er dreht das Weinglas nachdenklich in seiner Hand, dann wandert sein Blick kurz durch den Raum, bevor er mich wieder ansieht.

»Die Sache mit meinem Vater... und so... das war nicht ok. Und es ist mir echt super peinlich. Ich weiß, dass du das neulich eigentlich gar nicht mitkriegen solltest. Dieses Thema habe ich bisher immer versucht, von meinen Freunden fernzuhalten. « Er schaut mich nicht an, starrt weiter auf seine Hände.

»Aber das war doch gar nicht deine Schuld«, wiederspreche ich sofort. Er schnaubt leise. »Vielleicht nicht, aber es fühlt sich so an. Als ob ich irgendwas falsch gemacht hätte. Und dann… *du* warst da. Hast alles miterlebt.«

»Häh? Ganz ehrlich, ich bin froh, dass ich da war«

Manuel atmet ein, tief, so als würde er Kraft sammeln, um weiterzusprechen. »Ja. Ich meine… du hast das gesehen. Das Schlimmste. Und trotzdem bist du hier« Endlich sieht er mich an, mit seinen wunderschönen Augen, die Unsicherheit steht ihm ins Gesicht geschrieben. »Ich muss bei dir nicht so tun, als wäre alles gut. Im Gegenteil, ich kann einfach so sein, wie ich bin. Nicht so wie im Fußball, wo ich immer den Macker raushängen muss. Leistung bringen, bloß keine Schwäche zeigen. Bei dir… bei dir ist das anders.«

Ich will etwas sagen, aber mir fällt nichts ein, was dem gerecht wird. »Es ist so komisch«, fährt er fort. »Im Verein ist alles immer so ein Wettbewerb. Wer am härtesten trainiert, wer am meisten aushält. Ich dachte, das müsste überall so sein. Aber bei dir… da bin entspannt.«

Ich bin sprachlos und nehme erstmal einen großen Schluck Wein »Manuel, ganz ehrlich. Unter Freunden muss man sich nicht verstellen« sage ich leise. »Das weißt du hoffentlich, oder?« Er nickt, ohne mich anzusehen. »Ja, das weiß ich. Manchmal wünschte ich nur, es wäre überall so.« Ich muss gestehen, dass mich seine ehrlichen Worte undendlich tief treffen. Tiefer, als ich erwartet hätte. Da ist jetzt auf einmal diese nackte Offenheit zwischen uns, die sich einerseits zerbrechlich und doch stark anfühlt. Er stellt nun sein Glas ab wobei sich unsere Knie leicht berühren. »Lukas«, sagt er leise, fast zögerlich, und ich sehe, wie sich seine Wangen röten. »Was?« frage ich sanft und absolut regungslos. Er sieht mich an, sein Blick huscht für einen Moment über meine Lippen, bevor er wieder in meinen Augen verweilt.

»Ich weiß nicht… es ist einfach… *du.*«

Ich kann mit solchen Aussagen leider super schlecht umgehen. Denn aufeinmal stehe ich im Mittelpunkt unserer Unterhaltung. Ich, der doch eigentlich nichts Besonderes ist. Und was genau meint er mit dieser Aussage? Sind wir hier noch auf der Freundschaftsschiene oder haben wir die Abzweigung zur Datingallee genommen… und ich habe es nicht mitbekommen? Oder liegts am Rotwein? Ist er selbst noch völlig irritiert über das, was in den letzen Wochen passiert ist? Nervös räuspere ich mich, beginne unbewusst damit, das Sofakissen neben mir zu kneten und blicke völlig nervös umher, bloß um ihn nicht anzuschauen. »Das ist… das ist keine schlechte Sache, hoffe ich?« Er schüttelt langsam den Kopf »Nein, Lukas. Ganz im Gegenteil.« Die Nähe zwischen uns ist auf einmal wie elektrisch aufgeladen. Irgendwann schaffe ich es dann doch ihn anzuschauen und sofort sind unsere Blicke ineinander verhakt.

Und dann passiert es. Es *fucking* passiert!

Aus einem plötzlichen, unerklärlichen, krassen, unfassbar mutigen Impuls heraus lehne ich mich nach vorne über und… küsse ihn.

Zuerst sanft und vorsichtig, dann mutiger. Manuel öffnet seinen Mund und läßt seine Zunge auf meine treffen. Unser Kuss wird immer heftiger und ich spüre, wie ich in Sekundenschnelle hart werde.

Als wir uns lösen, durchzieht mich sofort purer Panik. Oh mein Gott, was ist, wenn das jetzt ein Fehler war? Wenn das gar nicht seine Intention war. Doch Manuel bleibt nah, seine Stirn lehnt sich leicht gegen meine, sein Atem streift sanft mein Gesicht »O.k. Krass! Damit hätte ich jetzt nicht gerechnet!« murmelt er als müsse er die Worte erst für sich selbst sortieren. »Dito« flüstere ich, schlucke hart und blicke in seine wunderschönen, strahlende Augen.

»Definitiv ein besonderer Augenblick.«

Er grinst und ich spüre, wie die Anspannung sich in etwas viel Wärmeres auflöst. Manuel nimmt einen weiteren, kräftigen Schluck aus seinem Weinglas, wendet sich wieder mir zu und küßt mich dieses Mal von sich aus. Wir rutschen tiefer in mein Sofa, eng aneinander geschmiegt und wild küssend. Er schmeckt nach Rotwein und Kaugummi und Pasta und sooo gut. Ich ziehe ihn näher an mich heran und spüre nun auch eine deutliche Erektion an meinem Oberschenkel. Manuel schiebt seine Hände langsam unter mein T-Shirt. Reflexartig ziehe ich den Bauch ein, um meine Speckröllchen zu kaschieren, doch er tastet unbeirrt meinen ganzen Oberkörper ab. Er greift nach dem Saum seines T-Shirts, zieht es mit einer fließenden Bewegung über den Kopf und wirft es achtlos zur Seite. Seine Augen treffen meine, voller Wärme und etwas, das sich wie leise Ungeduld anfühlt. Dann tasten seine Finger den Stoff meines Shirts entlang, gleiten fast wie von selbst darunter. Langsam, fast zärtlich, hebt er es an, und als er es mir über den Kopf streift, berühren seine Fingerspitzen meine Haut. Ein leises Kribbeln breitet sich aus, seine Berührungen hinterlassen eine Spur, die sich wie Feuer anfühlt. Er sieht so unfassbar gut aus. Diese porzellanweiße Haut über diesem gestählten, drahtigen Körper. *Verrückt!*

Meine Finger gleiten sanft über seinen Kopf, verweilen einen Moment, bevor sie sich in seinem weichen Haar verankern. Ich spüre die Wärme seiner Haut unter meinen Handflächen. Ohne nachzudenken, verstärke ich den Druck meines Mundes auf seinen und spüre, wie er ihn sofort erwidert. Sein Atem vermischt sich mit meinem, seine Lippen fordern und geben zugleich, und für einen Moment existiert nichts außer diesem brennenden, alles verschlingenden Kuss. Und noch einer. Zähne klappern. Zungen verheddern sich. Meine Hand wandert wieder seine Flanke hinunter, testet die Glätte seiner Haut und die Festigkeit seiner gemeißelten Bauchmuskeln. Ich brauche mehr. Viel mehr. Ich kann keinen klaren Gedanken mehr fassen. Ich lege einen Arm um seine Taille, lasse mich auf den Rücken rollen und ziehe ihn entschlossen über mich. Manuel kommt mir entgegen, ohne zu zögern, seine Bewegungen sind fließend, fast hungrig. Seine Beine spreizen sich auf der zerwühlten Decke, sein Gewicht drückt angenehm auf mich. Seine Hände vergraben sich in meinem Haar, während seine Zunge meinen Mund erobert, wieder und immer wieder. Sein Körper presst sich gegen mich, und selbst durch den Stoff seiner Jeans spüre ich, wie hart er für mich ist. Ein Zittern durchfährt mich, die Spannung in meinem Körper droht mich zu zerreißen. Ich will schreien, laut und hemmungslos, aber stattdessen verschlinge ich seinen Mund, als könnte ich all meine Gefühle in diesen Kuss legen. Manuel hält sich nicht mehr zurück, nicht im Geringsten. Er gibt sich mir völlig hin, taucht tiefer in den Kuss ein, seine Zunge tanzt mit meiner, wild und ungestüm. Das ist längst kein Kuss mehr – es ist purer, wochenlang aufgestauter Druck, der sich entlädt. Mit einem schnellen Griff lasse ich den obersten Knopf seiner Jeans aufschnappen. Manuel zögert keine Sekunde, steht auf und reißt sich die Hose von den Beinen. Der Stoff landet achtlos auf dem Boden, und ich kann meinen Blick nicht von ihm abwenden. Mein Atem beschleunigt sich, und ohne nachzudenken, folge ich ihm. Meine Hände greifen nach dem Bund meiner Jogginghose, und in windeseile schiebe ich sie über meine Hüften. Manuel springt zurück zu mir auf die Couch und ich kann mich nicht länger zurückhalten. Meine Lippen finden seinen Hals, küssen und lecken ihn, heiß und ungeduldig, während ich mich an ihm festhalte. Mein Atem trifft auf seine Haut, und ich spüre, wie sich seine Muskeln unter meiner Berührung anspannen. Ich wandere weiter, meine Küsse brennen Spuren über sein Schlüsselbein, hinab zu seiner Brust. Seine Brustwarzen reagieren sofort, hart und empfindlich, und ich lasse meine Zunge sanft über sie gleiten, bis ein leises, raues Stöhnen seine Lippen verlässt. «Lukas«, flüstert er, meine Bewegungen wie ein Magnet verfolgend. Seine Stimme ist tief, rau, fast ein Knurren – ein einziges Wort, aber es trägt so viel Gewicht. Ich halte kurz inne, sehe ihn an. Seine Augen sind geschlossen, die Lippen leicht geöffnet, und ich spüre, wie eine Welle der Begierde durch mich rauscht. Meine Hände gleiten über seine Seiten, seine Flanken, fühlen die Wärme und die unbändige Energie, die von ihm ausgeht. Langsam arbeite ich mich tiefer, hinterlasse Küsse auf seinem Bauch, spüre, wie er unter mir leicht zittert. Meine Finger gleiten vorsichtig zum Bund seiner blauen Boxershorts. Ich ziehe sie langsam nach unten, lasse mir Zeit, denn dieser Moment, diese Spannung zwischen uns, fühlt sich zu kostbar an, um ihn zu überstürzen.

Ich greife nach seiner massiven Errektion und beginne ihn zu massieren. Ich küsse seine Spitze und genieße den salzigen Geschmack seiner Lust auf meiner Zunge, bevor ich ihn tiefer in meinen Mund nehme. Ich variiere meine Bewegungen, spiele mit der Geschwindigkeit, dem Druck und der Tiefe. Meine Zunge erkundet jede Linie, jede Stelle um seinen harten Penis, die Innenseite seiner Schenkel, seine Hoden und mit jedem sanften Streifen spüre ich, wie sein Körper unter mir zu beben beginnt. Manuel atmet schwer, seine Brust hebt und senkt sich in einem Rhythmus, der meinen eigenen Herzschlag verstärkt. Seine Finger gleiten an meinen Nacken, warm und fordernd, während er mich näher zu sich zieht. Sein Atem geht schwer, jedes leise Stöhnen vibriert gegen meine Haut, tief und rau, als würde es aus seinem Innersten aufsteigen. Mein Herz hämmert, mein Körper brennt vor Verlangen, doch es ist nicht nur das – es ist mehr. Es ist dieses Ziehen in meiner Brust, dieses unaufhaltsame Fallen, das mich in seinen Bann schlägt. Wir liegen uns gegenüber und küssen uns tief und leidenschaftlich. Seine Hände gleiten zärtlich über meinen Rücken, Bauch und finden ihr Ende an meinem Schwanz, dessen Spitze er langsam zu massieren beginnt. Wir liegen eine gefühlte Ewigkeit in dieser Position voreinander. Obwohl ich stolz auf meine erstklassige Selbstbeherrschung bin, ist es ein Wunder, dass ich nicht schon gekommen bin. Mit einem kehligen Laut schlage ich nach einer Weile seine Hand weg, die mich fast zum Abspritzen gebracht hätte, und greife stattdessen nach seiner pochenden Errektion. Sein mächtiger Schwanz fühlt sich an wie Satin über Stahl, und als ich meine Hand um ihn schließe, stöhnt Manuel laut auf und erschaudert leicht vor Lust.

»Oh Gooooott...«, keucht er gegen meinen Mund.

Ich umgreife nun unsere beiden Errektionen mit meiner Hand und presse meine Lippen auf seine. Meine Hand bewegt sich schneller, unsere Atemzüge werden unregelmäßig, tief und fordernd. Manuels Körper spannt sich unter meiner Berührung, seine Muskeln zittern, als könnte er die Intensität kaum noch halten. Ein leises, raues Stöhnen entweicht seinen Lippen, seine Augen schließen sich, und in diesem Moment gibt er sich völlig hin. Ich sehe, wie sein Rücken sich anspannt, jede Muskelbewegung unter seiner Haut sichtbar wird. Sein Kopf fällt nach hinten, die Augen geschlossen, als würde er sich dem Moment völlig hingeben. Ein leises Zittern läuft durch ihn, und ich spüre das pulsierende Ziehen, das ihn durchfährt – intensiv, unaufhaltsam, fast elektrisierend. Ein heißer Schwall trifft meine Haut, dann noch einer und noch einer. Das reicht aus, dass ich auch zum Höhepunkt komme.

Es dauert nur zwei Sekunden.

Gott weiß, was für Geräusche ich mache, als ich endlich abspritze, uns beide bedecke und vor Erleichterung erschaudere.

Dann Stille – abgesehen von unseren keuchenden Atemzügen. Er dreht sich auf den Rücken, wischt sich den Schweiß von der Stirn und lässt seinen Kopf schwer ins Kissen sinken. Sein Brustkorb hebt und senkt sich unter meinem Blick. Ich schlinge meine Arme um ihn, presse meinen Körper an seinen, als könnte ich ihn so in diesem Moment festhalten. Mein Herz schlägt wild und glücklich in meiner Brust. Die Hitze seiner Haut, das sanfte Beben seines Körpers – alles fühlt sich so echt, so intensiv an, dass ich kaum glauben kann, dass das gerade wirklich passiert ist. Meine Fantasie hatte ihm schon alle möglichen Attribute angedichtet, aber die Realität übertrifft alles. Manuel ist nicht nur scharf – er ist wohl der schärfste, faszinierendste, intelligenteste, witzigste Mann, der je in mein Leben getreten ist. Er dreht den Kopf zu mir und er blickt mich mit leuchtenden Augen an. Seine geschwollenen Lippen sind leicht geöffnet, seine Wangen gerötet von Anstrengung, von Leidenschaft, von etwas, das ich nicht benennen kann, ohne mich dabei selbst zu verlieren. Für einen Moment hält er meinen Blick fest. Alles an ihm zieht mich in seinen Bann: die vertraute Wärme seiner Haut, der süße, salzige Duft seines Schweißes, die unsichtbare, aber fast greifbare Kraft, die uns zueinander zieht. Es gibt keinen Zweifel mehr. Keinen Widerstand. Kein Vielleicht. Nur ihn. Und mich.

Und dieses Gefühl, das sich anfühlt, als wäre es der Mittelpunkt des Universums – als würde die Zeit für uns beide den Atem anhalten.

3. Juni

Der Englischunterricht zieht sich wie zäher Kaugummi, und Mrs. Cooper, die sich leicht über das Pult lehnt, könnte genauso gut die Anleitung einer Waschmaschine vorlesen – so wenig dringen ihre Worte zu mir durch. Ich bin unfassbar müde. Ich lasse mich tiefer in meinen Stuhl sinken, ein Arm auf der Tischplatte abgestützt, während mein Blick über die Seite in meinem halbleeren Notizblock schweift. Dazu kommt, dass die heute die Luft im Klassenzimmer viel zu warm ist, viel zu stickig, was es mir noch schwerer macht, meine Augen offen zu halten.

Shakespeare. Von all den Dingen, die mich gerade *nicht* interessieren, steht er ganz oben auf der Liste. Mrs. Coopers monotone Stimme wabert wie ein endloser Singsang durch das stickige Klassenzimmer – eine schläfrige Melodie, die selbst eine Ecstasy-Tablette in Sekundenschnelle ins Reich der Träume katapultieren könnte. Hinter mir kichert jemand leise. Zwei Tische spielt jemand heimlich unterm Tisch an seinem Handy herum. Und ich? Ich kämpfe gegen das unausweichliche Schließen meiner Augen. Vielleicht nur für eine Sekunde. Nur ganz kurz. Neben mir sitzt Steffie, die genauso übernächtigt aussieht wie ich. Sie stützt ihren Kopf auf die Hand, aber die rutscht immer wieder langsam weg, und ich sehe, wie sie bemüht ist, wach zu bleiben.

»Red Bull wirkt nicht«, murmle ich leise und stoße sie mit dem Ellbogen an. »Ich brauche mehr als das«, flüstert sie zurück, ohne den Kopf zu heben. »Vielleicht einen Kaffee. Oder einen Defibrillator.« Ich muss lachen und halte mir unweigerlich die Hand vor den

Mund. Mrs. Cooper wirft uns einen scharfen Blick zu, den wir beide gekonnt ignorieren. »Warum bist du überhaupt so müde?« frage ich, leise genug, dass nur Steffie es hört. »Hast du heimlich Mathe gebüffelt? Oder Netflix gesuchtet?« Sie dreht den Kopf zu mir und zieht eine Augenbraue hoch. »Andreas!«

»Andreas?« Ich blinzle, bis es klick macht. »Ohhh. Andreas.«

»Ja«, sagt sie und lächelt mich verschwörerisch an.

»Wir hatten ein Date gestern.«

»Und?« frage ich neugierig.

»Und...«, flüstert sie mit einem gespielt dramatischen Unterton, »...wir sind uns nähergekommen.« Ich schnaube und ziehe die Augenbrauen hoch. »Von wie nah reden wir hier? Händchenhalten? Oder ,ich sollte die Details nicht in der Schule teilen'-nah?« Steffie versucht ernst zu bleiben, aber sie prustet los und legt die Hand vor den Mund, um sich zusammenzureißen. »Sagen wir mal so. Es war echt... nett mit ihm«, sagt sie schließlich. »Nett?« wiederhole ich, tue entsetzt. »Du bist übernächtigt wegen ,nett'?«

»Nett plus«, flüstert sie und wirft mir einen Blick zu, der deutlich sagt: Frag nicht weiter. Ich grinse, lehne mich auf meinem Stuhl zurück und nehme den Stift in die Hand, als ob ich tatsächlich mitschreiben würde. »Na gut, ich lass es gelten. Aber nur, weil ich auch übernächtigt bin.«

»Ach ja?« fragt sie und richtet sich ein wenig auf. »Was ist deine Ausrede?« Ich lehne mich zu ihr, tue geheimnisvoll. »Manuel.«

Sie blickt mich nun mit tellergroßen Augen an und sie schlägt mir leicht auf den Arm. »Er war bei dir? Die ganze Nacht?«

»Na ja, nicht die ganze Nacht«, sage ich grinsend. »Aber lange genug, um meinen Schönheitsschlaf zu ruinieren.«

»Aha. Jetzt verstehe ich, warum du heute so strahlst wie eim kleines Atomkraftwerk«, murmelt sie und mustert mich neugierig. »Das erklärt auch das Red Bull vorhin. Ihr hattet also… eine intensive Nachhilfestunde?« Ich werfe ihr einen genervten Blick zu, der sie nur noch breiter grinsen lässt. »Keine Nachhilfestunde«, sage ich leise, »aber… sagen wir mal, wir haben die Zeit gut genutzt.«

»Sosoooo«, sagt sie gedehnt und lehnt sich zurück. »Deswegen die kleinen, müden Augen«

»Gleichfalls«, kontere ich. »Du und Andreas seid sicher auch nicht die ganze Zeit nur ,nett' gewesen.« Steffie dreht sich ein wenig auf ihrem Stuhl zu mir, ihre Augen glitzern vor Neugier, trotz ihrer offensichtlichen Müdigkeit. »Okay, komm schon, Lukas. Details. Du kannst nicht einfach ,Manuel war bei mir' sagen und dann die ganze Sache so stehen lassen. Was ist passiert?«

Ich stöhne leise und lasse meinen Kopf auf den Tisch sinken. »Steffie, wir sitzen im Unterricht. Das ist jetzt nicht so der richtige Ort für so ein Gespräch.«

»Ach, als ob dir Shakespeare gerade wichtiger ist als die *spicy news*«, flüstert sie zurück und stößt mich mit dem Ellbogen an. »Raus damit.« Ich seufze, richte mich wieder auf und beuge mich näher zu ihr. »Na gut. Er ist gestern Nachmittag spontan vorbeigekommen – eigentlich nur, um mir meine Klamotten zurückzubringen und sich noch einmal bei mir zu bedanken. Naja, und weil ich gerade am Kochen war, ist er einfach geblieben. Also haben wir zusammen gegessen und geredet …«

»Und?« Sie beugt sich noch näher zu mir. »Was hat er so gesagt?«

»Es war eher belanglos. Aber irgendwann meinte er plötzlich, dass ich ihm wichtig sei und so weiter«, sage ich leise und spüre, wie mein Gesicht warm wird. »Dass er das Gefühl hat, dass er sich bei mir nicht verstellen muss...« Steffie starrt mich an. »Wow. Das klingt... ziemlich intensiv.«

»War es auch«, sage ich und lasse den Blick kurz auf mein Heft sinken. »Aber es war auch... schön, weißt du? So ehrlich. Wir haben echt eine Verbindung, Steffie. Aber manchmal hab ich das Gefühl, er kämpft mehr mit sich selbst als mit allem anderen.«

»Und danach?« fragt sie leise, ein schelmisches Funkeln in den Augen und die Lippen nur halb unterdrückt zu einem Grinsen verzogen.. »...sind wir uns näher gekommen. Wir haben uns tatsächlich geküsst.« Ich räuspere mich. »Es war... echt krass!.«

»Wow«, wiederholt sie und verdreht die Augen. »Du bist echt schlecht im Storytelling, Lukas. *Details*, bitte.«

»Okay, wir haben ewig lange rumgemacht und dann hatten wir quasi Sex. Es war unfassbar schön, leidenschaftlich und echt heiss. Manuel ist soooo sexy. Und gut gebaut. Ich meine, überall! ...und wie er mich angefasst hat. Wahnsinn. Ich kam mir vor wie ein Weight-Watcher in einem Süßigkeitenladen.« sage ich schnell, spüre, wie meine Wangen rot werden. »Reicht das?« Steffie kichert leise und legt eine Hand auf meinen Arm. »Ich bin beeindruckt, Herr Bergmann!«

»Frag mich mal!«, flüstere ich und miss dabei zügeln, nicht vor Glück zu platzen. »Okay, ich bin dran«, sagt sie plötzlich »willst du meine Andreas-Story hören?«

»Absolut. Ich bin gespannt«, sage ich und lehne mich zurück. »Also? Was war gestern Abend?« Steffie grinst breit und atmet tief durch.

»Pass auf, wir waren bei diesem kleinen Café in der Altstadt. Total süß. Kerzen auf dem Tisch, entspannte Musik – wie aus einem Film.«

»Und?« frage ich, jetzt selbst neugierig. »Und… wir haben über alles geredet«, sagt sie, ihre Stimme leise. »Über Schule, seine Familie, meinen Wahnsinn mit dir…« Sie zwinkert mir zu. »Und irgendwann hat er einfach meine Hand genommen. Nicht dramatisch, nicht kitschig. Einfach so, als wäre es das Normalste der Welt.«

»Und dann?«

»Dann hat er mich nach Hause gebracht«, sagt sie und schaut auf ihre Hände. »Wir standen vor meiner Tür, und es war dieser klassische ‚Was passiert jetzt?-Moment‘. Und dann hat er mich geküsst.«

»Wow«, sage ich und sehe sie breit grinsend an. »Also war es ‚nett plus‘?«

»Es war mehr als nett plus«, murmelt sie, und ich sehe, wie ihre Wangen leicht rot werden. »Es war… schön. Richtig schön.«

»Klingt, als wärst du ein bisschen verknallt«, sage ich neckend.

»Vielleicht«, sagt sie und lächelt. »Aber er ist irgendwie… anders. Ruhig, aber auf eine gute Art. Es fühlt sich so an, als könnte ich ihm alles erzählen.«

»Das klingt gut, Steffie«, sage ich ehrlich. »Er scheint ein guter Typ zu sein.«

»Das hoffe ich«, murmelt sie, bevor sie mich wieder ansieht. »Und wie gehts jetzt mit Manuel weiter?«

»Ich weiß es nicht«, sage ich leise. »wir haben bisher nicht wieder geschrieben. Und ich habe schiss, dass das nur so eine einmalige Sache für ihn war.« Unsere Blicke treffen sich für einen Moment, und ich weiß, dass wir beide ähnliche Szenarien in Gedanken durchspielen –

bis Mrs. Cooper uns plötzlich aus unserer kleinen Blase reißt. »Lukas und Steffie, vielleicht wollt ihr mit uns teilen, was euch so sehr beschäftigt?«

»Äh, nein, danke«, murmeln wir gleichzeitig, und ein leises Lachen breitet sich im Raum aus. Während wir uns bemühen, den Faden zu Shakespeares Worten nicht völlig zu verlieren, schweift ein Teil von mir doch wieder zu Manuel ab. Egal, wie sehr ich mich zwinge – er ist da, ein leiser, beharrlicher Gedanke im Hintergrund. Und ich weiß, dass Steffie insgeheim an Andreas denkt. Vielleicht sind wir heute nicht die aufmerksamsten Schüler, aber das stört mich nicht. Manchmal sind die Gedanken an das, was wirklich zählt, wichtiger als jede Zeile in einem Schulbuch. »Ich glaube, der braucht jetzt erstmal Zeit« flüstert mir Steffie nach einer Weile zu. »Das ist ja jetzt auch alles neu für ihn.« Ich seufze gespielt dramatisch. »I know. Du hast ja recht. Geduld ist leider nicht meine Stärke. Und bei mir schwingt halt immer diese Angst mit, wieder verarscht zu werden. Ich würde das nicht verkraften.«

»Verstehe ich total«, haucht sie leise. Unsere Blicke treffen sich für einen Sekundenbruchteil – ein stilles Einverständnis, in dem mehr gesagt wird, als Worte es je könnten. Doch bevor wir weiter in unserem geheimen Austausch versinken können, zerreißt Mrs. Coopers scharfe Stimme die Stille. »Lukas und Steffie! Möchtet ihr eure Gedanken vielleicht *jetzt* mit der ganzen Klasse teilen?« Wir zucken beide zucken zusammen. »Äh … nein, nicht so wichtig«, murmeln wir synchron und lassen uns tiefer in unsere Stühle sinken, während ringsum leises Kichern aufbrandet. Steffie wirft mir einen verschwörerischen Blick zu – ein kaum merkliches Zucken ihrer Lippen, ein Glitzern in den

Augen. »Was für ein Chaos«, flüstert sie. »Das beste«, stimme ich zu, und wir versuchen wieder, uns auf Shakespeare zu konzentrieren – auch wenn unsere Gedanken längst woanders sind.

4. Juni

Ok. Panikmodus. Es sind jetzt 48 Stunden vergangen, seit Manuel sich – buchstäblich – aus meinem Bett gestohlen hat. Der Donnerstagabend war… magisch. Intensiv. Wir hatten das erste mal Sex. Heißen, leidenschaftlichen Sex. Und jetzt frage ich mich, ob es womöglich auch das letzte Mal gewesen war. Bis dato hat er sich nicht bei mir gemeldet. Kein »Guten Morgen«, kein »Hey, war schön mit dir« nichts. Gar nichts. Warum meldet er sich nicht? Bereut er das alles? Oder – oh Gott – bin ich jetzt blockiert? Ich sitze auf der Couch und starre mein Handy an, als könnte es mir Antworten geben. Mit zitternden Händen greife ich schließlich danach und öffne unseren Chat. Mein Daumen schwebt über der Tastatur, während mir tausend Gedanken durch den Kopf schießen. Was schreibe ich? Wie fange ich an? »Hey Manuel, alles okay bei dir?« Nein, das klingt zu bedürftig.

»Was geht?« Zu banal.

»Warum ignorierst du mich?« Zu dramatisch.

Nach Minuten des Grübelns tippe ich schließlich etwas Einfaches. Etwas Unverfängliches. Ich: »Hey, wie geht's dir?«

Einige Minuten vergehen. Dann sehe ich endlich die drei kleinen Punkte, die anzeigen, dass er tippt.

Manuel: »Hey. Alles gut. Viel zu tun.«

Viel zu tun? Das ist alles? Ich spüre, wie meine Brust sich zusammenzieht, aber ich zwinge mich, nicht sofort zu antworten. *Atme tief durch, Lukas. Nicht ausflippen. Nicht needy wirken.* Schließlich tippe ich zurück:

Ich: »Verstehe ich. Wollte nur mal hören, ob alles okay ist.«

Manuel: »Ja, alles gut.»

Die Kürze seiner Messages macht mich wahnsinnig. Ich starre den Text an und fühle, wie sich mein Magen zusammenkrampft. Er könnte mich auch gleich mit »Lass mich in Ruhe« abservieren, und es würde sich genauso anfühlen. Ich nehme all meinen Mut zusammen und schreibe: Sag mal… gibt es vielleicht irgendwas, worüber du sprechen möchtest? Wegen neulich… you know…« Die drei Punkte am Ende unseres Chatfensters tauchen auf, verschwinden, tauchen wieder auf. Ich halte die Luft an. Endlich kommt seine Antwort:

Manuel: »Nein, nicht wirklich. Es war… schön. Wirklich. Ich hab nur gerade viel um die Ohren. Ich melde mich, okay?«

Ich lese die Nachricht mindestens fünfmal, bevor ich antworte:

Ich: »Okay… warte, wirklich schön?«

Ein paar Sekunden später:

Manuel: »Ja. :)«

Das kleine Smiley bringt mich zum Lächeln – allerdings reicht das noch längst nicht aus, um meine Unsicherheiten völlig wegzuwischen. Er hat sich gemeldet. Mehr oder weniger. Aber trotzdem bleibt da ein nagendes Gefühl in mir, dass er womöglich etwas zurückhält oder unsicher ist. Ich lege das Handy beiseite und lasse mich zurück auf die Couch sinken. Es war schön. Seine Worte hallen in meinem Kopf wider. Vielleicht sollte ich ihm einfach den Raum geben, den er offensichtlich braucht. Aber das bedeutet nicht, dass es leichter wird.

12. Juni

Es ist ein ruhiger Nachmittag im »Café zum süßen Löchle«. Die Glocke an der Eingangstür hat heute nur ein paar Mal geläutet, und außer dem Duft von frisch gebackenem Kuchen und Kaffee liegt eine angenehme Stille in der Luft. Das Licht fällt warm durch die großen Fenster, malt Muster auf den Holzboden, und die Uhr an der Wand tickt leise vor sich hin. Ich stehe hinter der Theke und wische die Oberfläche sauber, während Tommi versucht, eine Reihe Kaffeetassen ohne größeren Unfall aufzuräumen.

»Lukas, wo kommt die Tassene?«, fragt er mit einem dicken Akzent und einer leicht panischen Stimme, als eine Tasse in seiner Hand gefährlich zu wackeln beginnt.

»Zweite Ablage oben links«, sage ich grinsend, ohne aufzuschauen. »Aber vielleicht erst den Stapel da abstellen, bevor du noch was runterschmeißt.«

»Ja, ja, ich habe das im Kontrolle!« protestiert er, während er verzweifelt versucht, das fragile Gleichgewicht seiner Tassen zu retten. Von hinten kommt die sonore Stimme von Frau Mayerle, die mit einer Backform aus der Küche tritt. »Tommi, lass die Tasse hee, sonst glei wackelt's net, sondern scheppert's!« Ich kann mir ein Lachen nicht verkneifen, während Tommi sie verwirrt ansieht.

»Was heißt ,scheppert's'?« fragt er ratlos. »Das heeßt, du machst hier glei Scherbenhaufen, du Lomp!« Frau Mayerle lacht und stellt die Backform auf der Theke ab. »Du musch des locker angehe, net so verkrampft, gell?«

»Verkrampt?« wiederholt Tommi, als wäre das ein besonders exotisches Wort.

»Ich glaub, sie meint ,entspannt'«, erkläre ich, während ich die Kaffeetassen sortiere. »Locker bleiben, Tommi. Wir sind hier nicht auf der Flucht.«

»Locker, okay, ja«, murmelt er und stellt die Tassen endlich ab. »Aber schwer. Alles schwer in Deutsch.«

»Ach, du machst des guad«, sagt Frau Mayerle mit einem aufmunternden Lächeln. »De Lukas hat au lang gebraucht, bis er die Rezepte kapiert hat. Gell, Lukas?«

»Ich hatte ja auch niemanden, der mir beim Übersetzen hilft«, entgegne ich grinsend und werfe ihr einen frechen Blick zu.

»Net frech werrre!« sagt sie und hebt die Backform drohend hoch. »Ich schlag dir den Rüblikuchen um die Ohrä!« Wir lachen alle, und für einen Moment ist die Atmosphäre im Café so leicht und familiär, dass ich vergesse, dass ich hier eigentlich arbeite. Nach einer Weile setzt sich Frau Mayerle zu mir an die Theke, während Tommi in der Küche mit dem Aufräumen beschäftigt ist. Sie nippt an einer Tasse Kaffee und sieht mich mit einem warmen Lächeln an.

»Na, Lukas, wie läuft's mit de Schuel? Alles im Lot?«

»Ja, ganz gut«, sage ich und lehne mich auf die Theke.

»Ich hab echt das Gefühl, ich komm voran. Und ich denk inzwischen ernsthaft darüber nach, nach der Schule zu studieren.«

»Studieren?« fragt sie, ihre Augen weiten sich leicht.

»Was denn für e Fach?«

»Wahrscheinlich irgendwas im Bereich Kommunikation oder Design«, sage ich. »In Karlsruhe. Ich war ja schon ein paar Mal dort – gefällt mir total gut.« Frau Mayerle nickt langsam, aber ich sehe, wie ihre Augen einen Hauch von Traurigkeit verraten. »Karlsruhe, des isch net grad um die Ecke. Willst du dann au net meh bei uns schaffen?«

Ich zucke mit den Schultern, weiß nicht, was ich sagen soll. »Ich weiß es noch nicht. Aber wenn ich studiere, wird's wahrscheinlich schwer, das unter einen Hut zu kriegen.«

Sie seufzt und legt eine Hand auf meine Schulter. »Des wär schad, Lukas. Du bist so e guade Hilfe, und mir sin e guads Team. Aber ich versteh's. Wenn d' Herz dir des sagt, dann musch du's mache.« Ich lächle sie dankbar an. »Danke, Frau Mayerle. Das bedeutet mir echt viel.« Sie nickt, ihre Augen glitzern leicht vor Nostalgie. »Weißt du, ich bin au mol meim Herz nach. Bin damals nach Lahr komme, wegen de Hermann. Der war e heißer junger Feeger!« Sie lacht laut, und ich sehe Tommi neugierig aus der Küche spähen.

»Der konnt des Brotleib knete und schlage, wahnsinn!« Sie klatscht sich begeistert auf die Oberschenkel und schüttelt den Kopf. »Do hab ich net nein sage könne.« Ich muss lachen, während Tommi vorsichtig fragt: »Was heißt… Feeger?«

»Ein Feeger«, sage ich grinsend, »ist jemand, der so gut aussieht, dass man ihn nicht ignorieren kann.«

»Ah«, sagt Tommi, nickt und murmelt dann halblaut: »Lukas ist ein Feeger?«

»Hör bloß auf«, sage ich und werfe ihm eine Serviette zu. Frau Mayerle lacht so laut, dass ich fast befürchte, die Kunden draußen hören es. Die Eingangsglocke klingelt, und eine ältere Dame tritt ein. Sie lächelt uns zu und sagt: »Ihr klingt ja heute so, als hättet ihr den Spaß gepachtet.« Frau Mayerle grinst. »Bei uns gibt's net nur Kaffee, sondern au Lebensfreude.« Sie zwinkert mir zu, und ich spüre, wie sich ein warmes Gefühl in meiner Brust ausbreitet. In diesem Moment bin ich mir sicher: Selbst wenn ich irgendwann gehen sollte, werde ich das »süße Löchle« und diese besonderen Menschen hier nie vergessen.

10. Juni

Montage sind nie einfach. Aber dieser hier fühlt sich an, als hätte jemand mein Hirn in einen Mixer geworfen und auf Dauerschleife gestellt. Jetzt sitze ich auf meiner Couch, das Handy in der Hand, den Blick auf den leuchtenden Bildschirm gerichtet. Normalerweise wäre es kein großes Ding, Manuel zu schreiben. Eine kurze Nachricht: »Hey, Nachhilfe heute?« Abschicken, fertig. Aber heute? Heute fühlt es sich an, als würde ich eine diplomatische Krise lösen müssen – mit zittrigen Fingern und einer Großpackung Selbstzweifel. Mein Daumen schwebt über der Tastatur, während ich mir in Gedanken hunderte Textvarianten zurechtlege. Seit Donnerstagabend ist alles anders. Ich sollte einfach tippen. Sollte. Aber was, wenn sich *doch* alles geändert hat? Was, wenn er es sich mittlerweile anders überlegt hat? Oder schlimmer – was, wenn er mich *doch* nicht mehr sehen möchte?

Schließlich reiße ich mich zusammen und tippe:

»Servus, bleibt's bei unserem Nachhilfe-Termin heute?«

Ich lege das Handy weg und versuche mich zu beruhigen. Doch bevor ich auch nur einmal durchatmen kann, vibriert mein Handy. Eine Antwort.

Manuel: »Ja, klar. Aber ich würde gerne zu dir kommen. Passt das?«

Zu mir?? Mein Blick fällt auf meine Couch, auf der sich ein Pullover, eine leere Chipstüte und diverse Bücher gegenseitig Konkurrenz machen. Mein Schreibtisch ist ein Schlachtfeld, und zum saugen bin ich auch schon lange nicht mehr gekommen.

Ich: »Ähm, klar. Kein Problem.« Kaum habe ich die Nachricht abgeschickt, springe ich auf, als hätte jemand eine Sirene losgelassen. Ich schnappe mir den Pullover, werfe ihn in die Wäsche, stopfe die Chipstüte in den Mülleimer und stapel die Bücher so, dass es aussieht, als sei ich ein strukturierter, produktiver Mensch. Meine Wohnung ist in den nächsten zwanzig Minuten kaum wiederzuerkennen. Sogar eine Duftkerze findet ihren Platz auf dem Couchtisch – obwohl ich nicht einmal weiß, ob sie sich noch anzünden läßt. Als es an der Tür dann schließlich klingelt, klopft mein Herz bis zum Hals. Ich schnappe mir noch schnell ein Kissen, drapiere es auf der Couch und öffne dann die Tür. Da steht er. Manuel. Zerzaustes Haar, Rucksack lässig über der Schulter und dieses strahlende, unbedarfte Lächeln, das mich jedes Mal aus der Fassung bringt.

»Hey«, sagt er, und seine Stimme ist leise, fast zögerlich.

»Hey«, antworte ich und trete zur Seite, damit er hereinkommen kann. Er sieht sich kurz in der Wohnung um, seine Augen bleiben an der Duftkerze hängen. »Du hast es hier echt… aufgeräumt.« Ich zucke mit den Schultern und hoffe, dass ich nicht so verlegen aussehe, wie ich mich fühle. »Na ja, dachte, es wird mal Zeit. Ordnung ist das halbe Leben, oder?«

Er grinst. »Du klingst wie meine Mutter.«

Ich lache, auch wenn die Atmosphäre irgendwie noch angespannt ist. Wir setzen uns – er auf die Couch, ich auf den Sessel – und plötzlich fühlt sich der Raum viel zu klein an. Ich versuche einen entspannten Eindruck zu machen. Doch innerlich bin ich auf 180. Ein Teil von mir hat Schiss, was da jetzt wohl kommt und ein anderer Teil möchte sich auf ihn stürzen und alle Kleider vom Leib reißen. Wir reden Belangloses. Small-Talk. Ignorieren den Elefanten, der im Raum steht. »Also, Mathe?« frage ich schließlich und deute auf seinen Rucksack.

»Ja, klar.« Er kramt das Übungsbuch hervor, aber er blättert nicht darin. Stattdessen legt er es zur Seite und sieht mich an.

»Lukas… können wir kurz reden?«

Mein Magen zieht sich zusammen, aber ich nicke.

»Klar. Was gibt's?« Er zögert kurz und fährt sich langsam mit der Hand durch die Haare. »Ich wollte mich eigentlich schon früher melden, aber… ich war mir nicht sicher, was ich sagen soll. Neulich Abend war…«

»Unerwartet? Kompliziert?« unterbreche ich ihn und versuche, ein Lächeln aufzusetzen, das sich nicht so unsicher anfühlt wie ich selbst. »Nein…«, sagt er schnell. »Nicht kompliziert. Es war schön. Wirklich. Aber ich war im Nachhinein auch irgendwie… überfordert… mit der ganzen Sache.« Ich entspanne mich ein bisschen, merke, wie mein Atem ruhiger wird. »Kein Stress. Du hättest einfach irgendwas sagen können. Ich hätte verstanden, wenn du Zeit brauchst.« Er mustert mich intesivst, und für einen Moment ist da nichts außer ein vielsagender Blick. Dann steht er plötzlich auf, kommt auf mich zu, kniet sich direkt vor mich und legt seine Hände auf meine. Seine tiefblauen Augen haben mich nun völlig fixiert. »Danke«, sagt er leise.

»Danke wofür?« frage ich, meine Stimme kaum mehr als ein Flüstern. »Dafür, dass du… Verständnis hast. Dass du einfach *du* bist.«

Ich lache leise. »Das ist das schönste und gleichzeitig das seltsamste Kompliment, das ich je bekommen habe.«

Er grinst, dann wird er ernst.

»Lukas… Was da passiert ist, war richtig. Für mich. Für uns.« Bevor ich etwas sagen kann, zieht er mich in eine Umarmung. Es fühlt sich gut an. Richtig. Dann hebt er seinen Kopf, unsere Blicke treffen sich erneut, und…wir küssen uns! Es ist sanft, langsam, aber voller Bedeutung. Als wir uns lösen, schnappe ich mir grinsend das Übungsbuch. »Okay. Erst die Arbeit, dann das Vergnügen.« Manuel lacht auf, schüttelt den Kopf und geht zurück zu seinem Stuhl. Mit einer lässigen Bewegung lässt er sich fallen, schlägt seinen Notizblock auf und sieht mich herausfordernd an. »Na gut. Richtige Einstellung!«

Seine Stimme klingt amüsier. Während wir die erste Aufgabe durchgehen, spüre ich, wie sich etwas in mir löst. Zum ersten Mal seit Langem fühlt es sich an, als würde alles in die richtige Richtung laufen. Kein Zögern, kein inneres Chaos – nur dieser Moment, der einfach perfekt ist.

13. Juni

Ich sitze am Küchentisch, den Kopf in eine Hand gestützt, während die andere lustlos ein paar Englisch-Vokabelkarten über die Tischplatte schiebt. Mein Blick verschwimmt, meine Gedanken driften ab. Schule. Arbeiten. Manuel. Und dann – das Klingeln an der Tür reißt mich aus meiner Trance. Ich runzle die Stirn. Wer klingelt um diese Uhrzeit? Mit einem Seufzen schiebe ich den Stuhl zurück, trotte zur Tür und öffne. Meine Mutter steht davor. Ihr Blick schwankt irgendwo zwischen besorgt und leicht genervt – nicht unbedingt das, was ich jetzt brauche. »Ah! Du lebst!« sagt sie, die Hände in die Hüften gestemmt.

»Mutter...«

Ich stöhne leise, weil ich schon ahnen kann, was jetzt kommt.

»Man sieht dich kaum noch«, sagt sie, ohne Umschweife. „Was ist eigentlich los mit dir? Unser Sonntags-Mittagessen lässt du auch ausfallen. Das einzige Lebenszeichen sind deine kurzen SMS mit Ausreden, wenn du wieder mal nicht auftauchst – oder wenn du im Waschkeller die Maschine blockierst und deine Wäsche tagelang drin vergisst.« Ich seufze, reibe mir die Stirn und nicke langsam. »Ich weiß, tut mir echt leid. Ich hab gerade einfach verdammt viel um die Ohren.«

»Aha.« Sie verschränkt die Arme und hebt skeptisch eine Augenbraue. »Und wer ist überhaupt dieser Herrenbesuch, der sich hier regelmäßig einquartiert?« *Oh mein Gott! Die NSA ist ein scheiss gegen sie.* Meine Augen weiten sich, und augenblicklich wird mir heiß. Herrenbesuch? Mein Mund setzt zur Antwort an, aber mein Hirn hinkt noch hinterher.

»Äh… er heißt Manuel«, presse ich heraus. »Und wir… daten uns.«

»Ohjesses…« Sie legt mit einer dramatischen Bewegung eine Hand an ihre Brust, als hätte ich ihr vorgeschlagen eine schwarze Messe zu besuchen. »Ich weiß, dass das nicht dein Lieblingsthema ist«, sage ich und hebe die Hände in einer beschwichtigenden Geste. »Aber ich kann's leider auch nicht ändern.« Sie seufzt, senkt die Hand und sieht mich an. »Ich will doch gar nicht, dass du was änderst, Lukas. Ich… ich brauch nur manchmal einen Moment, um das alles zu verdauen.«

»Mama«, sage ich und lächle leicht. »Es ist kein großes Drama, okay? Er ist einfach… jemand, der mir wichtig ist.« Sie nickt langsam, sieht aber noch nicht überzeugt aus. »Ist das… ernst?« fragt sie schließlich, ihre Stimme vorsichtig. »Ich weiß nicht«, gebe ich ehrlich zu. »Wir lernen uns kennen. Aber ja, er bedeutet mir was.«

»Na gut.« Sie seufzt erneut, diesmal etwas weniger schwer. »Das ist dein Leben, Lukas. Ich hab mir nur Sorgen gemacht, weil ich dich kaum noch sehe. Du warst früher so oft bei uns, und jetzt ist es, als wärst du plötzlich abgetaucht.«

»Es war keine Absicht«, sage ich und trete einen Schritt näher. »Ich versinke einfach im Chaos. Schule, Arbeit, alles. Aber du hast recht. Ich sollte mich mehr bei euch melden.« Sie schaut mich an, ihre Augen weicher. »Das wäre schön. Dein Vater vermisst dich auch. Und ich hab noch diesen Tupperbehälter von dir, den du letztes Mal vergessen hast.« Ich lache leise. »Das Tupperding! Na, dann komme ich wohl besser bald vorbei, bevor du mir noch eine Mahnung schickst.«

»Das ist das Mindeste«, sagt sie mit einem leichten Lächeln. »Sonntag? Mittagessen? Diesmal wirklich?«

»Versprochen«, sage ich ernst, und sie nickt zufrieden.

»Gut. Und Lukas?«

»Ja?«

»Bring den Manuel doch mal mit. Ich will ihn kennenlernen.« Ich blinzle überrascht, dann nicke ich langsam. »Ich... ich frag ihn mal.« Sie lächelt künstlich, drückt kurz meine Schulter und dreht sich dann zur Tür. »Okay. Dann bis Sonntag. Und, Junge? Vergiss nicht: Wir lieben dich, egal, wie chaotisch dein Leben ist.«

»Danke, Mama«, murmle ich, als sie die Treppe hinaugeht. Zurück am Küchentisch greife ich wieder nach den Vokabeln, doch mein Kopf ist plötzlich ein bisschen klarer. Vielleicht ist das Chaos doch nicht ganz so unüberwindbar.

16. Juni

Die Bettdecke ist zur Hälfte auf den Boden gerutscht, und die Luft in meiner Mini-Wohnung ist angenehm warm. Meine Wange liegt auf Manuels Brust, und ich spüre, wie sein Atem ruhig und gleichmäßig gegen meine Haare streicht. Seine Finger wandern langsam und scheinbar gedankenverloren über meinen Rücken, zeichnen kleine Muster, die irgendwo zwischen sanft und kitzelnd liegen. Der Raum ist in ein weiches, goldenes Licht getaucht – es könnte die Welt um uns herum verschwinden, und ich würde es nicht bemerken. Manuels andere Hand liegt auf meiner Hüfte, fest, aber entspannt, als wolle er sicherstellen, dass ich nicht plötzlich wegdrifte. »Weißt du«, sagt er schließlich, seine Stimme leise und tiefer als sonst, »wenn das mit

Karlsruhe klappt, dann… dann könnte ich mir vorstellen, dass wir da richtig was aufbauen.« *Huch, wo kommt denn das aufeinmal her?,* schießt es mir durch den Kopf. Ich hebe meinen Kopf leicht und betrachte sein Profil im Dämmerlicht. Seine Augen blicken zur Decke, und ich erkenne das leichte Zittern in seinem Atem, das immer kommt, wenn er über etwas spricht, das ihn wirklich bewegt.

»Meinst du, wenn du den Studienplatz bekommst?« frage ich, meine Stimme kaum mehr als ein Flüstern. Er nickt, sein Blick bleibt oben, aber ich merke, wie sich seine Finger für einen Moment stillhalten, bevor sie sich wieder über meine Haut bewegen.

»Ja. Und… vielleicht könntest du ja auch dorthin kommen. Weißt du, wenn du mit der Schule fertig bist. Wir könnten… eine Wohnung nehmen. Zusammen.« Mein Herz setzt einen Moment aus, und ich merke, wie sich mein Atem beschleunigt. Ich stütze mich leicht auf seinen Brustkorb und sehe ihn an, seine Augen treffen schließlich meine. Sein Blick ist weich, offen, und da ist diese leichte Spannung in seinem Kiefer, die verrät, wie sehr er auf meine Antwort wartet.

»Und was soll ich da machen?« frage ich schließlich, ein Lächeln spielt um meine Lippen, aber meine Stimme hat einen ernsten Unterton. »Alles, was du willst«, sagt er sofort, und seine Augen leuchten plötzlich auf, wie immer, wenn er etwas sagt, das für ihn wichtig ist. »Studieren, arbeiten, kreativ sein. Es gibt so viele Möglichkeiten, Lukas. Du bist… du kannst überall hinpassen. Überall glücklich sein.« Seine Worte lassen meine Brust warm werden, aber ich lasse mir nichts anmerken. Stattdessen lasse ich mich wieder zurück auf seine Brust sinken, meine Finger streichen über die Linien seiner Rippen. »Und du? Was würdest du wollen?«

»Ich?« Er lacht leise, ein leises, tiefes Geräusch, das in seiner Brust vibriert. »Ich würde wollen, dass du da bist. Mehr brauche ich nicht.«

Ich spüre, wie meine Wangen heiß werden, aber ich sage nichts. Die Worte, die ich zurücksagen könnte, fühlen sich zu groß an, um sie jetzt auszusprechen, also lasse ich sie unausgesprochen. Stattdessen sage ich schließlich:

»Wenn wir eine Wohnung hätten… wie wäre die?«

Manuel überlegt. »Definitv große Fenster«, sagt er nach einem Moment. »Ich will Licht. Viel Licht. Und Platz, aber nicht zu viel – ich will keine leeren Räume. Ich will, dass es… voll ist. Mit uns.«

»Und eine große Küche«, füge ich hinzu, mein Ton neckend. »Damit ich weiterhin meine berüchtigte Bolognese machen kann.«

Er lacht wieder, dieses Mal ein bisschen lauter, und ich spüre, wie seine Brust unter mir bebt. »Ja, unbedingt. Aber das Sofa ist wichtiger. Es muss groß genug sein, dass wir uns beide darauf ausbreiten können, aber klein genug, dass wir trotzdem zusammenrutschen müssen.«

»Und einen Balkon«, sage ich.

»Ich brauche einen Balkon. Für den Morgenkaffee.«

»Und zum Sterne schauen«, sagt er und sieht zur Decke, als könnte er die Sterne durch das Dach erkennen. Wir schweigen einen Moment, beide in Gedanken versunken. Ich sehe die Bilder vor mir: eine kleine Wohnung, gefüllt mit Licht und Wärme, mit ihm. Ein Ort, an dem es sich anfühlt, als könnten wir die Welt draußen lassen. »Und wie würdest du die Zeit mit mir verbringen?« frage ich schließlich leise, meine Stimme klingt fast schüchtern in der Stille des Raumes. »Wie jetzt«, sagt er und zieht mich fester an sich. »Einfach… mit dir. Wir könnten frühstücken, zusammen joggen, Fußball schauen, oder einfach nichts tun. Alles fühlt sich… richtig an, solange du da bist.« Seine Worte treffen mich tief, aber ich will die Leichtigkeit nicht verlieren. »Joggen?« frage ich und ziehe eine Augenbraue hoch. »Du weißt, dass ich dich auf halbem Weg zurücklassen würde, oder?« kommentiere ich voller Ironie. »Absolut. Allerdings nur, wenn du vorher ein Sixpack RedBull platt machst«, entgegnet er mit einem Grinsen.

»Scherzkeks.«

Wir reden weiter, werfen uns gegenseitig Ideen zu – wie wir die Wohnung einrichten würden, was uns wichtig wäre, wie unsere Tage aussehen könnten. Das ist alles gerade so surreal, aber schön. *Lieber Gott oder wer auch immer da oben das Sagen hat, lass mich bitte aus diesem Traum niemals aufwachen.* Nach einer Weile merke ich, wie sein Atem langsamer wird und sich seine Augenlider senken. Manuel döst ein. Ich sehe ihn an, beobachte die sanften Bewegungen seines Brustkorbs, und in diesem Moment ist alles, was ich fühle, Frieden. Ich lege meinen Kopf auf seine Brust, schließe meine Augen und atme tief ein. Manuel riecht so gut. Egal ob frisch geduscht oder leicht schwitzig, wie jetzt – nach zwei Runden phantastischem Sex.

»Das wird gut«, flüstere ich, fast mehr zu mir selbst als zu ihm.

»Mach dir keine Sorgen«, murmelt er mit schläfriger Stimme. Da ist jedoch etwas in seinem Ton, wie eine leise Gewissheit, die mich hoffen lässt, dass er recht hat.

17. Juni

Das Klima hat die letzten Tagen abgekühlt. Ich stapfe über den Schulhof und ziehe dabei den Reißverschluss meines dunkelgrünen Bloussons ein Stück höher. Ich muss zugeben, dass mein Gesicht vom Dauergrinsen fast schon etwas weh tut, aber ich kann es nicht lassen. Ich sehe Steffie an unserem üblichen Treffpunkt neben der Bank stehen. Sie hat die Arme verschränkt und tippt mit dem Fuß ungeduldig auf den Boden. »Gudde Mooooorge!«, begrüße ich sie »Na, was ist denn mit dir los? Du strahlst ja wie ein Atomkraftwerk.« Ich bleibe stehen, werfe meine Tasche auf die Bank und sehe sie an. »Ach, nichts Besonderes«, sage ich mit übertriebener Lässigkeit. »Komm schon«, sagt sie und setzt sich neben mich, wobei sie mich neugierig mustert. »Niemand lächelt so, wenn es nichts Besonderes gibt. Also, raus damit.« Ich lasse sie noch ein bisschen zappeln, dann grinse ich. »Es ist Manuel.« Ihre Augen weiten sich, und sie klatscht aufgeregt in die Hände. »Uiuiuiui... das dachte ich mir! Und, was hat er getan? Was ist passiert? Los, ich will alles wissen.« Ich lasse mich auf den Stuhl sinken und suche nach den richtigen Worten. Schließlich atme ich tief durch. »Also, wir haben gestern geredet... über Karlsruhe.« Meine Stimme klingt beiläufig, als hätte ich mir darüber nicht die halbe Nacht den Kopf zerbrochen. Als würde ich nich seit Stunden auf Wolken laufen, weil mein Kopfkino unsere gemeinsame Zukunft in den schönsten Farben ausmalt. Als wäre ich nicht voller Hoffnung und Zuversicht, einen den richtigen Partner gefunden zu haben. »Nunja, er kam plötzlich mit dem Vorschlag ums Eck, dass wir zusammenziehen könnten, wenn er den Studienplatz in Karlsruhe bekommt.

Quasi unser eigenes Nest bauen.« Stille. Steffie starrt mich an, als hätte ich gerade gesagt, ich würde ins Weltall auswandern. »Bitte was? Zusammenziehen?«

»Ja.« Ich nicke, bemüht Fassung zu bewahren. »Es war kein Scherz, Steffie. Er hat ernsthaft darüber nachgedacht. Wir haben über Wohnungen gesprochen, darüber, wie wir sie einrichten würden, was uns wichtig ist und so weiter« Sie pfeift leise durch die Zähne. »Krass. Das ist mal ,ne Nummer.« Einen Moment sagt sie nichts, dann stößt sie mich mit dem Ellenbogen an. »Und? Was denkst du jetzt darüber?« Ich zucke mit den Schultern, doch mein Gesicht verrät mich. »Ich finde die Idee… ziemlich großartig.« Die Worte fühlen sich zum ersten Mal richtig an, laut ausgesprochen. »Karlsruhe ist nicht aus der Welt. Ich könnte dort studieren oder mir nen Job suchen. Und mit Manuel…« Ich pausiere, ein winziges Lächeln stiehlt sich auf meine Lippen. »Die Sache mit ihm fühlt sich echt an. Irgendwie richtig. Wir haben einen echt guten Vibe. Und ich kann mir eine gemeinsame Zukunft echt gut vorstellen.« Denn die Wahrheit ist auch, dass ich noch nie in solch einer Situation war. Dass ein Interesse über eine einzige Nacht hinausging, über eine Affäre oder etwas Unverbindliches. Bisher war da immer ein Haken, ein unausgesprochenes Ablaufdatum. Aber mit Manuel fühlt es sich anders an. Echter. Zum ersten Mal in meinem Leben denke ich darüber nach, was es bedeutet, wirklich mit jemandem zusammenzuleben – nicht nur für ein paar Nächte, sondern für ein gemeinsames Leben. Die Vorstellung, mit ihm eine Wohnung zu teilen, einen Ort zu haben, der nicht nur meiner, sondern *unserer* ist, lässt etwas in mir aufbrodeln, was ich lange verdrängt habe: die Sehnsucht nach Beständigkeit. Ich will mehr als Momentaufnahmen. Mehr als halbherzige Versprechen, die sich am Morgen in Luft auflösen. Ich will ein Zuhause, in dem ich ankomme – und diesmal nicht allein. Aber da ist auch die andere Seite. Die Zweifel, die leise warnenden Stimmen in meinem Kopf, die mich an all die Enttäuschungen erinnern. An Männer, die von *Commitment* geredet haben, aber in Wahrheit eine andere Agenda hatten. An schöne Worte, die nichts wert waren. Ich will nicht noch einmal in eine Illusion investieren, die am Ende nur mir etwas bedeutet. Und doch – wenn ich an Manuel denke, daran, wie er mich ansieht, wenn er von der Zukunft spricht, an die Art, wie er von *uns* redet, statt nur von sich – dann fühlt es sich so an, als könnte es diesmal echt sein. Steffie sieht mich einen Moment an »Und Du bist dir sicher, dass er es hundertprozentig ernst meint?«

»Ja.« Meine Antwort kommt schnell und ohne Zweifel. »Gestern Abend war anders. Er hat nicht nur irgendwas gesagt, sondern wirklich geplant. Er hat von einer Küche gesprochen, von einem Balkon, sogar vom Sofa. Es war, als hätte er sich vorgestellt, wie es wäre, mit mir zusammenzuleben.« Steffie schaut mich lange an, ihr Gesicht weich, aber auch ein bisschen nachdenklich. »Das klingt echt schön, Lukas. Ich freu mich für dich.« Ich nicke, lasse meinen Blick kurz über den Schulhof schweifen, bevor ich sage: »Es ist mehr als nur schön. Es ist… so krass intensiv. Auch sexuell. Als würde Manuel jede einzelne Berührung mit Bedeutung aufladen, als wäre ich für ihn genau richtig – genau so, wie ich bin. Wenn er mich berührt, ist da nichts außer purer, ungefilterter Lust. Kein Zögern, kein Zweifeln. Der Sex ist echt der Oberknaller. Manuel hält sich überhaupt nicht zurück. Zum ersten Mal in meinem Leben muss ich nichts beweisen.

Ich muss mich nicht verstecken oder zurückhalten. Bei ihm kann ich loslassen, kann mich fallen lassen.« Ich atme tief aus, spüre noch immer das Kribbeln auf meiner Haut, als ich Steffies Hand auf meiner Schulter fühle. Sie lächelt mich an, warm und wissend. Und ich weiß – was ich mit Manuel habe, ist echt. »Das klingt nach etwas, das du echt verdient hast.« Ich will gerade antworten, als mit einem lauten Gong zur ersten Schulstunde gerufen wird.

15. Juni

Manuel sitzt am Esstisch in meiner Wohnung, ein zerknittertes Arbeitsblatt vor sich, und tippt mit einem Bleistift gegen seine Unterlippe. Ich sitze ihm gegenüber, mein Kopf stützt sich auf meine Hände, während ich die Zahlen und Buchstaben auf dem Blatt anstarre, die sich in meinem Kopf zu einem absoluten Wirrwarr verbinden. »Okay«, sagt er schließlich und richtet sich auf, seine Stimme so geduldig, dass ich ihn am liebsten dafür küssen würde. »Stell dir das so vor: Die Wahrscheinlichkeit, dass du eine rote Kugel ziehst, ist eins zu vier, weil es nur vier Kugeln gibt und eine davon rot ist. Also...?« Ich seufze und lasse meinen Kopf auf den Tisch fallen. »Also… das ist ja einfach. Ein Viertel.«

»Ja!« ruft Manuel und grinst mich an. »Siehst du, du kannst es doch.«

»Das war Kindergartenniveau«, schnaube ich und hebe den Kopf. »Die nächste Aufgabe ist garantiert fieser.«

»Das glaubst du nur«, sagt er und lehnt sich zurück, die Hände hinter dem Kopf verschränkt. »Mathe ist wie Fußball. Es wirkt kompliziert, aber am Ende geht's nur darum, den Ball ins Tor zu bekommen.«

»Oder in meinem Fall: Mathe geht darum, den Ball komplett zu verfehlen«, sage ich und schiebe das Blatt von mir weg. Manuel lacht, steht auf und zieht mich aus meinem Stuhl hoch. »Komm schon, Bärchen, wir machen eine Pause. Dein Gehirn raucht schon.« Ich lache und folge ihm in die Küche. »Bärchen? Wirklich?«

»Was denn?« Er grinst breit. »Du bist doch mein Bärchen.«

»Dann bist du mein Hase«, sage ich neckend, und er rollt dramatisch mit den Augen, bevor er sich auf die Arbeitsplatte setzt. »Was gibt's zu essen?« fragt er und sieht mir zu, wie ich den Kühlschrank öffne.

»Ich dachte an was Schnelles. Pasta? Du magst doch meine Tomatensauce.«

»Die mag ich«, sagt er und beobachtet, wie ich die Zutaten zusammensuche. Ich stelle den Topf auf den Herd und beginne, die Sauce vorzubereiten, während Manuel von der Arbeitsplatte aus einen leichten Beat mit den Fersen auf die Schranktüren trommelt. »Weißt du«, beginne ich schließlich, ohne ihn anzusehen, »wir könnten mal was anderes machen.«

»Was anderes?« fragt er, ein Hauch von Misstrauen in seiner Stimme. »Na ja, wir hängen immer nur hier rum. Lernen, essen, Netflix…« Ich drehe mich zu ihm um und sehe, wie er mich mit hochgezogener Augenbraue ansieht. »Vielleicht könnten wir mal ausgehen. Was trinken, Billard spielen, irgendwas.« Er zuckt mit den Schultern, sein Blick wird abweisend. »Das ist doch unnötig. Hier ist es doch gemütlich. Und außerdem…« Er hält inne, sucht nach den richtigen

Worten. »Außerdem was?« frage ich und sehe ihn direkt an. »Ich weiß nicht«, murmelt er. »Es fühlt sich einfach… einfacher an, wenn wir hier bleiben. Keine komischen Blicke, keine blöden Kommentare.« Ich stelle den Kochlöffel ab und gehe zu ihm, lege meine Hände auf seine Knie. »Manuel, wir reden doch nicht von einem Candle-Light-Dinner mitten in der Stadt. Wir können was Lockeres machen. Steffie könnte mitkommen. Ein Abend, an dem wir Spaß haben. Das wäre doch nett, oder?« Er sieht mich an, sein Blick unsicher, aber ich merke, wie sich seine Haltung leicht entspannt. »Steffie, hm?«

»Ja«, sage ich und lächle. »Sie kann uns die Billard-Regeln erklären und wahrscheinlich auch noch besser spielen als wir beide zusammen.« Er schnaubt leise, und ein kleines Lächeln huscht über sein Gesicht. »Na gut. Aber nur, wenn Steffie wirklich mitkommt. Und wenn wir danach trotzdem noch hierher zurückkommen können.«

»Deal«, sage ich, grinse und gebe ihm einen schnellen Kuss auf die Stirn. »Ich wusste, dass ich dich überzeugen kann, Schatz.«

Er lacht leise. »Schatz? Ich dachte, ich bin dein Hase.«

»Du bist beides«, sage ich und gehe zurück zum Herd, während ich seine spielerische Augenrolle bemerke. »Na dann, Bärchen«, sagt er, seine Stimme wieder locker und entspannt. »Plan du mal den Abend. Aber erwarte nicht, dass ich beim Billard gnädig bin.«

»Ich würde nichts anderes erwarten«, sage ich und rühre die Sauce, während ich mich darauf freue, ihn außerhalb dieser vier Wände zu erleben – ein Schritt raus aus unserer kleinen Blase und hinein in die echte Welt.

9. Juli

Die Sonne scheint durch die Windschutzscheibe, und die Straße vor uns zieht sich wie ein Band in Richtung Karlsruhe. Ich sitze am Steuer meines kleinen Opel Corsa, der sich auf der mehrspurigen Autobahn mehr wie ein tapferer Kämpfer als wie ein Kraftpaket anfühlt. Neben mir sitzt Manuel, der lässig einen Arm auf die Mittelkonsole gelegt hat, während Steffie und Andreas auf der Rückbank wie zwei Teenager tuscheln und kichern. »Also, Steffie«, sagt Manuel und dreht sich halb zu ihr um, »du bist also die berühmte beste Freundin, von der ich ständig höre.«

»Kommt drauf an, was er erzählt hat«, sagt sie und lehnt sich nach vorne, ihre Hände auf den Vordersitz gestützt. »Hoffentlich nur die guten Sachen?«

»Natürlich«, sagt Manuel grinsend. »Obwohl er dich manchmal ein bisschen als Nervensäge bezeichnet.«

»Hey!« rufe ich empört und werfe ihm einen kurzen Blick zu. »Das habe ich nie gesagt!«

»Wahrscheinlich hat er erzählt, dass du eine große Nervensäge bist« wirft Andreas trocken ein. Steffie lacht laut auf und knufft Andreas in die Seite. »Na warte, das merk ich mir!« Manuel lehnt sich wieder zurück, ein breites Grinsen auf seinem Gesicht. »Ich mag sie«, sagt er leise zu mir, aber laut genug, dass Steffie es hören kann. »Ich mag dich auuuuch«, sagt sie sofort und lehnt sich wieder zurück. »Aber…« Sie lässt eine kurze Pause entstehen, bevor sie mit einem schelmischen Grinsen weiterspricht. »Ich bin mir nicht ganz sicher, ob ich deinen Fahrstil mag, Lukas. Du könntest gerne mal ein bisschen mehr aufs

Gas treten. Wir fahren hier wie in Zeitlupe.«

»Zeitlupe?« Ich drehe mich kurz zu ihr um und runzle die Stirn. »Ich fahre genau nach Vorschrift. Wenn ich geblitzt werde, zahlt keiner von euch das Ticket.«

»Ja, ja, Vorschrift«, sagt Andreas von hinten und klopft mir auf die Schulter. »Du könntest zumindest so tun, als hättest du einen Motor, der mehr power hat als ein Mofa.«

»Immer auf den Corsa«, murmle ich, aber ich kann mir ein Lächeln nicht verkneifen. »Dein kleiner Opel ist süß«, sagt Steffie und tätschelt die Kopfstütze meines Sitzes. »Wie so ein kleiner Chihuahua, der glaubt, er wäre ein Dobermann.«

»Jetzt reicht's«, sage ich und tue so, als würde ich beleidigt sein. »Ihr könnt ja laufen, wenn es euch nicht passt.«

»Ach komm, Schatz«, sagt Manuel mit einem spielerischen Lächeln und legt eine Hand auf meinen Oberschenkel. »Wir meinen es doch nicht so. Der Corsa ist… charmant. Und du bist ein fantastischer Fahrer.«

»Das sagst du nur, weil du mit mir nach Hause fahren willst«, kontere ich und sehe aus dem Augenwinkel, wie er grinst. »Erwischt«, murmelt er leise, aber ich sehe, wie er leicht errötet. »Also, Andreas«, sagt Steffie, die das Thema wechselt, »wie findest du es, dass wir Lukas jetzt offiziell den Titel ‚Bester Gastgeber und langsamster Fahrer Deutschlands' verleihen?«

»Klingt verdient«, sagt Andreas trocken. »Aber ich muss sagen, er hat Geschmack, wenn es um Freunde geht. Manuel ist echt cool.«

»Danke«, sagt Manuel und dreht sich halb zu den beiden um.

»Und ich muss sagen, ich bin überrascht. Ich hätte nicht gedacht, dass

Lukas so viele… interessante Leute kennt.«

»Interessant?« wiederhole ich und schaue ihn kurz an. »Interessant im positiven Sinne«, sagt er und zwinkert. Die Gespräche fließen weiter, wir reden über alles Mögliche – von der besten Musik für Roadtrips bis zu absurden Witzen über den Corsa, der sich tapfer auf der Autobahn hält. Manuel erzählt Anekdoten aus seinem Fußballteam, Andreas und Steffie werfen sich spielerisch gegenseitig vor, wer schlechter Billard spielt, und ich höre einfach zu, genieße die Leichtigkeit der Stimmung. Es ist, als hätte sich ein neuer Raum für uns alle geöffnet – einer, in dem alles möglich ist. Die Welt vor uns fühlt sich groß an, voller Versprechen, und in diesem Moment gibt es keinen Ort, an dem ich lieber wäre als hier, in diesem kleinen Auto mit den Menschen, die mir am meisten bedeuten.

Der Billardclub 69 ist genau die Art von Ort, die ich mir für einen Abend wie diesen vorgestellt habe – gemütlich, nicht zu laut, aber mit genug Leben, dass es sich wie ein Ausflug anfühlt. Gedämpftes Licht, der leise Klang von Kugeln, die aufeinanderprallen, und die Mischung aus Musik und Stimmen bilden die perfekte Kulisse. Wir haben uns einen der hinteren Tische geschnappt, etwas abseits vom Trubel, und ich merke, wie die Nervosität langsam von Manuel abfällt, während wir die Queues und Kugeln vorbereiten.

»Okay, Leute«, sage ich und stelle mich ans Ende des Tisches. »Ich hoffe, ihr habt eure Entschuldigungen schon parat. Ich bin hier, um zu gewinnen.« Steffie lacht und nimmt einen ersten Schluck von ihrem Bier. »Lukas, dein Ego ist so groß wie dein kleiner Opel. Lass uns erstmal sehen, ob du den Tisch überhaupt aufräumen kannst.«

»Challenge accepted«, sage ich grinsend und lege die ersten Kugeln an. Andreas und Manuel stehen an der Seite und unterhalten sich leise, während mich Steffie misstrauisch beobachtet. »Also gut«, sagt sie schließlich, als ich den Queue ansetze. »Dann zeig uns mal, was du drauf hast, Tiger.« Ich stoße, und die Kugeln fliegen über den Tisch. Eine rote drei fällt sofort in eine der Taschen, und ich strecke die Faust in die Luft. »Und so fängt's an.« Manuel rollt mit den Augen, aber ich sehe das kleine Lächeln, das er nicht ganz verbergen kann. »Du bist so ein Angeber«, murmelt er, während er sich ein Bier nimmt. »Nenn mich einfach den Billard-Meister«, sage ich grinsend und ziehe die nächsten Kugeln ins Visier. Steffie schnauft gespielt genervt. »Gut, dann zeig uns mal, Meister. Aber ich sag's dir, wenn ich dran bin, räume ich auf.« Während ich Kugel um Kugel in die Taschen schiebe, sehe ich aus dem Augenwinkel, wie Manuel und Andreas sich langsam vom Tisch entfernen. Sie stehen an der Bar, Andreas hat sein Getränk in der Hand, und Manuel lehnt lässig am Tresen.

Zurück am Tisch habe ich inzwischen fast alle Kugeln versenkt, und Steffie steht mit verschränkten Armen daneben. »Das ist doch Schiebung«, sagt sie, während ich die letzte Kugel ins Visier nehme. »Es ist pure Magie«, korrigiere ich sie und schiebe die schwarze Acht mit einem gezielten Stoß in die Tasche. »Und der Sieg geht an… mich.« Manuel und Andreas kommen zurück, gerade rechtzeitig, um meinen kleinen Jubeltanz zu sehen. Manuel schüttelt den Kopf, aber ich sehe, wie seine Augen glitzern. »Du bist unmöglich, Bärchen.«

»Sag ruhig ‚Meister Bärchen‘«, korrigiere ich ihn mit einem breiten Grinsen. »Wie auch immer, Hase«, murmelt er und nimmt mich kurz in den Arm, bevor er sich an den Tisch setzt. Steffie schaut zwischen uns hin und her und schüttelt den Kopf. »Ihr seid beide unmöglich. Und außerdem total kitschig. Ich kotze gleich!«

»Neidisch?« frage ich, während Andreas ihr den Queue reicht. »Das wirst du bereuen«, sagt sie und zielt auf die Kugeln. Die Kugeln fliegen auseinander, aber keine fällt ins Loch. Andreas schüttelt nur den Kopf. »Ich glaub, ich mach den Rest.«

Nach der Partie Billard ziehen wir spontan weiter ins »Crash«, einem großen, alternativen Club am Freiburger Bahnhof. Das »Crash« ist eine Legende. Ein wilder Strudel aus flackernden Lichtern, dröhnender Musik und einer Menschenmenge, die im Takt hämmernder Gitarrenriffs bebt. Es läuft hauptsächlich Rock, Metal, Alternative und niemanden interessiert es, wie man aussieht oder woher man kommt. Die Luft ist stickig, durchzogen von einer Mischung aus Bier, Schweiß und Rauch, aber genau das macht den Ort aus. Es fühlt sich lebendig an, rau und echt. Steffie und Andreas haben sich sofort ins Getümmel gestürzt, lachen und tanzen miteinander, als hätten sie nie etwas anderes gemacht. Manuel und ich stehen etwas abseits, beobachten sie. »Du weißt, dass wir auch tanzen könnten«, sage ich und stoße Manuel leicht mit der Schulter an. Er lächelt verlegen, hebt die Bierflasche in seiner Hand und nimmt einen Schluck. »Ich tanze nicht.«

»Das sagst du *jetzt*?!« Ich greife nach seiner Hand und ziehe ihn langsam vom Stuhl »Lukas, warte!« ruft er überrascht. Die Musik wechselt just in diesem Augenblick zu einem treibenden Beat, und die Menge um uns herum dreht völlig durch. Ich bleibe stehen, drehe mich zu ihm um und beginne, mich im Takt zu bewegen. »Es ist nicht schwer«, schreie ich gegen die laute Musik an und beginne mich zum Beat zu bewegen. »Das sieht lächerlich aus«, ruft er mir zu, aber ein verräterisches Zucken an seinen Mundwinkeln sagt etwas anderes. »Lächerlich macht Spaß«, antworte ich, greife nach seinen Händen und versuche, ihn zum Mitmachen zu bringen. Zögernd bewegt er sich, seine Bewegungen sind steif, aber immerhin macht er mit. Zwei Songs später scheint er sich zu entspannen. Der Bass vibriert unter unseren Füßen, kriecht durch unsere Adern, bis wir uns einfach von der Menge mitreißen lassen. Es fühlt sich gut an – frei, schwerelos, als gäbe es nur uns und den Rhythmus. Dann ändert sich der Song erneut. »My Immortal« von Evanescence beginnt, und die Energie im Raum verändert sich. Die Leute um uns herum werden langsamer, manche greifen nach ihren Getränken, andere lassen sich einfach treiben. Der melancholische Klang des Klaviers und Amy Lees Stimme füllen den Raum, und ich spüre, wie Manuel kurz innehält.

»Ein bisschen ruhiger, hm?« sage ich und trete näher an ihn heran. Manuel nickt kaum merklich, seine Augen auf mich gerichtet, als könnte er nicht ganz glauben, was hier gerade passiert. Ich spüre die Wärme seines Körpers, als ich meine Hände auf seine Hüften lege und näher an ihn heranrücke. Sein Atem geht etwas schneller. »Lukas…« beginnt er, aber ich schüttle leicht den Kopf und lege einen Finger auf seine Lippen. »Vertrau mir.« Meine Worte sind kaum mehr als ein Flüstern gegen seine Haut. Ich bewege mich mit ihm im Rhythmus der Musik, spüre, wie sein Körper zuerst angespannt bleibt, dann aber langsam nachgibt. Seine Augen flackern nervös durch den Raum, als wollte er sicherstellen, dass niemand uns bemerkt. Aber es ist dunkel, die Menge um uns verschwimmt zu einem Rauschen aus fremden

Stimmen und dröhnendem Bass. Dann überbrücke ich die letzten Zentimeter zwischen uns, ziehe ihn näher und küsse ihn. Für einen Moment steht die Welt still. Sein Atem mischt sich mit meinem, seine Lippen sind warm und zögernd, als hätte er nie wirklich geglaubt, dass es dazu kommen würde. Es fühlt sich perfekt an.

Doch dann – ein Ruck. Er stößt mich weg.

Sein Gesicht ist wie versteinert, die Augen geweitet, als hätte ich gerade etwas Unwiderrufliches getan. »Manuel… entspann dich.« Ich hebe beschwichtigend eine Hand, lege sie auf seine Brust, spüre sein wild klopfendes Herz. »Es ist dunkel. Kein Mensch kennt uns hier.« Er atmet tief ein, seine Kiefermuskeln spannen sich an. Sein Blick sucht meinen, als würde er nach einer Antwort auf eine Frage suchen, die er selbst nicht aussprechen kann. Ich halte den Atem an, bereit, ihn gehen zu lassen, wenn er das will. Doch dann – seine Finger umschließen meine Handgelenke. Ein kurzer, fast unmerklicher Moment des Zögerns, dann zieht er mich wieder an sich. Und dieses Mal küsst *er* mich. Langsam, tiefer. Als hätte er eine Entscheidung getroffen, die er selbst noch nicht ganz versteht. Und ich lasse ihn.

Seine Arme legen sich um meine Taille, und ich schlinge meine um seinen Nacken. Wir wiegen uns im Rhythmus der Musik, unsere Bewegungen fast synchron mit der melancholischen Melodie. »Du bist unmöglich«, murmelt er leise an meinem Ohr.

»Und du bist mein Schatz«, antworte ich und drücke mich noch näher an ihn. Die Worte des Songs hallen weiter durch den Raum, und in diesem Moment gibt es keine Zuschauer, keine Sorgen, nur uns beide. In der Dunkelheit halten wir uns gegenseitig und verlieren uns im Takt des Beats.

15. Juli

Das Drama beginnt an einem Dienstagmorgen, als Tommi in die Küche kommt, die Schultern nach vorne gezogen, das Gesicht blass wie Mehlstaub. In seiner Hand hält er einen Brief, der aussieht, als hätte er ihn hundertmal zerknüllt und wieder glattgestrichen. Ich drehe mich von der Kaffeemaschine weg und sehe ihn an.

»Alles okay?« frage ich vorsichtig, obwohl ich die Antwort schon kenne. Er sagt nichts, reicht mir nur das Blatt. Ich nehme es und überfliege die Zeilen. Es dauert einen Moment, bis die Worte bei mir ankommen: »Ihr Antrag auf Aufenthaltserlaubnis wurde abgelehnt.« Mein Magen zieht sich zusammen, und für einen Moment weiß ich nicht, was ich sagen soll.

»Ich muss gehen«, sagt Tommi schließlich leise. Seine Stimme klingt brüchig, und ich sehe, wie er den Blick senkt.

»Das kann doch nicht sein«, stammele ich und halte das Papier hoch, als könnte ich es irgendwie ungeschehen machen. »Das ist doch ein Fehler. Wir klären das.«

»Das ist kein Fehler, Lukas«, murmelt er. »Das ist Realität.«
Der Duft von frisch gebrühtem Kaffee hängt in der Luft, aber plötzlich fühlt sich alles schwer an. Tommi war immer der Typ, der nie den Mut verliert, egal wie stressig es im »Süßen Löchle« wird. Und jetzt sehe ich ihn vor mir, als hätte ihm jemand den Boden unter den Füßen weggezogen. Ich erzähle Annelies noch am selben Tag von dem Brief. Sie sieht mich an, während ich spreche, und ihre Augen verengen sich, als sie die Situation begreift. Dann nimmt sie den Zettel in die Hand, liest ihn durch und knallt ihn entschlossen auf den Tresen.

»Tommi bleibt. Des isch ja wohl klor«, sagt sie, ihre Stimme fest und unerschütterlich. Noch am selben Nachmittag hängt sie den Brief in der Ecke des Cafés auf, wo die Stammgäste sich immer versammeln. Darunter schreibt sie mit einem dicken Filzstift: »Tommi braucht uns. Unterschreibt!« Die Reaktionen sind überwältigend. Stammgast um Stammgast greift zum Stift und hinterlässt seine Unterschrift. Frau Heinemann aus der Buchhandlung nebenan schreibt sogar mit wackliger Handschrift: »Ohne Tommi schmeckt der Cappuccino nicht mehr.« Herr Meier, der immer seinen Stammtisch beansprucht, murmelt beim Unterschreiben: »Tommi macht das beschde Aperol Spritz in ganz Baden.« Aber Annelies gibt sich nicht damit zufrieden. Sie ruft alte Freunde an, kontaktiert einen Lokaljournalisten und schreibt E-Mails an Politiker. Es ist, als wäre sie ein revolutionärer Duracell-Hase auf Speed. »Das ist großartig, Annelies«, sage ich eines Abends, als sie mit einem dicken Stapel Unterschriftenlisten zurückkommt. »Des isch kei Großartigkeit, Lukas«, erwidert sie mit einem Funkeln in den Augen. »Des isch Menschlichkeit.« Tommi selbst ist anfangs wie erstarrt. Ich sehe, wie schwer es ihm fällt, darüber zu sprechen. Eines Abends, als wir die letzten Tische abwischen, frage ich ihn: »Hast du darüber nachgedacht, was du machen willst?« Er seufzt und stützt sich auf die Tischplatte. »Ich weiß es nicht«, sagt er leise. »Vielleicht muss ich einfach gehen. Vielleicht ist das besser.« Seine Resignation tut weh. Tommi, der immer so viel Energie und Hoffnung ausgestrahlt hat, gibt auf? Doch dann, nur zwei Tage später, steht er mit einem dicken Ordner vor mir. Er hat recherchiert, Fälle gesammelt, einen Termin bei einem Anwalt vereinbart. »Wenn ich kämpfen muss«, sagt er mit einer Entschlossenheit in der Stimme, die ich so noch nie bei ihm gehört habe, »dann will ich es richtig machen.« Ich nicke, beeindruckt von seinem Mut. Dieser unscheinbare junge Mann wirkt urplötzlich stärker, entschlossener, als ich es je von ihm erwartet hätte. Zum ersten Mal sehe ich eine Seite an ihm, die mir bisher verborgen geblieben ist – jemanden, der bereit ist, *alles* zu geben, selbst wenn die Chancen deutlich gegen ihn stehen. Doch in mir brodelt auch ein Konflikt. Ich will helfen, will alles tun, was in meiner Macht steht. Aber ein leiser Zweifel nagt an mir: Was, wenn es nicht reicht? Was, wenn wir kämpfen, alles versuchen – und trotzdem scheitern? Diese Gedanken lassen mich nicht los. Später, als Annelies und ich am Abend die Stühle auf die Tische stellen, spreche ich mit ihr darüber.

»Annelies... was, wenn wir verlieren?« frage ich leise. Sie sieht mich an, ihre Augen warm und bestimmt. »Lukas, selbscht wenn wir verliere, hat er wenigstens gesehen, dass er hier net allein isch. Und des macht mehr aus, als du denksch.« Ihre Worte treffen mich tief, und ich beschließe, nicht aufzugeben. In den nächsten Wochen gleicht das »Süße Löchle« einer Mischung aus Café und Aktivistenzentrale. Stammgäste kommen nicht nur zum Kaffee, sondern auch, um neue Ideen zu bringen oder weitere Kontakte zu knüpfen. Tommi macht weiter wie immer, aber ich merke, wie der Stress ihn langsam auffrisst. Einmal, als er in der Küche steht und die Tassen aufstapelt, rutscht ihm eine aus der Hand. Sie zerbricht lautstark, und er bleibt wie erstarrt stehen. Ich will etwas sagen, ihn beruhigen, aber er schüttelt nur den Kopf.

»Es geht mir gut«, sagt er, aber ich sehe, dass es nicht stimmt. Dann, eines Mittags, ist es soweit. Ein neuer Brief kommt. Ich bin es, der ihn entgegennimmt und vorsichtig öffnet, die Hände zittrig vor Nervosität. Es ist keine Ablehnung. Es ist eine vorläufige Duldung. Tommi darf bleiben – zumindest vorerst. Als ich ihm den Brief gebe, sieht er mich an, die Augen groß vor Überraschung. Dann liest er ihn, und ich sehe, wie die Anspannung aus seinem Körper weicht. »Danke«, sagt er leise, seine Stimme bricht. »Danke, Lukas. Danke, Annelies. Ohne euch hätte ich das nie geschafft.« Annelies klopft ihm auf die Schulter und lächelt. »Tommi, des war net nur für dich. Des war für uns alle.« Ich sehe sie beide an, und in diesem Moment wird mir klar, dass das »Süße Löchle« mehr ist als ein Café. Es ist ein Zuhause – für Tommi, für Annelies und auch für mich.

18. Juli

Mein Handy liegt auf dem Couchtisch, das Display leuchtet immernoch mit der letzten Nachricht von Manuel, die ich nun schon mehrmals gelesen habe. »Sorry, diese Woche wird echt schwierig. Morgen Training, Samstag arbeiten, Sonntag vielleicht Zeit, aber ich bin noch nicht sicher. Ich melde mich, okay?« Ich starre auf die Worte, spüre, wie sich eine Mischung aus Wut, Frustration und Sorge in mir aufbaut. Zehn Tage. Zehn verdammte Tage, und wir haben uns nicht gesehen. Es fühlt sich an, als hätte er sich in eine andere Welt zurückgezogen, eine Welt, in der für mich kein Platz ist. Training, Arbeit, Lernen – immer hat er eine neue Ausrede parat. Ich greife nach dem Handy und tippe eine Antwort, meine Finger fliegen dabei förmlich über das Buchstabenfeld: »Okay, aber irgendwie hab ich das Gefühl, dass du mich vermeidest. Was ist los?« Doch ich halte inne. Das klingt zu fordernd, zu direkt. Er wird es sofort abblocken. Stattdessen lösche ich die Nachricht und schreibe: »Können wir Sonntag fix machen? Ich würde dich echt gern sehen.« Ich drücke »Senden« und lehne mich zurück. Die Sekunden ziehen sich wie Stunden, während ich auf die drei Punkte warte, die anzeigen, dass er tippt. Doch nichts passiert. Minuten vergehen, und das Display bleibt dunkel. Unruhig stehe ich auf, laufe durch die Wohnung und versuche, die innere Anspannung loszuwerden. Meine Gedanken drehen sich unaufhörlich im Kreis. Hat er wirklich so viel zu tun, oder will er mich einfach nicht sehen? Das Handy summt, und ich springe fast darauf zu. Eine neue Nachricht von Manuel: »Mal schauen. Ich kann noch nichts versprechen. Echt stressig gerade. Sorry, Bärchen.«

»Bärchen.« Der Spitzname klingt diesmal fast sarkastisch, leer. Ich beiße mir auf die Lippe, meine Ungeduld kocht über. Ich tippe: »Schon okay. Ich hoffe, es wird bald weniger stressig. Ich vermiss dich.« Ich drücke auf »Senden« und warte. Die Minuten schleichen so dahin. Keine Antwort. Mein Herz fühlt sich schwer an, meine Gedanken werden immer dunkler. Was ist, wenn er mich nicht mehr will? Was, wenn ich ihm egal geworden bin? Nach einer halben Stunde, in der ich versucht habe, mich mit Musik und sinnlosem Scrollen durch Social Media abzulenken, summt mein Handy erneut. Ich greife es sofort. »Ich vermiss dich auch. Aber du weißt doch, wie viel gerade los ist. Ich hoffe, du bist nicht sauer.« Ich schnaube leise. Nicht sauer? Wie könnte ich nicht sauer sein, wenn er mich ständig vertröstet?

Trotzdem versuche ich, ruhig zu bleiben, während ich zurückschreibe: »Ich versteh, dass du viel zu tun hast. Aber zehn Tage? Ich hab das Gefühl, du schiebst mich weg.« Dieses Mal dauert es nicht lange, bis die drei Punkte erscheinen. Ich sehe sie kurz aufleuchten, dann verschwinden sie wieder. Sekunden später erscheint seine Antwort:

»Das stimmt nicht. Du bedeutest mir total viel, Lukas. Es ist nur alles ein bisschen viel gerade. Ich versuche, es hinzukriegen.«

»Aber ich bin doch Teil deines Lebens, oder?« tippe ich schnell zurück, ohne nachzudenken. Die Antwort kommt prompt:

»Natürlich bist du das. Aber ich hab auch noch andere Sachen, die ich nicht einfach ignorieren kann. Arbeit, Fußball, meine Familie – das frisst alles Zeit.« Ich lasse das Handy sinken, starre auf den Bildschirm. Seine Worte klingen logisch, aber sie fühlen sich an wie Ausreden. Als würde ich immer nur der Letzte auf seiner Liste sein. Ich will nicht noch wütender werden, also schreibe nur:

»Okay. Dann melde dich, wenn du Zeit hast.« Das Handy bleibt nun still, und ich fühle mich, als hätte ich einen Kampf verloren, von dem ich nicht mal wusste, dass ich ihn kämpfe. Ich atme tief ein, dann nehme ich mein Handy wieder in die Hand. Es gibt nur eine Lösung, um Klarheit zu bekommen.

Ich wähle Steffies Nummer, und sie hebt nach dem zweiten Klingeln ab. »Na, Lukas? Was gibt's?«

»Ich brauche deine Hilfe«, sage ich direkt.

»Hilfe?« fragt sie neugierig. »Was hast du angestellt?«

»Nichts. Aber ich will zu Manuels Fußballspiel am Wochenende gehen. Und ich brauche einen Vorwand.«

»Ohhh«, sagt sie gedehnt, und ich kann hören, wie sie lächelt.

»Du willst also deinen Freund kontrollieren?«

»Nein!« protestiere ich, obwohl ich weiß, dass es nicht ganz unwahr ist. »Ich will einfach nur… präsent sein. Vielleicht hat er ja wirklich keine Zeit, aber ich will ihn sehen. Und ich brauche dich, damit es nicht so offensichtlich wirkt.«

»Ah, ich soll also die perfekte Ablenkung sein?« Sie lacht leise. »Was hast du dir vorgestellt?« »Du kommst mit«, sage ich. »Wir tun so, als hätten wir Lust, ein Fußballspiel zu sehen. Dann wirkt es, als wäre es eine spontane Idee.«

»Und warum sollte ich Lust auf Fußball haben?« fragt sie gespielt skeptisch. »Weil du eine tolle Freundin bist?« Ich versuche, charmant zu klingen. Sie lacht. »Okay, okay. Wann und wo?« Ich gebe ihr die Details durch, und als ich auflege, fühle ich mich zumindest ein bisschen besser. Ich werde ihn sehen, egal, was er sagt oder wie beschäftigt er ist. Und vielleicht – nur vielleicht – bekomme ich endlich die Antworten, die ich brauche. Ich lehne mich zurück, starre einen Moment an die Decke und atme tief durch. Wenn er nicht zu mir kommt, dann gehe ich eben zu ihm. Mit Steffie an meiner Seite wird es weniger nach einem verzweifelten Besuch aussehen, und ich werde endlich herausfinden, ob Manuel wirklich noch Teil meines Lebens sein will – oder ob ich bloß eine Randnotiz in seinem bin.

20. Juli

Die frühe Sommersonne taucht das Spielfeld in ein sanftes Licht, während ein leichter Wind durch die Zuschauerreihen streift. Der Platz ist belebt – Spieler in bunten Trikots wärmen sich auf, Trainer brüllen Anweisungen, und Kinder jagen einem Ball hinterher, der weit weg von der eigentlichen Spielfläche gelandet ist. Steffie und ich schlendern zur Tribüne, die mit einer Handvoll Zuschauern gefüllt ist. »Also, wo ist er?« fragt Steffie und hält die Hand über die Augen, um gegen die Sonne zu blinzeln.

»Nummer 10«, sage ich und deute auf das Spielfeld. Mein Blick sucht Manuel, und ich finde ihn sofort. Er steht inmitten seiner Mannschaft, spricht mit einem Mitspieler und gestikuliert energisch. Selbst aus der Entfernung wirkt er präsent, wie ein Ankerpunkt für die anderen. »Okay, der sieht gut aus«, murmelt Steffie mit einem Grinsen. »Warte, bis du ihn spielen siehst«, sage ich und kann mir ein kleines Lächeln nicht verkneifen. Ich setze mich auf die Holzbänke, und Steffie folgt. Das Spiel beginnt, und es ist sofort klar, dass Manuels Team gut eingespielt ist. Die Pässe sind präzise, die Laufwege abgestimmt, und Manuel scheint der unbestrittene Kopf der Mannschaft zu sein. Er dirigiert das Spiel, fordert den Ball und setzt seine Mitspieler in Szene. »Der ist echt gut«, sagt Steffie, während sie ihm zusieht, wie er elegant zwei Gegenspieler ausspielt und den Ball mit einem weiten Pass nach vorne schlägt. »Das sage ich doch«, erwidere ich stolz. Das Spiel nimmt an Intensität zu. Die Gegner sind aggressiv und setzen auf harte Zweikämpfe, aber Manuel bleibt ruhig, fast unerschütterlich. Kurz vor der Halbzeit bekommt er den Ball am Rand des Strafraums, täuscht einen Schuss an und lässt den Torwart ins Leere springen, bevor er den Ball lässig ins Netz schiebt. Ich springe impulsartig auf, klatsche begeistert in die Hände und kann das breite Grinsen auf meinem Gesicht nicht zurückhalten. Steffie lacht und stößt mich mit dem Ellenbogen an. »Du bist ja schlimmer als ein Ultra-Fan.«

»Ich bin nur… beeindruckt«, sage ich und setze mich wieder. Mein Blick bleibt auf Manuel gerichtet, der sich von seinen Mitspielern abklatschen lässt. Er sieht glücklich aus, lebendig, und mein Herz schlägt ein bisschen schneller, während ich ihn beobachte. In der zweiten Halbzeit wird das Spiel noch spannender. Die Gegner erhöhen den Druck, doch Manuels Team hält dagegen. Es ist ein ständiges Hin und Her, und die Spannung auf der Tribüne ist fast greifbar. Ich merke, wie meine Hände sich um die Kante der Bank krallen, während ich dem Spielverlauf verfolge. In den letzten Minuten bekommt Manuel erneut den Ball. Mit einer schnellen Drehung lässt er zwei Verteidiger stehen und schickt den Ball mit einem präzisen Schuss ins linke obere Eck. Das Netz zappelt, und die Zuschauer springen auf.

»Krass, er hat's wieder getan«, sagt Steffie, die genauso begeistert wirkt wie ich. Als der Schlusspfiff ertönt, ist die Freude bei Manuels Mannschaft grenzenlos. Die Spieler umarmen sich, klopfen sich auf die Schultern, und die kleine Gruppe von Fans jubelt laut. Ich kann mir ein stolzes Lächeln nicht verkneifen, während ich zusehe, wie Manuel sich mit seinen Teamkollegen feiert.

»Na, wollen wir den Superstar mal beglückwünschen?« fragt Steffie und steht auf. »Unbedingt«, sage ich und folge ihr den Schotterweg entlang in Richtung der Kabinen. Als wir uns der Seitenlinie nähern, erkenne ich meinen heißen Fußballspieler schon aus weiter Ferne. Manuel steht dort, die Hände in die Hüften gestemmt, die Brust hebt und senkt sich vom anstrengenden Fußballspiel. Schweiß glänzt auf seiner Haut, sein rotblondes Haar ist zerzaust. Sein Trikot klebt an seinem Körper, zeichnet jede Linie seiner Muskeln nach – breite Schultern, definierte Arme, sein sexy Waschbrettbauch. Er sieht aus, als gehöre er genau hierher, als wäre das Spielfeld seine Bühne. Und verdammt, es ist unmöglich, ihn nicht anzustarren. Er unterhält sich angeregt mit einem Mädchen, das blonde, leuchtende Haare hat, die im Sonnenlicht fast golden wirken.

»Wer ist das?« fragt Steffie leise, aber ich antworte nicht. Das Mädchen tritt einen Schritt näher an ihn heran, zögert kurz – dann legt sie ihre Hand auf seinen Arm und streicht sanft darüber. Manuel weicht nicht zurück. Im Gegenteil. Sie sagt etwas, was ich aus der Ferne nicht deuten kann. Plötzlich beugt sie sich zu ihm und küsst ihn zärtlich – und er weicht nicht aus.

Im Gegenteil.

Seine Hände gleiten an ihre Hüfte, halten sie sanft, und er erwidert den Kuss. Nicht stürmisch, nicht voller Leidenschaft. Aber lang genug. Und das reicht. Es reicht, um meine Welt in Sekundenschnelle zum Stillstand zu bringen. Steffie und ich bleiben in Schockstarre stehen. Es dauert eine gefühlte Ewigkeit bis sie endlich nach meinem Arm greift. »Lukas…« Ich jedoch kann sie nicht ansehen. Meine Beine fühlen sich an, als wären sie aus Blei, mein Kopf beginnt zu pochen, und mein Magen zieht sich schmerzhaft zusammen. Der Anblick der beiden – dieses intime, vertraute Bild – hat sich in mein Gedächtnis eingebrannt. Ich drehe mich schlagartig um, meine Schritte sind mechanisch, und bevor ich es merke, laufe ich. »Lukas, warte!« ruft Steffie, aber ihre Stimme klingt wie durch einen dicken Nebel. Mein Puls rast und ich kann keinen klaren Gedanken fassen. *Oh mein Gott!* Hat er mich die ganze Zeit nur verarscht? War ich für ihn *doch* nur ein Zeitvertreib? Das Bild des Kusses verfolgt mich, schneidet durch jede Erinnerung, die ich an uns habe – die Abende auf der Couch, die sanften Küsse, die Momente, in denen ich geglaubt habe, er sei anders. War das alles gelogen? War ich nur ein Spielball? Ich renne, spüre, wie die Tränen meine Sicht verschwimmen lassen, aber ich halte nicht an. Der Schmerz in meiner Brust ist überwältigend, als würde jemand ein Messer in mein Herz bohren und es langsam drehen. Steffie holt mich schließlich ein und legt eine Hand auf meine Schulter. »Lukas, bleib stehen. Bitte!« Ich halte an, nur weil ich keine Kraft mehr habe. Ich drehe mich zu ihr um, und ihre Augen sind voller Mitgefühl. »Er hat mich die ganze Zeit nur verarscht«, sage ich, meine Stimme brüchig. »Ich dachte… ich dachte, er wäre anders.«

»Lukas, vielleicht… vielleicht ist das nicht, was du denkst. Du solltest mit ihm reden.«

»Reden?« Ich lache bitter und schüttle den Kopf. »Was gibt es da noch zu reden? Ich habe es gesehen, Steffie. Was soll der Scheiss?!« Sie sieht mich an, weiß offenbar nicht, was sie sagen soll. Ich schlucke schwer, meine Kehle fühlt sich wie zugeschnürt an. Wie konnte ich so blind sein? Wie konnte ich glauben, dass er es ernst meint? Ich weiß nur eines: Ich muss weg – weg von diesem Platz, weg von ihm. »Lass uns gehen«, sage ich leise, fast flehend. Steffie nickt, legt ihren Arm um mich, und wir verlassen den Platz. Doch egal, wie weit wir uns entfernen, das Bild verfolgt mich – Manuel, der mich ansah, als würde ich die Welt für ihn bedeuten, und Manuel, der ein anderes Mädchen küsste, als wäre ich niemals Teil seines Lebens gewesen.

23. Juli

Es klingelt stürmisch an meiner Wohnungstür. Ich weiß genau, wer es ist – und trotzdem zögere ich, die Tür zu öffnen. Intuitiv beginnt mein Herz schneller zu schlagen, aber nicht vor Vorfreude – die Wut, die Enttäuschung und der Schmerz, die mich seit dem Fußballspiel verfolgen, drohen mich unmittelbar zu überwältigen. Als das Klingeln erneut ertönt, reiße ich die Tür schließlich auf. Manuel steht vor mir, in seinen Trainingsklamotten, das Haar zerzaust, die Stirn nachdenklich gerunzelt. Er wirkt, als hätte er keine Ahnung, was ihn erwartet. »Hey! …sag mal, was ist los mit dir?« fragt er und mustert mich von Kopf bis Fuß. »Ich hab dir geschrieben, du hast nicht geantwortet. Bist du sauer auf mich?« Ich verschränke die Arme und lehne mich gegen den Türrahmen. Die Worte, die ich sagen will, brennen auf meiner Zunge, aber ich halte sie noch zurück. Stattdessen lasse ich ein bitteres Lachen hören. »Sauer? Nein, Manuel. Sauer wäre noch harmlos.« Er blinzelt verwirrt, seine Stirn legt sich noch tiefer in Falten, und er macht einen Schritt näher. »Häh? Was redest du da? Kannst du mir bitte einfach sagen, was los ist, anstatt mich hier wie einen Idioten stehen zu lassen?« Ich atme tief ein, mein Blick bohrt sich in seinen. Die Bitterkeit in meiner Stimme ist unverkennbar, als ich sage: »Okay, Manuel. Wie wäre es damit: Nach deinem gloriosen Spiel – das du übrigens fantastisch gespielt hast – wollte ich dich überraschen. Ich wollte dir gratulieren. Stattdessen habe ich dich gesehen.« Er runzelt die Stirn, verwirrt. »Gesehen? Was meinst du?« »An der Seitenlinie«, platzt es aus mir heraus. »Mit dieser blonden Frau. Ich habe gesehen, wie ihr euch… beschäftigt habt.« Manuels Gesichtsausdruck wechselt von Verwirrung zu Bestürzung. »Was? Welche blonde Frau?« fragt er, als hätte er keine Ahnung, wovon ich rede. Ich schüttle den Kopf und lache sarkastisch »Ach komm schon, spiel jetzt bloß nicht den Ahnungslosen. Ich habe *genau* gesehen, wie ihr euch geküsst habt. Vor allen Leuten! Als ob es das Normalste der Welt wäre.« Er zieht scharf die Luft ein, fährt sich durchs Haare und schaut dann weg. Seine Hände ballen sich zu Fäusten, und ich merke, wie seine Haltung steifer wird. »Du hast uns… gesehen?« fragt er schließlich mit angespannter Stimme »Und du hast nichts gesagt? Einfach nur… zugesehen?«

»Was hätte ich sagen sollen?« schieße ich sofort zurück, meine Stimme bebt vor Zorn. »Sollte ich dir applaudieren? Dich feiern? Ich wollte dich überraschen, Manuel. Stattdessen sehe ich, wie du mit einer anderen rumknutschst.«

»Es war nichts!« sagt er schließlich »Gar nichts! Sie ist… eine Freundin. Jemand, den ich mal gedatet habe, bevor…« Er stoppt, sucht nach den richtigen Worten, blickt nervös umher »Bevor es dich gab. Es war ein Reflex oder was auch immer. Es bedeutet *nichts*.«

»Nichts?« wiederhole ich, meine Stimme überschlägt sich fast. »Für dich vielleicht. Aber für mich fühlt es sich an wie ein Schlag ins Gesicht, Manuel.«

»Lukas, ich weiß nicht, was du von mir erwartest!« sagt er laut, seine Frustration wächst spürbar. »Die will halt noch was von mir. Und wenn das von uns ablenkt, ist das doch eine gute Sache?!« Ich starre ihn fassungslos an »Lukas, du verstehst das nicht. Du kannst es nicht verstehen. Ich… ich kann mich nicht einfach outen, okay? Nicht vor meinen Freunden, nicht vor meiner Familie, und schon gar nicht auf einem verdammten Fußballplatz!« Seine Worte sind wie ein Messer, das sich in mich bohrt. Ich merke, wie meine Hände anfangen zu zittern. »Das hat nichts mit Outing zu tun, Manuel!« sage ich und werde ebenfalls lauter. »Das hat damit zu tun, dass du mich respektierst. Dass du uns respektierst.«

»Respektieren?« Er schüttelt den Kopf, seine Stimme schneidend. »Denkst du, ich tue das hier, weil ich dich nicht respektiere? Ich mag dich, Lukas. Verdammt, ich mag dich mehr, als ich je jemanden mochte. Aber das hier ist… neu für mich. Es ist kompliziert. Du hast keine Ahnung, wie es ist, immer Angst zu haben, dass jemand dahinterkommt. Dass jemand sieht, was wir haben.«

»Und glaubst du, ich habe keine Angst?« entgegne ich, meine Stimme voller Bitterkeit. »Ich weiß, wie es ist, Manuel. Aber weißt du, was ich sehe? Ich sehe jemanden, der so viel Angst vor seiner eigenen Wahrheit hat, dass er bereit ist, mich und das, was wir haben, wegzuwerfen.« Er starrt mich an, seine Augen glasig vor Emotionen. »Das ist unfair«, murmelt er schließlich, seine Stimme bricht leicht. »Unfair?« aus mir bricht ein bitteres Lachen.» Weißt du, was noch unfairer ist? Mich in dein Chaos hineinzuziehen und dann so zu tun, als wäre ich nur eine Fußnote in deinem Leben. Als könnte man mich einfach verstecken.«

»Ich will dich nicht verstecken«, sagt er, seine Stimme flehend. »Aber ich kann nicht riskieren, alles zu verlieren, Lukas. Mein Team, meine

Familie… ich weiß nicht, wie ich das machen soll.« Seine Worte treffen mich, doch statt Mitleid spüre ich nur Schmerz. »Dann finde es besser heraus, bevor du noch jemanden verletzt«, sage ich leise, meine Stimme schneidet wie eine Klinge. Er macht einen Schritt nach vorne, streckt eine Hand aus, als wolle er mich berühren, aber ich ziehe mich zurück. »Lukas, bitte«, sagt er, seine Stimme flehend. »Gib mir Zeit. Ich weiß, dass ich das vermasselt habe, aber ich brauche dich. Ich kann das nicht ohne dich.« Ich schüttle den Kopf, meine Augen brennen vor unterdrückten Tränen. »Und ich kann das nicht, wenn ich nicht weiß, ob ich dir vertrauen kann, Manuel. Du musst wissen, was du willst. Für dich. Für uns. Aber bis dahin…« Meine Stimme bricht, als ich die Tür langsam schließe. »Lass mich in Ruhe.« Die Tür fällt ins Schloss, und ich höre, wie Manuel draußen noch etwas sagen will. Doch seine Worte erreichen mich nicht mehr. Ich lehne mich gegen die Tür, schließe die Augen und lasse die Tränen endlich fließen. Jede Emotion, die ich versucht habe zurückzuhalten – die Wut, die Enttäuschung, die Trauer – überkommt mich mit einer Intensität, die mich fast zu Boden drückt. Warum? denke ich immer wieder. Warum konnte er es nicht einfach sagen? Warum war ich nicht genug? Doch die Antworten darauf werde ich *jetzt* nicht bekommen. Und wer weiß das schon, vielleicht auch *nie*.

25. Juli

Ich sitze auf meiner Couch, die Beine angezogen, und starre auf den ausgeschalteten Fernseher, als könnte er mir Antworten geben. Die Stille im Raum ist fast ohrenbetäubend. Selbst das Ticken der Uhr scheint zu laut, wie ein ständiger Reminder, dass die Zeit weiterläuft, auch wenn ich das Gefühl habe, festzustecken. Manuel hat mich belogen. Wahrscheinlich nicht nur einmal, nicht nur mit einem impulsiven Fehler, sondern vermutlich mit einer ganzen Reihe von Treffen, die er mir verschwiegen hat. Es tut weh.

Physisch. Ich weiß nicht, was mehr schmerzt – die Tatsache, dass er sich womöglich immer wieder mit ihr getroffen hat, oder die Lügen, die das begleitet haben. Ich hatte ihm vertraut. Wirklich vertraut. Und jetzt? Jetzt fühlt es sich an, als hätte ich alles falsch eingeschätzt.

»Warum?« murmle ich leise, meine Stimme bricht. Es gibt niemanden, der mir antwortet. Keine Erklärung, kein Grund, der diesen Schmerz kleiner machen könnte. Mein Handy liegt neben mir, das Display schwarz. Ich habe es seit Stunden nicht angerührt, weil ich Angst habe, noch eine Nachricht von ihm zu sehen. Oder schlimmer, keine Nachricht. Beides wäre ein Stich ins Herz. Ich stehe auf, kann das Sitzen nicht mehr ertragen, und gehe in die Küche. Der Tee, den ich vor einer Stunde gemacht habe, steht kalt auf der Arbeitsplatte. Ich nehme die Tasse in die Hand, drehe sie mechanisch, aber trinke nicht. Alles fühlt sich sinnlos an. Ich stelle sie wieder ab und starre aus dem Fenster. Draußen regnet es, als ob das Wetter beschlossen hätte, sich meinem Zustand anzupassen. Mein Blick wandert zur kleinen Pinnwand neben der Wohnungstür. Ein Foto von uns bei-

den hängt dort, von einem längeren Spaziergang im Wald. Der Schmerz wird schärfer, als ich es betrachte. Ich reiße es ab und lasse es einfach auf den Tisch fallen, das Bild nach unten gedreht. Ich kann es nicht ansehen. Nicht jetzt. »Oh man... reiß dich zusammen«, flüstere ich mir selbst zu, als hätte ich in dieser Situation auch nur annähernd die Kontrolle über meine Gefühle. Aber die Wahrheit ist, ich habe sie nicht. Ich versuche, mich abzulenken. Ich mache Musik an – irgendetwas Lautes, Schnelles, das meine Gedanken übertönen könnte: die Band Nightwish. Aber es funktioniert nicht. Jede Textzeile scheint mich an ihn zu erinnern, jede Melodie kriecht in meinen Kopf und legt sich wie ein dumpfer Schmerz um mein Herz. Ich wechsle zu einem Buch, einem Thriller, den ich seit Wochen lesen wollte. Doch meine Gedanken driften immer wieder ab. Ich lese den selben Satz fünf mal, aber er ergibt keinen Sinn. Alles, was in meinem Kopf ist, sind Bilder. Bilder von ihm. Von uns. Und jetzt von ihr. Was hat sie, das ich nicht habe? Warum hat er mich nicht einfach geliebt? Warum musste er zweigleisig fahren? Ich beiße mir auf die Lippe, spüre den Kloß in meinem Hals, der immer größer wird. Ich will nicht weinen, nicht mehr. Aber die Tränen kommen trotzdem, still und langsam kullern sie über meine Wangen. Ich denke darüber nach, ihn zu konfrontieren, ihn anzurufen, ihn anzuschreien. Aber wozu? Ich habe ihm schon alles gesagt, was ich fühlen konnte, und er hat nichts getan, um es besser zu machen. Seine Ausreden hallen immer noch in meinem Kopf: »Es war nichts Ernstes.«

»Ich wollte dir nicht wehtun.« »Es hat nichts bedeutet.« Aber es hat etwas bedeutet. Es hat *mir* bedeutet, dass ich ihm offenbar nicht genug bin. Ich stehe wieder auf, gehe ziellos durch die Wohnung, öffne Schubladen, schließe sie wieder, zähle die Rillen im Holzboden, als könnte mich das irgendwie beruhigen. Nichts hilft. Ich fühle mich, als hätte ich einen Teil von mir verloren, und weiß nicht, ob ich ihn jemals wiederfinden werde. Ich nehme mein Handy schließlich doch in die Hand, entsperre es und starre auf die Nachrichten. Seine letzte Nachricht ist da: »Lukas, bitte lass uns nochmal reden.« Ich sperre den Bildschirm sofort wieder, lege das Handy zurück auf den Tisch und gehe ins Bad. Vielleicht hilft eine Dusche, denke ich, obwohl ich nicht wirklich daran glaube. Der Wasserdampf füllt den Raum, während ich mich unter den heißen Strahl stelle. Aber selbst das kann die Kälte in mir nicht vertreiben. Als ich zurück ins Wohnzimmer gehe, sehe ich das Bild von uns immer noch auf dem Tisch liegen. Ein Teil von mir will es zerreißen, wegwerfen, alles auslöschen, was mich an ihn erinnert. Aber ich tue es nicht. Stattdessen setze ich mich wieder hin, starre auf den dunklen Fernseher und warte. Worauf, weiß ich selbst nicht. Vielleicht darauf, dass der Schmerz irgendwann nachlässt. Vielleicht darauf, dass ich lerne, damit zu leben. Oder vielleicht darauf, dass er doch noch etwas sagt, das alles wieder gut macht.

29. Juli

Das energische Klopfen an meiner Wohnungstür deutete auf nur eine Person hin. »Lukas! Bist du da? Kannst du mir bitte kurz beim Einkaufen helfen?« Die Stimme meiner Mutter schallt durch die geschlossene Zimmertür, und ich stöhne leise in mein Kissen hinein. Natürlich könnte ich mich totstellen. Oder behaupten, ich hätte Kopfschmerzen. Aber ich weiß genau, was dann passiert: Erst ruft sie noch einmal. Dann klopft sie energischer. Und wenn ich *dann* nicht reagiere, klingelt sie so lange, bis ich die Tür öffne und sie mich mit diesem enttäuscht-und-dennoch-wunderfitzig-Blick strafen kann. Also quäle ich mich hoch, schleppe mich kurz ins Bad und mustere mein Spiegelbild. Joaaa. Geht. Meine Haare stehen in alle Richtungen, meine Augen sind gerötet, und mein Outfit ist… ein Trauerspiel. Eine ausgeleierte Jogginghose und ein T-Shirt, das eindeutig schon bessere Tage gesehen hat. Egal. Für einen Trip zum Edeka wird's reichen. »KOMME!!« rufe ich und öffne die Wohnungstür.

Die Fahrt in die Stadt kommt mir endlos vor. Meine Mutter redet die ganze Zeit über irgendwelche Leute aus dem Dorf, wer mit wem stress hat und wer welche schwere Krankheit hat und so weiter. Keine lebensbejahende Themen, dennoch bin ich froh, dass ich keinen eigenen Schwank zum Besten geben muss und stattdessen schweigend aus dem Fenster starren kann. Ich weiß, ich sollte nicht mehr an Manuel denken. Aber es bringt nichts. Ich starre weiter aus dem Fenster, während meine Mutter auf den Edeka-Parkplatz rollt und sich mit einer Energie aus dem Auto schwingt, als ginge es um die letzten Lebensmittel auf Erden. Ich schiebe den Einkaufswagen lustlos hinter ihr her, während sie wie eine Maschine durch die Regale pflügt.

»So. Milch, Eier, Butter… Hast du die Tomaten schon?«

Ich schrecke kurz auf. »Moment mal, ich dachte, *du* hast die Liste."

»Ja, aber du hast doch Augen im Kopf, oder?« Sie schüttelt den Kopf, schnappt sich einen Sack Kartoffeln und sprintet weiter Richtung Käsetheke. Ich seufze und folge ihr. Oder besser gesagt, ich schiebe den Wagen wie ein geistig abwesender Zombie hinter ihr her. Und dann sehe ich sie. Blond, schlank, mit diesem perfekten, fast zu sonnigen Lächeln. Sie läuft kurz an uns vorbei, eine Packung Hafermilch in der Hand. Mein Magen krampft sich zusammen, mein Herz setzt einen Schlag aus. Nein. Das kann nicht sein.

Oder doch?

Ich erstarrte mitten im Gang, spüre, wie mein Körper in den »Alarmmodus« wechselt. Ohne nachzudenken, lasse ich den Einkaufswagen los und folge ihr. Sie biegt in die Süßigkeiten-Abteilung ab, ich hänge mich unauffällig ran – also so unauffällig, wie es geht, wenn man in einem Obdachlosenoutfit zwischen Haribo-Tüten steht und eine fremde Frau angafft. *Okay, Lukas, tief durchatmen.* Aber meine Gedanken rasen. Wenn sie es wirklich ist… dann ist das vielleicht meine Chance herauszufinden, was wirklich zwischen ihr und Manuel lief. Vielleicht war es ja doch nicht so harmlos, wie ich gehofft hatte. Vielleicht hatten sie… *mehr?* Vielleicht bin ich der größte Idiot auf der Welt gewesen, weil ich dachte, dass ich Manuel wirklich etwas bedeute? Ich schlucke schwer und folge ihr weiter. Vorbei an den Kühlregalen, durch die Tiefkühlabteilung, sogar in die Drogerie-Ecke, wo sie für ganze vierzig Sekunden vor einem Regal mit Babywindeln stehen

bleibt. *Oh mein Gott, ist die Alte etwas schwanger??*
Ich versuche, ihre Mimik zu analysieren. *Denkt sie gerade an Manuel? Vermisst sie seine Küsse? Hat sie ihm eine Nachricht geschrieben?*
Scheiße. Ich bin völlig paranoid.

Aber jetzt kann ich nicht einfach umdrehen, ohne total creepy zu wirken. Also folge ich ihr weiter, vorbei an der Wursttheke, bis sie schließlich an der Kasse landet. Genau in dem Moment beugt sie sich zu einem kleinen Kind hinunter, das im Kinderwagen sitzt, und nimmt es lachend in die Arme. »Na, mein Schatz! Hast du dich benommen?« Das Kind quietscht vor Freude, und als sie sich wieder aufrichtet, sehe ich den Kinderwagen vor ihr – und neben ihr einen Mann, der offenbar der Vater ist.

Ich friere.

Mein Hirn versucht verzweifelt, das alles zu verarbeiten, während ich mich in gebückter Haltung und mit einer Mischung aus Erleichterung und Fremdscham in einen anderen Gang flüchte. *Gut gemacht, Lukas. Du hast gerade eine unschuldige Mutter für die Affäre deines Ex-Fast-Freundes gehalten.* Meine Wangen glühen, als ich mich für einen kurzen Moment auf den Boden setze.

»Was zur Hölle machst du da?!«

Ich zucke zusammen und reiße den Blick hoch. Vor mir steht meine Mutter, die Stirn in Falten gelegt, die Hände fest in die Hüften gestemmt. Ihr verwunderter Ausdruck verrät, dass sie mich vermutlich schon eine Weile beobachtet – und absolut keinen Plan hat, warum ich mich hier so aufführe. »Äh… nur kurz… schauen, ob's neue Sorten von Ritter Sport gibt.«

»Aha.«

Offensichtlich kauft sie mir diese Ausrede nicht ab, hat aber auch keine Energie, weiter nachzuhaken. »Ich habe alles. Lass uns zur Kasse gehen.« Mit diesen Worten dreht sie sich auf dem Absatz um. Als wir an der Kasse die Lebensmittel aufs Band legen, mustert sie mich plötzlich und sieht mir tief in die Augen. »Vielleicht solltest du mal einen Gang runterschalten. Du wirkst total durch den Wind.« Ich atme tief durch und nicke stumm. *Ja, verdammt. Das sollte ich wirklich.*

2. August

Ich sitze auf meinem Bett und starre auf mein Handy, das seit einer halben Stunde unaufhörlich vibriert. Nachricht um Nachricht erscheint auf dem Bildschirm, jedes Mal von Manuel. Ich habe aufgehört zu zählen.

»Lukas, bitte melde dich.«

»Es tut mir leid. Ich kann es erklären.«

»Du bist der Einzige, der für mich zählt.«

»Lass uns reden. Bitte.«

Ich bin noch immer wie vor den Kopf gestoßen. Das Bild von Manuel, wie er nach dem Fußballspiel diese Frau an der Seitenlinie küsst, brennt sich immer wieder in meine Gedanken, als würde jemand auf »Replay« drücken. Seine Erklärung? Irgendwas von Trost und einer alten Freundin. Klingt billig.

Und jetzt sitze ich hier, hin- und hergerissen zwischen dem Schmerz, den er mir zugefügt hat, und der einen Wahrheit, die sich nicht ändern lässt – ich liebe ihn trotzdem. Mein Handy vibriert erneut, und diesmal lese ich die Nachricht: »Bitte, Lukas. Ich bin auf dem Weg zu dir. Ich muss dir zeigen, wie wichtig du mir bist.«

Ich will nicht, dass er kommt. Nicht, wenn ich mich so dünnheutig fühle. Kaum hab ich den Gedanken zu Ende gedacht, klingelt's auch schon. Ich schleppe mich zur Tür – barfuß, noch halb im Kopfchaos. Und da steht er. Manuel. Mit einem Päckchen in der Hand und einem Blick, der mich kurz vergessen lässt, wie wütend ich eigentlich bin. Seine Augen sind nicht mehr so strahlend wie sonst. Eher... verletzlich. Und das macht's irgendwie noch schlimmer.

»... können wir *bitte* nochmal in Ruhe reden?« sagt er leise, seine Stimme rau. »Und... ich habe etwas für dich.« Er streckt mir das Päckchen entgegen. Zögerlich greife ich danach. Es ist grob in Packpapier gewickelt, die Ecken nicht ganz sauber gefaltet, als hätte er es eilig gehabt. Trotzdem liegt etwas Sorgfältiges in der Art, wie das braune Papier mit einem schmalen Stück Schnur umwickelt ist. »Mach schon auf«, sagt Manuel leise, seine Hände in die Taschen seines Hoodies vergraben. Ich löse die Schnur und falte das Papier vorsichtig auseinander. Darunter kommt ein selbstgemaltes Bild zum Vorschein. Ein Aquarell. Sanfte Blautöne ziehen sich über die obere Hälfte des Papiers, ein weiter Himmel, der so offen und friedlich wirkt, dass ich das Gefühl habe, hineingreifen zu können. Darunter breitet sich eine grüne Wiese aus, übersät mit Blumen in allen Farben – Gelb, Rot, Rosa, Blau. In der Mitte stehen zwei Figuren. Die Umrisse sind weich, fast verschwommen, und doch erkenne ich sie sofort. Wir. Ich brauche keine Details, keine genauen Linien, um zu wissen, dass das wir sind. Manuel hat mich gemalt – uns beide. Die Details sind grob, fast skizzenhaft, aber ich erkenne mich sofort. Schwarzes T-Shirt, blaue Hose und eine Baseballcap. Daneben steht er, die Hände in den Hosentaschen, ein Bein leicht angewinkelt, wie er es immer tut, wenn er irgendwo steht und sich entspannt gibt, auch wenn er innerlich angespannt ist. Seine Haltung hat diesen Hauch von Lässigkeit, der mir immer auffällt, wenn wir zusammen unterwegs sind. Es ist kein perfektes Bild, aber genau das macht es so echt. Er hat nicht versucht, uns makellos darzustellen – nur so, wie wir wirklich sind. Ich starre das Bild an, mein Atem stockt. Mein Blick wandert über die Blumen, den weiten Himmel, die Art, wie wir beide da stehen, so selbstverständlich nebeneinander, wie eine Einheit.

Oh scheisse, bin ich so einfach rumzukriegen?

»Es ist…« Meine Stimme stockt, also atme ich tief durch.

»Es ist echt *schön*.«

Manuel nickt leicht, blickt zur Seite, aber ich erkenne das kleine Lächeln, das er zu verstecken versucht. »War nur so eine Idee. Nichts Besonderes.« Er sieht mich schließlich an, und ich spüre, wie schwer ihm diese Worte fallen. Als würde er nicht gewohnt sein, dass jemand seine Ideen wirklich wertschätzt.

»Ich dachte einfach… so könnte es sein, weißt du? Einfach wir. Ohne… alles andere.« Und damit trifft er bei mir genau einen Nerv. Es ist das, wonach ich mich insgeheim sehne: Einen Partner zu haben, der mich so akzeptiert, wie ich bin. Jemanden, mit dem ich durch Höhen und Tiefen gehen kann, und mit dem sich das Leben wie ein gemeinsames Abenteuer anfühlt – etwas, das man zusammen aufbaut und gestaltet.

»Ich wollte dir zeigen, wie ich *uns* sehe. Wie wichtig du für mich bist. Du bist... du bist mein Zuhause, Lukas. Ich möchte mit dir die

Welt bereisen, wandern, Konzerte erleben, Spaß haben... Und ich weiß, dass ich Mist gebaut habe. Aber bitte, gib uns noch eine Chance.« Ich sehe zu ihm auf und erkenne in seinen Augen eine Entschlossenheit, die mich nun völlig überrollt. Sowas hat noch nie jemand zu mir gesagt. Überwältigt von meinen Gefühlen, ziehe ich ihn in die Wohnung und schließe die Tür hinter uns.

Ich ziehe ihn fest an mich, spüre die Wärme seines Körpers gegen meinen. Unsere Lippen treffen aufeinander – hungrig, ungeduldig, als könnten wir gar nicht nah genug sein. Seine Hände gleiten an meinen Armen hinunter, fest und doch zärtlich. Wir stolpern tiefer in meine Wohnung, lassen alles andere hinter uns, verlieren uns völlig im Moment. Irgendwas ist anders an Manuel. Seine Berührungen, sein Atem, dieser Blick... als wäre ich das Einzige, was für ihn zählt. Seine Küsse sind fordernd, hungrig, als könnte er gar nicht genug von mir bekommen. Und verdammt, ich will auch nicht, dass er aufhört. Seine weichen Lippen berühren mich überall am Hals und ich spüre, wie meine Knie langsam weicher werden und mir das Blut in die Lenden schießt.

Schließlich macht er halt, geht in die Knie und zieht mir dabei langsam meine Jogginhose herunter bis meine pochende Erektion zum Vorschein kommt. Er blickt zu mir auf, hebt seine Augenbrauen an und da ist er wieder, dieser alles durchdrängende Blick der mich förmlich im tiefsten Kern trifft.

»Oh man Lukas, du hast echt keine Ahnung, wie sehr ich das vermisst habe«, murmelt er, und beißt sich dabei die Lippe. Er greift mit einer Hand nach meinem Schwanz, beugt sich nach vorne und beginnt ihn sanft zu küssen. »Manu«, entweicht es mir atemlos, während ich mich an die Wand lehne, einfach nur um nicht den Halt zu verlieren während er mit seiner Zunge unter der Spitze meiner Errektion kitzelt.

»Ich habe deinen Mund vermisst...« keuche ich plötzlich »Und ich habe es vermisst, deinen großen, saftigen Schwanz zu lutschen«, brummt er, bevor er mich wieder verschlingt, dieses Mal mit mehr Dringlichkeit. Sein Mund, seine Hände, sein Körper – alles an ihm macht mich schwach. Ich kann nichts anderes tun, als mich seinem Rhythmus hinzugeben, seinen Blick zu erwidern, während er mich langsam und intensiv bearbeitet, bis ich kaum noch stehen kann.

Ich atme tief und kralle mich in seinen rotblonden Haaren fest. Aus dem Augenwinkel beobachte ich, wie er mich bis zum Anschlag in seinen Mund aufgenommen hat und dabei gleichmäßig seinen Kopf auf und ab bewegt. Manuel treibt mich in den Wahnsinn – jede Berührung, jeder Kuss sitzt genau da, wo er soll. Er ist einfach zu gut.

Aber das hier ist mehr als Verlangen. Mehr als Lust. Ich liebe ihn. Und er liebt mich. Und genau deshalb fühlt es sich so verdammt richtig an. Gerade als ich spüre, wie sich mein Unterleib zusammenzieht und ich schnurstracks auf einen Höhepunlt zusteuere, halte ich ihn plötzlich zurück. Er will nicht aufhören, das sehe ich ihm an, aber ich ziehe ihn hoch, löse mit meinen Händen den Gürtel zu seiner Chino-Short und schiebe ihn sanft weiter in den Raum, bis er am Rand meines Küchentisch sitzt, die Beine leicht gespreizt, mich dazwischen.

„My Turn", flüstere ich mit einem frechen Lächeln.

Er schluckt hörbar, und ich bin mehr als bereit, dieses Spiel weiter auszubauen. Wir küssen uns innig, bevor ich ihm erst den Hoodie und dann sein T-Shirt über den Kopf ziehe, seine Hose öffne um seine stahlharte Errektion aus der Boxershort zu befreien. Meine Zunge fährt sanft von seinem Hals, über sein Schlüsselbein bis zu seinen Nippel hinab. Erregt spannt er seine Muskeln an und zieht die Luft an. Unsere Körper reiben sich aneinander, heiß und ungeduldig, während unsere Atmung immer schwerer wird. Als wir schließlich beide völlig atemlos sind, schiebe ich ihm die Short samt Boxershort über die Hüften und befreie ihn vollständig.

Mein Blick gleitet über seinen Körper, den ich so vermisst habe, und ich fühle mich fast berauscht. Ich habe ihn gewollt, jede Sekunde der letzten Tagen. Und jetzt ist er hier. Manuel keucht und lehnt sich plötzlich zurück, damit ich seine Beine spreizen und seinen Schwanz lutschen kann. Ich beuge mich vor, lasse meine Lippen über seine Haut wandern, schmecke ihn, nehme mir Zeit, jeden Moment in mich aufzusaugen. Er stöhnt meinen Namen, seine Hände vergraben sich in meinem Haar, sein Körper zittert unter meiner Berührung. Ich saugt hart, seine Länge auf und ab, entspanne meinen Kiefer, um mich seinem Umfang anzupassen. Ich habe seinen perfekten Schwanz wirklich vermisst, in all seiner Pracht. Ich verlagere meine Küsse auf seine Eier und Manuel zittert leicht auf, seine Brust hebt und senkt sich schwer, und jedes einzelne Seufzen, das über seine Lippen kommt, klingt nach purem Verlangen. Dann lecke ich von seinen Eiern bis zu seinem Loch. »Oh fuck.. ja...« stöhnt er, als ich seine Pobacken weiter aufspreize und meine Zunge darin vergrabe. Es vergeht eine halbe Ewigkeit in der meine Zunge ihn immer wieder liebkost, in ihn hineingleitet und ich dabei mit einer Hand seinen zuckenden Schwanz massiere. Manuel ist komplett ausgeknockt. Mit geschlossenen Augen und weit geöffnetem Mund liegt er vor mir – als hätte ihn irgendetwas direkt auf den Planeten *Hotfuck* im Sonnensystem *Amazingsex* katapultiert. Ich grinse und küsse seine Wangen.

»Gefällt dir das?«

»oh fuck man… Lukas… verdammt, ja…«

Seine Stimme bebt, als ich seine feuchte Spitze mit meinen Fingern streichle. »Du magst das, hm?« murmele ich und küsse seine Hüfte.

»Ja…« Er stöhnt leise, sein ganzer Körper angespannt. »Aber… ich will mehr. Ich will dich…«

Überrascht zucke ich zurück, denn sofort läuft mir ein heißer Schauder über den Rücken und ich spüre wie mein harter Schwanz zuckt. Ich richte mich auf, meine Hände gleiten über seine Schenkel, als ich seine Beine noch ein Stück weiter spreize. Sein Blick trifft meinen – so wunderschön, so voller Erwartung.

»Fick mich, Lukas«, flüstert er rau. »Mach mich zu deinem.«

»Du gehörst mir längst, Baby«, erwidere ich, meine Stimme dunkel vor Verlangen, als ich mich an ihn schmiege und leidenschaftlich küsse.

Nach einer gefühlten Ewigkeit zwinge ich mich, einen Moment innezuhalten, atme tief durch und trete einen Schritt zurück. Manuel sieht mich verwirrt an, seine Lippen mittlerweile geschwollen von den unzähligen Küssen, sein Brustkorb hebt und senkt sich schwer. »Moment. Warte hier«, murmele ich, während ich mich losreiße und in Richtung Bad verschwinde. Hinter mir höre ich ihn leise auflachen. »Als würde ich irgendwo hingehen.« Ich brauche nur ein paar Sekunden, um die Schublade aufzuziehen, meine Finger schließen sich um eine Tube Gleitgel. Mein Herz hämmert vor Aufregung, meine Gedanken rasen. Als ich zurück in die Küche komme, sitzt Manuel immer noch auf dem Tisch, seine Augen ruhen auf mir – voller Erwartung, voller Verlangen. Ich halte die Tube hoch und zwinkere ihm zu »Jetzt kann's weitergehen.«

Wieder küssen wir uns, seine Zunge trifft auf meine. Mit einer schnellen Handbewegung öffne ich die Tube, lasse etwas Gel auf meine Finger fließen und beginne sein feuchtes Loch zu massieren, während wir uns weiter leidennschaftlich küssen. Er stöhnt auf, als ich ihn ihn Eindringe. „oh fuck ist das krass…" Seine Stimme bebt, als ich ihn weiter reize, seine Haut schmecke, ihn spüre. Ich kann mich nicht mehr zurückhalten und ziehe ihn näher an mich heran.

Ich spüre die Wärme seines Körpers an meiner Schwanzspitze, als ich ansetze und mit etwas Druck langsam in ihn gleite. Er ist eng, feucht, einfach überwältigend – und ich lasse mir Zeit. Zeit, ihn zu spüren. Zeit, ihn zur Ruhe kommen zu lassen. Zeit, ihm die Chance zu geben, mich aufzunehmen, Zentimeter für Zentimeter, während er unter mir erzittert.

„Lukas… oh mein… Gott… Dein Schwanz ist so groß".

Er wirft den Kopf zurück, seine Finger graben sich in meine Schultern, als ich tiefer in ihn hineingleite. Der Anblick lässt mich fast den Verstand verlieren. Ich bewege mich, langsam zuerst, dann schneller, tiefer. Er öffnet sich für mich, nimmt mich ganz auf, seine leisen Laute und keuchenden Atemzüge werden zum schönsten Soundtrack meines Lebens. Ich spüre ihn überall – seine Hände, seine Lippen, sein Herz, das im gleichen Takt schlägt wie meines. Ich will ihn mehr als alles andere auf dieser Welt. »Ich liebe dich, Manu«, sprudelt es auf einmal aus mir heraus, während ich mich in ihn verliere, während wir völlig ineinander aufgehen. »Ich liebe dich auch, Lukas…" Seine Stimme ist rau, sein Körper angespannt, als er meine Hüfte noch stärker an sich zieht. »Du fühlst dich so verdammt gut an…«

Ich will ihn sehen, seinen Ausdruck, den Moment, in dem er sich völlig gehen lässt. Also hebe ich sein Kinn an, zwinge ihn, mich anzusehen, während wir uns gemeinsam an den Rand des Wahnsinns treiben.

„Komm für mich, Baby", presse ich hervor, die Spannung in meinem Körper so heftig, dass ich kaum noch atmen kann.

Und dann bricht es aus ihm heraus.

Er zuckt, sein ganzer Körper verkrampft sich, und sein Gesicht entgleist in einem Ausdruck aus Lust und Kontrollverlust. Mein Name fällt von seinen Lippen, heiser, fast wie ein Fluch, während er sich an mir festklammert, als würde er sonst auseinanderfallen. Aus seinem Schwanz schießen mehrere große Schübe weißes Sperma zwischen uns, heiß und ungebremst. Der Anblick haut mich um.

Ich verliere jeden klaren Gedanken, spüre nur noch ihn, uns, dieses raue, echte Jetzt. Mein Körper zuckt, meine Hände klammern sich in seine Hüfte und völlig besinnnugslos reiße ich ihn näher an mich — bis ich selbst komme, tief und heftig, alles von mir in ihn entladend.

»Manuel… heilige Scheiße…« Meine Stimme bricht, während wir zitternd ineinander versinken, unsere Atmung schwer, unsere Körper völlig erschöpft, aber immer noch aneinandergeschmiegt.

Für einen Moment gibt es nichts anderes auf dieser Welt.

Nur uns. Und das wird immer genug sein.

Eine ausgiebige Dusche später liegen wir nebeneinander auf meinem Bett, die Bettdecke lose über unsere Hüften geworfen. Manuels Brust hebt und senkt sich ruhig. Das Bild, das er mir geschenkt hat, steht sicher auf meinem Nachttisch, ein stiller Zeuge dieses Moments. Er dreht sich zu mir, seine Bewegungen langsam und bedacht. Seine Hand ruht auf meiner Brust, leicht, fast zögerlich, doch die Wärme seiner Berührung elektrisiert mich überall. Ich sehe zu ihm, und sein Blick ist ernst, beinahe durchdringend. Die tiefblauen Augen, die ich schon so oft bewundert habe, halten meinen Blick fest, und ich fühle mich, als würde er nicht nur mich ansehen, sondern bis zu meinem innersten Kern vordringen. »Lukas«, flüstert er, seine Stimme leise, aber voller Entschlossenheit. »Ich werde dir beweisen, dass du der Einzige für mich bist. Ich werde dich nie wieder so zweifeln lassen.« Vielleicht liegt's am postkoitalen Hormoncocktail, der noch durch meine Adern rauscht, aber seine Worte klingen wie ein Versprechen. Und ich will ihm glauben – mehr als alles andere. Ich will diese Zweifel loslassen, einfach für einen Moment aufhören zu denken und mich fallen lassen. Aber in meinem Kopf kämpfen noch immer Gedanken, Erinnerungen an meine Unsicherheiten, an die Momente, in denen ich nicht sicher war, ob er es wirklich ernst meint. Doch während ich seine Hand auf meiner Brust spüre, wie seine Finger leicht über meine Haut gleiten, werden diese Zweifel leiser. Seine Nähe fühlt sich so echt an, so greifbar, dass ich mich frage, warum ich mich nicht einfach fallen lassen kann. Einfach *vertrauen.* Ich sehe ihn an, suche verzweifelt nach einem Zeichen – etwas, das mir bestätigt, dass das hier mehr ist als nur Worte. Doch in diesem Moment bleibt mir wohl nichts anderes übrig, als mich einfach hinzugeben. Also treffe ich die

Entscheidung, ihm zu glauben. Ich lasse die Zweifel los, schiebe sie beiseite und konzentriere mich nur auf das Jetzt. Auf ihn. Auf uns. Meine Hand gleitet über seinen Rücken, über die sanften Linien seiner Muskeln, langsam und vorsichtig, als wollte ich jeden Zentimeter von ihm spüren und abspeichern. Ich ziehe ihn näher zu mir, spüre, wie seine Lippen sanft meinen Hals streifen – warm, ruhig.Seine tiefe Atmung erfüllt die Stille zwischen uns, ein leiser, gleichmäßiger Rhythmus, der beruhigend wirkt. Diese Nähe, still und doch so intensiv, sagt mehr aus als alle Worte, die wir uns jemals hätten sagen können. So liegen wir da, Haut an Haut, in unserer Verletzlichkeit, und doch fühlt sich nichts daran unsicher an. Es ist, als hätte die Welt aufgehört, sich zu drehen. Als würde sie für uns innehalten, damit wir für einen Augenblick nur existieren können – nur wir, dieses Bett, diese Nacht. Und in diesem Moment fühlt sich alles richtig an.

10. August

Solangsam beginnt der Countdown zur Vorbereitung für die Abschlussprüfungen und meine Wohnung ist mitterweile pures Chaos. Überall stapeln sich Blätter, Notizen und ausgedruckte Zusammenfassungen, die sich wie Wanderdünen durch den Raum schieben. Je nachdem, welches Fach gerade höchste Priorität hat, verschiebt sich das Chaos von einer Ecke in die andere. Heute liegt der Fokus auf Deutsch und Geschichte – Mathe und Physik schiebe ich vor mir her, als könnte ich sie mit genügend Ignoranz kleinreden. Ich sitze an meinem Schreibtisch, den Kopf in beide Hände gestützt, und starre auf meine Lernkarten. »Friedrich Schiller«, murmle ich, »Kabale und Liebe. Intrigen, gesellschaftliche Zwänge... ja, großartig, wie passend.« Ein bitteres Lächeln huscht über mein Gesicht. Ich denke an Manuel und daran, wie ironisch es ist, dass mein Leben derzeit wie eine moderne Version dieses Dramas abläuft.

Der Druck lastet schwer auf mir. Meine Noten sind solide, ja – abgesehen von Mathe und Physik. Aber solide reicht mir nicht. Ich will mehr. Ein Abschluss, auf den ich stolz sein kann, etwas, das mir Türen öffnet. Doch je mehr ich versuche, alles unter einen Hut zu bringen, desto mehr fühlt es sich an, als würde ich zerbrechen.

Tagsüber kämpfe ich mich durch die Schule, wo die Lehrer uns immer wieder an die nahenden Prüfungen erinnern. Nachmittags schiebe ich Schichten im »Süßen Löchle«, wo ich zwischen Kuchentellern und Kaffeebohnen jongliere. Und dann ist da noch Manuel. Unser Versteckspiel kostet mich mehr Energie, als ich zugeben will. Ich liebe ihn, aber manchmal fühle ich mich wie in einer Spirale aus Heimlichkeit und Frustration gefangen. Und meine Freunde? Die sehe ich kaum noch. Die wenigen Abende, die ich mir freischaufle, verbringe ich mit einem schlechten Gewissen, weil ich eigentlich lernen sollte.

»Du kannst nicht alles haben«, hatte mein Kumpel Peter letzte Woche gesagt, als wir uns auf einen schnellen Burger getroffen hatten. »Mach einfach das Beste draus.«

Das Beste draus machen. Was heißt das überhaupt? Ich stehe morgens auf, öffne mein Geschichtsbuch, kämpfe mich durch Jahreszahlen und Fakten.

Danach Mathe: Quadratische Funktionen, die sich wie unlösbare Rätsel vor mir auftürmen. Manchmal denke ich, ich sollte es einfach aufgeben, wenn wieder dieser Gedanke kommt:

Was, wenn ich nicht genug bin? Was, wenn ich scheitere?

Ich atme tief durch und lasse meinen Blick über die Wanderdünen aus Papier schweifen. Irgendwo hier, zwischen meinen Notizen und meinen Zweifeln, muss die Antwort liegen. Ich greife nach meinem Stift und kritzle »Du schaffst das« in die Ecke meines Lernzettels.

Es ist ein kleiner Trost, aber vielleicht reicht er für heute.

18. August

Die Leuchtstoffröhren surren leise über unseren Köpfen, und Frau Distler steht vorne an der Tafel, eine aufgeschlagene Ausgabe von »Kabale und Liebe«in der Hand. Sie liest mit ihrer festen, klaren Stimme:

»Die Liebe zwischen Ferdinand und Luise ist rein und leidenschaftlich. Doch ihre Welt, voller Intrigen und gesellschaftlicher Zwänge, macht sie unmöglich.«

Ihr Blick wandert durch die Klasse, bevor sie fragt: »Was glaubt ihr, warum Ferdinand und Luise so an ihrer Liebe festhalten, obwohl sie wissen, dass sie zum Scheitern verurteilt ist?«

Jonas, der immer eine Antwort parat hat, meldet sich. »Weil sie an die Liebe glauben. Weil sie denken, dass sie stärker ist als alles andere.«

»Ein guter Ansatz«, sagt Frau Distler mit einem Nicken. »Aber ist das realistisch? Was denkt ihr? Kann Liebe tatsächlich alle Hindernisse überwinden?« Die Klasse schweigt. Ich sehe, wie einige mit ihren Stiften spielen, andere blättern ziellos in ihren Büchern. Mein Herz schlägt schneller, als ich überlege, ob ich etwas sagen soll. Doch ich bleibe still. »Wie wäre es mit dir, Lena?« Frau Distler schaut zu Lena, die überrascht aufblickt.

»Ich glaube, es kommt darauf an«, sagt sie vorsichtig. »Manchmal ja. Aber manchmal ist die Welt einfach... zu stark gegen einen. So wie bei Luise und Ferdinand. Sie kämpfen, aber sie haben keine Chance.« Die Lehrerin nickt nachdenklich. »Das ist eine wichtige Erkenntnis. Sie kämpfen, und trotzdem scheitern sie. Aber was treibt sie an? Warum geben sie nicht einfach auf?« Ich spüre, wie meine Kehle eng wird. Ihre Worte klingen in meinem Kopf nach, und plötzlich sehe ich nicht mehr Luise und Ferdinand vor mir, sondern *Manuel* und mich. Die heimlichen Treffen, die gestohlenen Momente – die bittersüße Mischung aus Freude und Schmerz.

»Lukas«, sagt Frau Distler, und ich zucke zusammen.

»Was denkst du? Warum geben sie nicht auf?«

Alle Augen richten sich auf mich, und ich habe das Gefühl, dass meine Gedanken offen vor mir liegen. Ich schlucke schwer und sage schließlich: »Vielleicht... weil sie sich selbst treu bleiben wollen. Weil sie ihre Liebe nicht aufgeben können, auch wenn sie wissen, dass sie verloren sind.«

»Sehr gut«, sagt sie mit einem leichten Lächeln. »Ferdinand und Luise kämpfen für ihre Liebe, obwohl die Gesellschaft gegen sie ist. Aber ist das nicht auch eine Form von Egoismus? Was meint ihr?«

Die Klasse wird lebendiger. Anna meldet sich. »Ich finde, es ist kein Egoismus. Sie lieben sich einfach. Das ist doch nichts, was man so einfach aufgeben kann.«

Jonas wirft ein: »Aber sie hätten doch sehen müssen, dass sie alle in Gefahr bringen! Ihr Egoismus hat ja auch andere verletzt.«

»Ein guter Punkt«, sagt Frau Distler und schreibt »Liebe vs. Verantwortung« an die Tafel. »Was ist wichtiger: für sich selbst einzustehen oder die Verantwortung für andere zu übernehmen?«

Während die Diskussion weitergeht, wandern meine Gedanken zurück zu Manuel. »Wir müssen vorsichtig sein«, sagt er immer wieder. »Es ist nicht so, dass ich dich nicht liebe. Es ist... kompliziert.«

»Kompliziert.« Das Wort hallt in meinem Kopf wider, während Lena argumentiert, dass Luise und Ferdinand keine Wahl hatten, weil sie von den Intrigen um sie herum manipuliert wurden. Es ist jetzt schon wieder Tage her, dass wir geschrieben haben ge- schweige denn, dass wir Zeit zusammen verbracht haben.

Frau Distler wendet sich wieder an die Klasse. »Und was lernen wir daraus? Glaubt ihr, dass es heutzutage einfacher ist, gesellschaftliche Hürden zu überwinden?«

Ich bin mir nicht sicher, ob ich antworten soll, doch meine Stimme meldet sich von selbst. »Vielleicht ist es einfacher, aber nicht leicht. Es gibt immer noch Menschen, die sich verstecken müssen, weil sie Angst vor dem Urteil anderer haben.«

Die Klasse wird still. Frau Distler schaut mich an, und in ihren Augen sehe ich etwas, das wie Verständnis aussieht. Die Diskussion endet, die Stunde nähert sich ihrem Schluss. Aber ich kann mich nicht von dem Gedanken lösen, wie viel von Luise und Ferdinand in Manuel und mir steckt. Nach der Schule trotte ich gedankenverloren über den Schulhof. Um mich herum lacht und redet die Klasse, als hätten wir gerade nicht über die Tragödie von Ferdinand und Lui- se gesprochen. Aber in mir fühlt es sich an, als hätte jemand einen Schalter umgelegt. Ich ziehe mein Handy aus der Tasche und öffne den Chatverlauf mit Manuel. Wieder kein Lebenszeichen von ihm – seit vier Tagen. Mein Daumen zögert nur einen Moment, bevor ich anfange zu tippen:

»Lass uns bitte morgen treffen. Ich vermisse dich!«

Ich starre auf den Text, meine Finger schweben über dem Senden- Button. Mein Herz pocht schneller. Warum fühlt sich das immer noch so an, als würde ich jedes Mal von vorne anfangen? Ich drücke »Senden« und sehe zu, wie die Nachricht verschwindet, als hätte sie nie existiert. Für einen Moment schließe ich kurz die Augen und in meinem Kopf ist es plötzlich still. Ich denke an das, was Frau Distler heute gesagt hat. An Ferdinand und Luise, an ihre Liebe, die so stark war, aber dennoch zerstört wurde. Sie hatten mehr oder weniger keine Wahl. Ihre Welt hat sie erdrückt, Stück für Stück, bis nichts mehr übrig war. Aber ich? Ich habe eine Wahl. Ich öffne die Augen und sehe in den grauen Himmel. Das hier ist nicht das Mittelalter. Es gibt keine Intrigen, keine starren Konventionen, die mich in Ketten legen. Wenn Manuel und ich das wirklich wollen – wenn wir wirklich an uns glauben – dann können wir das schaffen. Ich sehe auf mein Handy, auf den leeren Bildschirm, und stelle mir vor, wie Manuel meine Nachricht liest. Wird er zurückschreiben? Oder wird er wieder sagen, dass es »kompliziert« ist, dass er wieder tausend andere Dinge zu tun hat anstatt mich zu treffen.Ich liebe ihn. Das weiß ich. Aber ich weiß auch, dass ich nicht ewig so weitermachen kann. Wir können nicht ewig in einer Parallelwelt leben, uns verstecken und immer auf der hut sein.

Wir verdienen mehr.

Ich verdiene mehr.

Ein leises Lächeln schleicht sich auf mein Gesicht. Vielleicht, denke ich, ist es an der Zeit, nicht mehr nur zu hoffen, sondern zu handeln. Ferdinand hatte keine Wahl, aber ich habe sie. Ich kann das alles hinter mir lassen. Die Zweifel, die Angst, die Schatten. Ich schiebe das Handy zurück in die Tasche und atme tief durch. Egal, wie Manuel antwortet – ich werde mein Leben authentisch leben. Und wenn er bereit ist, mit mir zu gehen, dann können wir zusammen frei sein.

19. August

Manuel kommt tatsächlich. Wir liegen auf meinem Sofa, eng aneinander gekuschelt. Die Nachmittagsluft ist warm, und die letzten Sonnenstrahlen fallen durch das halb geöffnete Fenster. Manuels Kopf liegt auf meiner Schulter, seine Finger streicheln über meinen Bauch. Unsere Wiedersehen folgen mittlerweile einem beinahe festgelegten Rhythmus, wie in einem Drehbuch. Wenn wir uns treffen, dann immer nur noch bei mir. Jedes Mal, wenn er zur Tür hereinkommt, bin ich dann schon völlig ausgehungert nach ihm. Nach seiner Nähe, seinem Geruch, dem leichten Kratzen seines Drei-Tage-Barts, wenn er mich küsst. Wir fallen übereinander her, als hätten wir wochenlang auf diesen Moment gewartet – und vielleicht stimmt das sogar.

Wir küssen uns, lange und ungestüm, bis uns die Luft ausgeht. Wir reißen uns die Klamotten vom Leib, küssen uns immer heftiger, unsere Körper verschlungen, als könnten wir uns nie wieder voneinander lösen. Dann haben wir Sex, so intensiv, dass ich dafür ein goldenes Abzeichen der Bundesjugendspiele bekommen sollte. Danach liegen wir verschwitzt nebeneinander, übersät mit Körperflüssigkeiten und kuscheln weiter. Irgendwann fangen wir an, über Belangloses zu reden. Über den Tag, das Wetter, oder welche Serie er als Nächstes schauen will. Manchmal schnappt er sich mein Mathebuch und erklärt mir geduldig eine Aufgabe, während ich mehr auf seine Hände achte als auf das, was er sagt. Wir essen zusammen, bestellen Pizza oder kochen etwas Einfaches. Es gibt keinen Stress, keine Erwartungen. Nur uns. Doch irgendwann, zu später Stunde, zieht er sich an, drückt mir einen letzten Kuss auf die Stirn und geht. Zurück bleibt mein Bett, das noch nach ihm riecht, und eine leise Sehnsucht, die mich jedes Mal einholt, sobald die Tür ins Schloss fällt.

Dieses Mal liege ich mit meinem Handy in der Hand neben ihn und scrolle durch Facebook, ohne viel nachzudenken.

»Ich habe dich vermisst« flüstere ich. Er nickt und küßt meine Stirn.

»Hey«, sage ich, fast beiläufig, als ich auf ein Bild stoße, das ich gestern gepostet habe. »Schau mal.« Ich neige das Handy leicht in seine Richtung. Es ist ein Foto von uns beiden, das ich während eines Spaziergangs gemacht habe. Wir stehen nebeneinander, lachen in die Kamera, meine Hand liegt locker auf seiner Schulter. Der Moment war perfekt, spontan und völlig ungezwungen – genau deshalb wollte ich ihn teilen. Manuels Kopf hebt sich leicht, sein Blick fällt auf das Display, und ich erwarte irgendeinen lockeren Kommentar, ein Lächeln vielleicht. Stattdessen versteift sich sein Körper sofort.

»Was…?« Seine Stimme klingt plötzlich schärfer. »Was ist das?«

Ich blinzele, verwirrt von seinem Tonfall.

»Das Bild von uns. Ich hab's gestern auf Facebook gepostet.«

Sein Blick springt von mir zurück zum Handy, und ich sehe, wie seine Augen sich verengen. »Du hast… was?«

Ich setze mich ein Stück auf, während er das Handy an sich reißt und das Foto genauer betrachtet. »Ich hab's gepostet«, wiederhole ich langsam. »Es ist doch nur ein Bild, Manuel. Was ist das Problem?«

»Nur ein Bild?« Er richtet sich abrupt auf, und ich merke, wie seine Stimme einen gefährlich angespannten Tonfall annimmt. »Hast du eigentlich eine Ahnung, was du da gemacht hast?« Ich runzle die Stirn, spüre, wie die Leichtigkeit des Moments plötzlich wie eine

Seifenblase zerplatzt. »Manuel, beruhig dich! Es ist ein schönes Foto. Warum regst du dich so auf?« Er springt vom Sofa auf, das Handy immer noch in der Hand, und starrt mich an, als hätte ich ihn verraten. »Beruhigen? Soll das ein Witz sein? Jeder kann das sehen, Lukas! Jeder! Meine Freunde, mein Team, meine Familie! Hast du überhaupt nachgedacht, bevor du das gemacht hast?«

»Natürlich habe ich nachgedacht«, sage ich, versuche ruhig zu bleiben, obwohl sein Ton mich nervös macht. »Es ist nur ein Bild von uns, Manuel. Niemand wird daraus irgendwelche Schlüsse ziehen.«

»Das glaubst du?« Er lacht kurz, ein bitteres, kaltes Lachen, das mich zusammenzucken lässt. »Du hast keine Ahnung, wie Leute sind. Glaubst du, irgendjemand aus meinem Team sieht das und denkt sich: ‚Ach, das ist ja süß?‘ Die reißen sich doch das Maul darüber auf!«

»Manuel, du übertreibst«, sage ich, spüre, wie meine Stimme nun auch lauter wird. »Es ist nichts dabei, okay? Niemand wird sich dafür interessieren.«

»Interessieren?« Seine Augen blitzen vor Wut, und er wedelt mit dem Handy in der Luft. »Was, wenn jemand das sieht und weiterteilt? Was, wenn es jemand meinem Trainer zeigt? Oder meinen Eltern? Hast du überhaupt irgendeine Ahnung, wie das mein Leben ruinieren könnte?«

»Ruinieren?« Ich schüttle ungläubig den Kopf und stehe nun ebenfalls auf. »Manuel, das ist doch total übertrieben. Wir leben nicht im Mittelalter. Niemand wird dich aus dem Verein werfen, nur weil du ein Bild mit deinem Freund postest.«

»Du verstehst es einfach nicht!« Er macht einen Schritt auf mich zu, seine Hände zittern, während er das Handy wieder auf das Sofa wirft.

»Du verstehst nicht, in welcher Position ich bin. Für dich ist das alles so einfach. Du kannst frei machen, was du willst. Aber ich? Ich muss ständig darauf achten, was ich sage, wie ich mich verhalte. Dieses Bild…« Er schnaubt. »Dieses Bild könnte alles zerstören.«

Ich starre ihn an, unfähig, auch nur ein Wort herauszubringen. Alles, was ich sagen wollte, sitzt mir wie ein Kloß im Hals.

„Weißt du, was das Schlimmste ist?" Seine Stimme ist leiser geworden, aber jedes Wort trifft wie ein Schlag. Es klingt nicht laut – eher wie ein Vorwurf, den er zwischen den Zähnen hervorpresst.

„Dass du nicht mal auf die Idee gekommen bist, mich zu fragen. Es war dir einfach egal, was ich denke. Du hast entschieden – für uns beide. Als wär ich nur irgendein Accessoire in deinem perfekten Leben."

„Accessoire?" Meine Stimme kippt fast, viel zu hoch, viel zu verletzt.

»Manuel, ich habe das gepostet, weil ich stolz auf uns bin. Weil ich dich liebe und weil ich… weil ich endlich keine Lust mehr habe, das zu verstecken!«

»Aber ich habe keine Wahl!« schreit er, und seine Stimme hallt durch den Raum. »Du kannst frei sein, Lukas. Aber ich? Wenn das jemand sieht, könnte ich alles verlieren! Mein Team, meinen Platz, die Leute, die ich kenne… Alles!« Bevor ich reagieren kann, packt er mich plötzlich an den Oberarmen. Sein Griff ist fest, seine Finger bohren sich förmlich in mein Fleisch. Seine Hände zittern, und ich sehe, wie seine Augen vor Wut und Angst brennen. »Du verstehst einfach gar nichts!« brüllt er, während er mich leicht zurück drückt.

»AU! DU TUST MIR WEH! Manuel, lass mich los!« rufe ich, meine Stimme überschlägt sich, und ich versuche mich aus seinem Griff zu winden, doch mit jeder Bewegung werden die Schmerzen an meinen Armen immer stärker. »MANUEL! HÖR AUF!« schreie ich nun lauter. Er lässt mich abrupt los und taumelt ein paar Schritte zurück, als hätte er sich selbst erschrocken. Seine Brust hebt und senkt sich schnell, und seine Hände bleiben in der Luft, als wisse er nicht, wohin damit. »Lukas, ich…« beginnt er, aber seine Stimme bricht ab.

Ich atme schwer, mein Blick bleibt auf ihn fixiert, und ich spüre, wie ein dumpfer Schmerz in meiner Brust pocht und meine Arme brennen. »Vielleicht solltest du gehen«, sage ich schließlich, meine Stimme ist leise, aber schneidend.

»Lukas, bitte«, versucht er noch einmal, aber ich schüttle den Kopf, bevor er weitermachen kann.

»GEH, Manuel.«

Er bleibt noch einen Moment stehen, dann dreht er sich um, nimmt seine Sachen vom Stuhl, zieht sich an und geht zur Wohnungstür. Als sie hinter ihm ins Schloss fällt, sacke ich auf das Sofa zurück, mein Herz rast, und mein Atem geht stoßweise. Das Handy liegt noch immer da, das Bild auf dem Bildschirm – ein Moment, der sich so perfekt angefühlt hatte, und der jetzt nur noch wie ein Fehler erscheint.

21. August

Wozu habe ich mich *jetzt* wieder hinreißen lassen: die Karaoke-Bar ist lauter als alles, was ich in den letzten Wochen ertragen hätte – Menschen, Musik, das Klirren von Gläsern – doch irgendwie passt es. Steffie hat es mal wieder geschafft, mich aus meiner Wohnung zu zerren und aus meiner Trauer zu reißen. Sie hat von einem „Stimmungsaufheller" gesprochen. Und ehrlich gesagt? Ich war es überdrüssig, mich selbst zu bemitleiden.

Also sitze ich nun in einer Karaokebar auf einer knallroten Lederbank, ein halb volles Glas Gin Tonic in der Hand, während Steffie lachend mit ein paar Fremden darüber diskutiert, welches Lied sie als Nächstes singen soll. Die Lichter flackern in bunten Farben über die Bühne, und die Stimmen aus den Lautsprechern reichen von überraschend gut bis zu völlig schräg. »Du solltest auch mal singen«, sagt Steffie plötzlich und stupst mich in die Seite. »Ich passe lieber«, murmle ich und nuckele an meinem Drink.

»Oh, komm schon, Lukas!« ruft sie und zieht eine Grimasse.

»Das hier ist Spaß, kein Vorsingen für ‚The Voice‘.« Ich schüttle den Kopf und lache leise.

»Danke, aber ich bleibe lieber hier sitzen und lasse dich die Show stehlen.« Steffie verdreht die Augen und verschwindet wieder, um mit den anderen weiterzuplaudern. Ich lehne mich zurück, lasse meinen Blick über den Raum schweifen, und gerade als ich einen Schluck aus meinem Glas nehme, höre ich eine Stimme aus den Lautsprechern.

»Und jetzt… Christian! Ein Applaus für Christian!«

Der Name lässt mich innehalten, nur für einen Moment. Ein

häufiger Name, sage ich mir, nichts Besonderes, nichts, worüber ich mir Gedanken machen sollte. Doch als der Mann die Bühne betritt, merke ich, wie ich plötzlich zusammenzucke. Er greift das Mikrofon, dreht sich zur Menge, und plötzlich fällt das Licht in sein Gesicht.

Es dauert ein paar Sekunden, bis dann auch bei mir die Lampen angehen – der Bart, die gebräunte Haut, die breiten Schultern, die selbstbewusste Haltung. Es ist definitiv *er*. Christian. *Wie um alles in der Welt ist das nur möglich - hier und jetzt?*

Meine Kinnlade fällt förmlich auf die Theke vor mir und ich bin unfähig, wegzusehen. *Was ist denn bitte mit DEM passiert?*

»Lukas?« Steffies Stimme reißt mich aus meinen Gedanken.

»Alles okay? Du siehst aus, als hättest du einen Geist gesehen.«

»Das ist… jemand, den ich kenne«, murmle ich, meine Stimme leise.

»Wer ist das?« fragt sie neugierig.

»Christian«, sage ich schließlich, ohne den Blick von der Bühne zu nehmen. »Ein alter Freund.«

»DER HASE?« Fragt sie, mit einem Ton, der viel zu viel Neugier enthält. »Es ist lange her. Und du bist ihm übrigens auch schonmal begegnet. Damals auf der Studentenparty in Freiburg…«, sage ich und versuche, meine Gedanken zu sortieren. Christian beginnt zu singen – ein Song von Oasis, »Wonderwall«, ein Klassiker. Seine Stimme ist tiefer, rauer als früher, und ich kann nicht anders, als fasziniert zuzuhören. Die Menge um ihn herum klatscht im Takt, einige singen mit, und ich merke, wie mein Magen sich langsam zusammenzieht. Als er fertig ist, bricht die Menge in Applaus aus, und er steigt mit einem entspannten Lächeln von der Bühne. Ich hoffe fast, dass er mich nicht sieht, dass ich unbemerkt bleibe. Doch sein Blick wandert durch den Raum, und plötzlich trifft er mich.

Er hält inne, seine Augen weiten sich, und dann breitet sich ein breites Lächeln auf seinem Gesicht aus. Er kommt direkt auf mich zu, und ich spüre, wie mein Puls schneller wird.

»Lukas?« fragt er, als er vor mir steht.

Ich stehe auf, versuche, meine Nervosität zu überspielen.

»Hey, Christian.«

Er mustert mich, immer noch grinsend.

»Wow. Das ist… ewig her. Wie geht's dir?«

»Gut«, sage ich, obwohl ich mir nicht sicher bin, ob das stimmt. »Du hast dich verändert.«

»Im positiven Sinne, hoffe ich«, sagt er mit einem leichten Lachen.

»Definitiv«, sage ich und kann nicht verhindern, dass ich ihn dabei anstrahle wie ein Atomreaktor.

»Lass uns irgendwo reden«, sagt Christian schließlich »es ist zu laut hier.« Ich nicke und folge ihm zu einem abgelegeren, ruhigeren Tisch, während Steffie uns wissend nachschaut.

»Was machst du hier?« frage ich schließlich, als wir uns setzen.

»Ich bin wieder in der Stadt«, sagt er, lehnt sich zurück und sieht mich direkt an. »Nach einer… intensiven Zeit brauchte ich einen Neuanfang.«

»Intensiv?« frage ich und nippe an meinem Drink.

Er seufzt und spielt mit dem Glas in seiner Hand. »Leon und ich… wir haben uns getrennt. Es war… nicht schön, um es mal harmlos auszudrücken.«

Ich spüre, wie mein Herz kurz einen Schlag aussetzt. Leon. Sein damaliger Freund, der ihn so glücklich gemacht hat. »Oh. Das tut mir leid.«

»Danke«, sagt er leise und sieht mich an. »Es war ziemlich heftig. Danach musste ich raus, weg von allem. Ich bin in den Semesterferien spontan mit dem Rucksack durch Thailand gereist.

Das hat mir geholfen, meine Gedanken zu sortieren.«

»Thailand«, murmle ich und versuche, mir vorzustellen, wie er mit einem Rucksack an tropischen Stränden entlangläuft. Es passt zu der Version von Christian, die jetzt vor mir sitzt – abenteuerlustig, selbstbewusst, frei.

»Und jetzt?« frage ich schließlich.

»Jetzt?« Er lächelt leicht. »Jetzt bin ich wieder hier, muss mein letztes Staatsexamen überstehen und dann schauen wir mal weiter. Und du? Was ist mit dir?«

Ich zögere kurz, bevor ich antworte. »Es ist… kompliziert.«

»Kompliziert?« fragt er mit hochgezogenen Augenbrauen.

»Ich erzähl's dir vielleicht irgendwann«, sage ich und lächle beschwichtigend. Christian nickt, und für einen Moment sitzen wir einfach nur da, während die Geräusche der Karaoke-Bar uns umgeben. Es ist surreal, ihn nach all der Zeit wiederzusehen – ausgerechnet jetzt. Mein Schicksal ist immer für unvorgesehene Wendungen gut.

Die Luft in der Karaoke-Bar wird immer stickiger, je später es wird. Die Kombination aus den warmen Lichtern, der Menschenmenge und der Bewegung auf der Tanzfläche lässt den Raum wie einen Dampfkochtopf wirken. Ich stehe mit Christian an der Seite der Bar, etwas abseits vom Lärm, während er einen Drink bestellt. Mein eigener Gin Tonic ist längst leer, und ich spiele nervös mit dem Strohhalm im Glas. »Ist dir auch so warm hier?« frage ich beiläufig, während ich am Kragen meines Pullovers ziehe. Christian dreht sich kurz zu mir um, ein amüsiertes Grinsen auf den Lippen. »Ein bisschen, ja. Aber ich glaube, ich bin das aus Thailand gewohnt. Du?«

»Ich sterbe«, sage ich halb im Scherz, bevor ich den Pullover über den Kopf ziehe. Darunter trage ich nur ein einfaches T-Shirt. Ich falte den Pullover zusammen und lege ihn über meinen Arm, während ich versuche, etwas kühle Luft zu schnappen. Christian sieht mich kurz an, bevor er sein Bier nimmt. »Ich hab dir ja gesagt, dass ein Drink mit Eis besser gewesen wäre«, sagt er neckend, doch dann hält er inne. Sein Blick bleibt an meinem Arm hängen, und ich sehe, wie seine Stirn sich leicht in Falten legt.

»Lukas?« fragt er leise, sein Ton plötzlich ernst.

»Hm?« Ich sehe ihn an, folge seinem Blick und merke, dass er auf die blauen Flecken an meinem Oberarm starrt – Überbleibsel von Manuels hartem Griff, als wir uns das letzte Mal gestritten haben. Mein Herz setzt einen Moment aus. »Was ist das?« fragt Christian und deutet mit einem leichten Kopfnicken auf meinen Arm.

»Das?« sage ich schnell, ziehe instinktiv den Ärmel meines T-Shirts etwas nach unten. »Oh, nichts. Ich bin nur gegen eine Tür gestoßen.« Seine Augen verengen sich leicht, und ich merke, dass er mir nicht glaubt. »Gegen eine Tür?« wiederholt er skeptisch. »Das sieht nicht nach einer Tür aus, Lukas.«

»Doch, wirklich«, sage ich und versuche, locker zu klingen.

»Ich bin ein bisschen ungeschickt, weißt du doch.«

Christian bleibt ruhig, aber sein Blick lässt nicht nach. Er tritt einen Schritt näher, stellt sein Bier ab und sieht mich direkt an. »Lukas, verarsch mich nicht. Und das hier… das ist nicht von einer Tür. Sowas habe ich schon zuvor in unzähligen Gerichtsakten gesehen. Was ist passiert?« Ich spüre, wie mein Herz schneller schlägt. »Es ist wirklich nichts, okay? Mach dir keinen Kopf.«

»Lukas«, sagt er mit fester Stimme, und ich sehe, wie sich ein Hauch von Besorgnis in seinen Augen spiegelt. »Wenn es ‚nichts‘ wäre, würdest du nicht so reagieren.«

»Christian, bitte«, ich senke den Blick und spiele nervös mit dem Rand meines Glases. »Es ist kompliziert.«

»Dann erklär es mir«, sagt er ruhig. »Ich bin hier. Erklär es mir.«

Ich schüttle den Kopf, unfähig, die richtigen Worte zu finden. Ich weiß, dass ich Manuel nicht verraten will, aber gleichzeitig fühlt sich die Scham überwältigend an. Christian bleibt still, beobachtet mich eine Weile, bevor er plötzlich seine Hand ausstreckt.

»Gib mir dein Handy.«

»Was?« Ich sehe ihn verwirrt an.

»Dein Handy«, wiederholt er, seine Stimme ruhig, aber bestimmt. »Vertrau mir.« Widerwillig ziehe ich mein Handy aus der Hosentasche und reiche es ihm. »Dein Code?«

»77933« antworte ich. Christian entsperrt es mit einer schnellen Bewegung und tippt etwas ein, bevor er sein eigenes Handy aus der Tasche zieht. Ich höre, wie es in seiner Hand zu vibrieren beginnt. »Jetzt hast du meine Nummer, und ich habe deine«, sagt er, legt mein Handy zurück in meine Hand und sieht mich fest an. »Lukas, hör mir zu. Egal, was los ist – wenn du reden willst oder wenn du Hilfe brauchst, du rufst mich an. Egal wann, okay?« Ich nicke langsam, spüre, wie sich ein Kloß in meinem Hals bildet, weil ich mich ertappt fühle. Seine Worte sind so ehrlich, so direkt, dass ich nicht weiß, wie ich reagieren soll. »Versprich es mir«, sagt er und legt eine Hand auf meine Schulter. »Ich meine es ernst.«

»Ich… ich verspreche es«, sage ich leise und sehe ihn an.

Er lächelt schwach, nimmt dann sein Bier und lehnt sich zurück. »Gut. Und jetzt erzähl mir, welches Lied du als Nächstes singst. Weil ich dich garantiert nicht aus dieser Bar lasse, ohne dich auf der Bühne zu sehen.« Ich lache nervös, froh über den Themenwechsel, aber seine Worte hallen noch in meinem Kopf nach. Irgendwo tief in mir spüre ich, dass dieser Moment eine Bedeutung hat, die ich noch nicht ganz greifen kann.

2. September

Anfang September. Ich stecke mitten in den Abschlussprüfungen und fühle mich, als hätte ich mein Leben irgendwo zwischen Schulheften, Lehrbüchern und definitv zu wenig Schlaf verloren. Mathe, Deutsch und Englisch schriftlich liefen soweit gut. Keine Überraschungen, keine großen Stolpersteine – ich hatte das Gefühl, den Stoff im Griff zu haben. Ich hoffe, ich erhalte in Mathe den ein oder anderen Kreativitätspunkt oder Mitleid, denn bei den meisten Aufgaben habe ich mich um Kopf und Kragen gerechnet. Heute steht die mündliche Prüfung in Geschichte an. Ein »Walk in the park« denke ich noch am Morgen. Geschichte war immer mein Ding. Jahreszahlen, Zusammenhänge, Ursachen und Konsequenzen – ich kann den Zweiten Weltkrieg und die Nachkriegsordnung quasi im Schlaf herunterbeten. Außerdem musste ich nur meine 1,4 verteidigen.

Was kann schon schiefgehen?

Die Antwort: alles.

Der ganze Stress mit Manu und die endlosen Schichten im »Süßen Löchle« haben mich komplett ausgelaugt. Zu allem Überfluss habe ich vor drei Wochen beschlossen, auf Zucker zu verzichten. Manuels sportlicher Lebensstil hatte mich inspiriert, ein paar Pfunde zu verlieren. Kein Kuchen, keine Schokolade, keine süßen Versuchungen mehr – zumindest theoretisch. Die Realität sieht allerdings so aus, dass ich mit jeder Stunde, die ich ohne Zucker überlebte, gereizter und müder werde. Heute Morgen bin ich definitiv unterzuckert und übermüdet. Keine optimale Ausgangslage für eine mündliche Prüfung. Als ich schließlich im Prüfungsraum sitze, fühlte ich mich wie ein Junkie auf kaltem Entzug. Der Prüfer lächelt freundlich, die Atmosphäre ist angenehm. Ich hätte mich einfach nur entspannen und mein Wissen präsentieren müssen. Doch als ich anfange zu sprechen, passiert es: Blackout. Mitten in meiner Antwort beginne ich zu zweifeln. Was, wenn ich etwas Falsches gesagt habe? Was, wenn die Reihenfolge der Ereignisse doch anders ist? Mein Gehirn verwandelt sich in einen Nebel aus Unsicherheiten, und je mehr ich versuche, mich zu konzentrieren, desto schlimmer wird es. Mein sicherer »Walk in the park« wird zum Stolpern im Dunkeln. Als ich den Raum verlasse, habe ich meine 1,4 nicht verteidigt. Stattdessen: eine Drei. Befriedigend. Ein Wort, das mich in diesem Moment mehr verletzt, als es sollte. Ich stürme zum Auto, mein Kopf hoch rot vor Wut, Frustration und Selbsthass. Mit quietschenden Reifen rase ich durch die Stadt, mein Blick starr auf die Straße gerichtet. Reflexartig lenke ich mein Auto zur nächsten Bäckerei. Als ich die Ladentür aufstoße, bleibt keine Zeit mehr für Höflichkeiten. »Haben Sie Linzer Torte?« frage ich knapp, ohne die Verkäuferin richtig anzusehen. Die Frau hinter der Theke blickt mich irritiert an und deutete schließlich auf die Auslage. »Ja, da vorne links...«

»Wunderbar. Nehme ich!« ich muss mich zusammenreißen, nicht in die Hände zu klatschen.

»Zwei Stücke. Und einen Cappuccino. Mit Mandelmilch.« Wenige Minuten später sitze ich wieder in meinem Auto, die Linzer Torte auf dem Beifahrersitz, der Cappuccino im Getränkehalter. Gierig beiße ich am ersten Kuchenstück ab. Boom. Geschmacksexplosion. Süß, nussig, fruchtig – das volle Programm. Ich schließe die Augen. Es ist wie ein verdammter Orgasmus. Nur mit weniger Drama.

Meine Schultern entspannen sich. Ein leises, ziemlich glückliches Stöhnen entweicht mir. Und für diesen einen magischen Moment ist alles egal: keine Blackouts, kein Frust, kein innerer Selbstzerfleischungsmodus. Nur ich und diese unfassbar gute Linzer Torte.

10. September

Es ist später Nachmittag, und das »Café zum süßen Löchle« ist fast leer. Die wenigen Gäste, die noch da sind, sitzen verteilt an den kleinen Tischen, vertieft in Gespräche oder in ihre Bücher. Steffie sitzt mir gegenüber, eine dampfende Tasse Cappuccino vor sich, die Arme vor der Brust verschränkt. Schon als sie hereingekommen ist, habe ich gemerkt, dass sie schlecht gelaunt ist – ihre Mundwinkel hängen ein bisschen tiefer als sonst, und ihr Blick ist fest auf die Tischplatte gerichtet, als hätte sie ein persönliches Problem mit dem Holz.

»Und dann«, fahre ich fort, ohne ihre Stimmung groß zu beachten, »dreht er erst völlig durch, dann herrscht wieder tagelang Funkstille und im Anschluss daran bombardiert er mich mit SMS. Von Entschuldigungen bis Liebesbekundungen. Dieses Up and Down macht mich echt fertig...« sage ich und stochere mit einem Löffel in der Tasse Kaffe herum, die vor mir steht.

»Ich meine, wer macht denn sowas?«

»Vielleicht weiß er einfach nicht was er will. Oder er ist einfach noch nicht so weit...« murmelt sie schließlich, ohne mich anzusehen. Der Satz klingt wie eine Floskel, nicht wie ein echter Versuch, mich zu trösten. Ich schnaube, richte mich auf und lasse den Löffel sinken. »Das ist doch keine Entschuldigung. Man kann doch über alles in Ruhe reden und nicht so komplett durchdrehen.« Endlich sieht sie auf. Ihr Blick ist stechend, in ihren blauen Augen funkelt etwas, das ich nicht einordnen kann – Genervtheit? Gereiztheit? Oder beides?

»Vielleicht hat er ja einfach keinen Bock auf dein Drama,« sagt sie trocken. Ich blinzele, ihre Worte treffen mich wie ein plötzlicher

Windstoß. »Wow. Danke für die Unterstützung. Du bist echt ’ne tolle Freundin,« erwidere ich scharf und lasse meinen Löffel mit einem leisen Klirren auf die Untertasse fallen. »Oh, komm schon,« sagt sie und reibt sich mit einer Hand über die Stirn, als hätte sie Kopfschmerzen. »Seit Wochen höre ich nichts anderes von dir außer ‚Manuel dies, Manuel das‘. Glaubst du, nur weil ich keinen Freund habe, dreht sich bei mir alles um deinen Typen?«

»Das habe ich nie gesagt,« verteidige ich mich, doch meine Stimme klingt schwach. Irgendwo tief in mir weiß ich, dass sie einen Punkt hat. Trotzdem spüre ich, wie sich mein Magen zusammenzieht, ein unangenehmes Gefühl, das ich nicht abschütteln kann. »Hast du nicht?« Steffie lehnt sich vor, ihre Stimme scharf wie ein Messer. »Lukas, ehrlich. Du bist seit einer Woche komplett in deiner eigenen Welt. Manuel ist vielleicht schüchtern, verklemmt oder einfach nicht in der Lage, dir zu geben, was du brauchst – aber weißt du was? Die Welt dreht sich nicht nur um dich.« Die Worte treffen mich wie ein Schlag. Mein erster Reflex ist, mich zu wehren, etwas zu sagen, das beweisen würde, dass sie Unrecht hat. Aber mir fällt nichts ein. »Das ist unfair,« beginne ich, doch Steffie hebt die Hand und unterbricht mich. »Unfair?« Sie lacht bitter, ein kurzes, fast schmerzhaftes Lachen. »Weißt du, was unfair ist? Dass ich hier sitze, mir dein ewiges Gejammer anhöre, während ich selber so viel Stress habe, dass ich nachts nicht mal schlafen kann. Hast du dich jemals gefragt, wie es mir geht?« Ich öffne den Mund, aber kein Ton kommt heraus. »Ich stehe in drei Fächern auf der Kippe, Lukas. Drei!. Meine Mutter sitzt mir im Nacken, weil ich immer noch nicht weiß, was ich nach der Schule machen will. Und mit Andreas ist es auch nicht gerade rosig..«

Ihre Worte knallen wie ein Schlag in die Magengrube.

»Steffie, ich…«

»Weißt du was?« Sie steht auf, der Stuhl rutscht laut über den Boden. Alle im Café drehen sich um, aber das scheint sie nicht zu kümmern. »Ich brauche mal einen Break von uns. Ich hab genug eigene Probleme.« Ich sitze wie angewurzelt da, während sie ihre Jacke überwirft und in Richtung Tür geht. Als sie die Hand auf die Klinke legt, hält sie kurz inne und dreht sich noch einmal zu mir um.

»Du bist mein bester Freund, Lukas. Aber manchmal bist du so in deinem eigenen Kopf gefangen, dass du nicht merkst, was um dich herum passiert.« Sie seufzt, ihre Augen wirken müde, fast traurig.

»ich hoffe, Manuel findet irgendwann den Mut, ehrlich zu sich selbst zu sein. Aber bis dahin… solltest du vielleicht mal den Mut finden, auch an andere zu denken.« Dann öffnet sie die Tür, und der scharfe Klang der kleinen Glocke dringt durch das Café. Die Tür fällt hinter ihr ins Schloss, und das Geräusch fühlt sich viel zu endgültig an. Ich bleibe allein am Tisch zurück, meine Hände immer noch fest um meine Tasse gelegt. Ihre Worte hallen in meinem Kopf wider, und je länger ich darüber nachdenke, desto stärker wird das nagende Gefühl von Schuld. Sie hat recht. Nicht in allem, aber ein Stück weit schon. Ich habe so viel Zeit damit verbracht, Manuel verstehen zu wollen und mein eigenes Chaos zu sortieren, dass ich nicht bemerkt habe, wie sehr Steffie vielleicht jemanden gebraucht hätte, der ihr zuhört. Ein Kloß bildet sich in meinem Hals, während ich aus dem Fenster starre und sehe, wie sie im grauen Nieselregen verschwindet. Der Nachmittag fühlt sich plötzlich nicht mehr ruhig, sondern bedrückend still an.

12. September

Ich bin gerade dabei meine Wäsche aus der Waschmaschine zu ziehen als mein Handy in meiner Hose anfängt zu vibrieren. Ich ziehe meine Hände aus der Trommel, greife in meine Gesäßtasche und erblicke Manuels Namen auf dem Display. Ich atme tief ein und und nehme ab. »Hey«, sagt er, seine Stimme leise, fast unsicher. »Bevor du was sagst... Ich wollte mich entschuldigen. Für mein Verhalten neulich. Ich weiß nicht, was passiert ist. Irgendwie muss mir da eine Sicherung durchgebrannt sein. Es tut mir wirklich leid.« Ich presse die Lippen zusammen und versuche emotionslos zu wirken »Aha. Dir muss also eine Sicherung durchgebrannt sein?« wiederhole ich. »Das ist das, was du dazu zu sagen hast?«

»Ja, ich...« Er seufzt schwer. »Das ist alles neu für mich. Du weißt das. Ich meine... mit einem Mann...«

»Oh, du meinst das S-Wort?« unterbreche ich ihn scharf und rolle mit den Augen, obwohl er es nicht sehen kann. »Lieber Himmel, Manuel. Ich erwarte nicht von dir, dass du dich in irgendeiner Weise belabelst. Schwul, bi, whatever. Es geht nicht um Labels. Es geht um dein Commitment. ZU MIR. ZU UNS!« Es herrscht eine kurze Stille. Dann atmet er hörbar aus. »Was weiß ich, was ich bin, Lukas? Natürlich stehe ich zu uns. Aber du weißt doch, wie es hier ist. Wir sind umgeben von Standards und Traditionen. Seit Jahrhunderten. Und ich verstehe nicht, warum wir da jetzt so ein *Aufsehen* erregen sollen. Ich habe schon genug Stress.«

»Aufsehen?« Ich bleibe schlagartig stehen denn innerlich wurde gerade eine Bombe gezündet. »Wir leben im EINUNDZWANZIGS-

TEN JAHRHUNDERT!«

»Du verstehst mich nicht. Die Diskussion hatten wir doch schon!«, sagt er schnell. »Der Fußballverein, die Leute im Dorf, meine Eltern. Die kommen doch mit sowas nicht klar.«

Ich presse die Finger gegen meine Stirn, als könnte ich so den wachsenden Druck lindern. »Mit was nicht klar? Dass sich zwei Menschen lieben?«

»Zwei Männer, Lukas!« Seine Stimme wird lauter, dann fällt sie wieder ab. »Wir sind Exoten. Oder kennst du im Umkreis von zwanzig Kilometern noch ein anderes Paar?« Ich kann nicht anders, ich lache trocken. Es ist kein fröhliches Lachen, sondern eines, das all meine Enttäuschung ausdrückt. »Du kannst den Begriff nicht mal in den Mund nehmen! Schwul, Manuel. Homo!«

»Hör auf«, zischt er, als ob ich ein verbotenes Wort ausgesprochen hätte. »Warum? Weil es dich nervös macht? Oder weil du glaubst, dass das Wort eine Wahrheit bestätigt, die du nicht akzeptieren willst?« Ich merke, wie meine Stimme zittert, aber ich lasse es zu. »Das hier ist nicht nur neu für dich, okay? Für mich auch. Aber der Unterschied ist, dass ich dazu stehe. Ich stehe zu dir.« Er schweigt, und die Stille am anderen Ende der Leitung ist fast ohrenbetäubend.

»Weißt du, Manuel«, sage ich schließlich, ruhiger, aber nicht weniger ernst. »Ich will keine Geheimnisse. Kein Versteckspiel. Ich will jemanden, der zu mir steht, egal, ob wir Exoten sind oder nicht.«

»Es ist nicht so einfach«, murmelt er, aber es klingt hohl.

»Nein, einfach ist es nicht«, sage ich und nicke, obwohl er das nicht sehen kann. »Aber Liebe ist es wert, verdammt nochmal. Und wenn du das nicht siehst, Manuel, dann... dann weiß ich nicht, ob wir das hier schaffen.« Ich höre, wie er etwas sagen will, aber ich drücke den roten Button. Nicht, weil ich keinen Streit will, sondern weil ich weiß, dass er jetzt nachdenken muss. Und ich auch.

13. September

Ich liege schlecht gelaunt auf meinem Bett und starre ins Halbdunkel meiner Wohnung. Im Fernseher läuft irgendeine dämliche Kochshow, die mich nicht im Geringsten interessiert. Meine Gedanken sind längst woanders – bei Steffie, bei unserem Streit im Café, und natürlich bei Manuel. Immer wieder Manuel. Seit unserem letzten Kontakt ist wieder Funkstille. Ich spule das Gespräch in meinem Kopf immer wieder ab. Habe ich überreagiert? Ein schwerer Seufzer löst sich aus meiner Brust. Ich greife nach dem Kissen neben mir und drücke es fest an mich.

Auf einmal kracht etwas gegen meine Terassentür. Ich fahre erschrocken hoch. Mein Herz schlägt schneller, während ich langsam aufstehe und den Vorhang beiseiteschiebe.

Manuel.

Er steht draußen in der Dunkelheit, die Hände in den Taschen seiner Jacke, ein schiefes, fast verlegenes Lächeln auf den Lippen. Sein Gesicht ist leicht gerötet, und selbst im schwachen Licht sehe ich, dass er nicht ganz bei sich ist. Ich öffne die Tür, und die kühle Nachtluft weht mir entgegen. »Manu?« frage ich, meine Stirn in Falten gelegt. »Ich habe auch eine Klingel...«

Er grinst, fährt mit der Hand durch sein Haar und schwankt leicht auf mich zu. »Wir hatten Fußballfest im Verein«, sagt er, seine Worte undeutlich. »Und ich glaub, ich hatte ein Bier zu viel.

Auf dem Heimweg dachte ich... ich schau bei meinem heißen Bären vorbei.«

»Du bist in diesem Zustand mit dem Fahrrad unterwegs?«

Ich fahre ihn an, bevor ich mich zurückhalten kann.

»Was soll ich sagen? Ich bin ein Draufgänger«, antwortet er breit grinsend, während er an mir vorbei ins Wohnzimmer stolpert.

»Manuel, ernsthaft?«, murmele ich und schließe die Terrassentür. »Das ist nicht lustig.« Doch er hört nicht zu. Stattdessen lässt er seine Jacke achtlos auf den Boden fallen und dreht sich zu mir um. Bevor ich reagieren kann, zieht er mich in eine feste Umarmung. Sein Körper ist warm, und der vertraute Duft seines Parfums mischt sich mit der scharfen Note von Bier. Für einen Moment will ich einfach in dieser Umarmung bleiben, mich an ihm festhalten, so tun, als wäre alles okay. Doch dann spüre ich seine Hände. Sie gleiten meinen Rücken hinunter, bleiben an meiner Hüfte hängen, und er drückt mich enger an sich, viel enger, als es nötig ist.

»Manuel, warte mal«, sage ich, doch er lässt mich nicht ausreden. Seine Lippen finden meine, fordernd, ungeduldig, und ich schmecke den Alkohol auf seiner Zunge. Ich will mich wehren. Wirklich. Aber ein Teil von mir will das hier auch. Ich habe ihn so sehr vermisst, sein Lächeln, seine Wärme, seine Berührungen. Doch etwas an der Situation fühlt sich falsch an. Zu hastig, zu drängend, als würde er versuchen, etwas zu überdecken, anstatt sich mir wirklich zu öffnen.

»Manuel, warte«, sage ich erneut, diesmal fester, und lege meine

Hände auf seine Schultern, um ihn wegzuschieben.

Doch er lässt nicht locker. Seine Hände ziehen mein T-Shirt hoch, seine Lippen wandern zu meinem Hals.

»Ich hab dich so vermisst«, murmelt er, während seine Finger an meinem Hosenbund ziehen.

»Hör auf, Manuel«, sage ich laut, meine Stimme zittert vor Anspannung. Er ignoriert mich. Seine Hände sind überall, seine Bewegungen werden ungeduldiger, fast grob.

Ich schwanke zwischen Panik und Lust. Oh Gott, wie ich ihn vermisst habe... sein Geruch, wie er schmeckt und riecht. »Schatz... lang... sam...« Ich versuche, ihn zu beruhigen, doch stattdessen zieht er sich sein T-Shirt aus und zieht meins über meinen Kopf. Gefolgt von weiteren Küssen und Berührungen. Er ist völlig hemmungslos. Wir enden auf meinem Bett. »Du machst mich so heiß« stöhnt er in mein Ohr, während sein Hände mit der Sensibilität eines Metzgers meinen Körper massiert. Er greift an meinem halbsteifen Schwanz und reißt förmlich die Vorhaut nach unten. Ich zucke zusammen und schreie auf. Da dreht er mich ruckartig auf den Bauch, drückt mich in die Matratze und schlagartig kippt die Stimmung vollends. Im Augenwinkel sehe ich, wie er auf der Ablage nach einem Kondom fischt.

»Manuel... nicht!«

Ich versuche, mich mit aller Kraft abzustützen, aber er hat mich einfach zu fest im Griff. Irgendwann werde ich ruhig. Meine Hände zittern, aber ich starre einen Punkt an der gegenüberliegenden Wand meines Zimmers an, als könnte er mir Halt geben. Manuel liegt keuchend auf mir. Sein schwerer Atem streift meinen Nacken, während er meinen Rücken mit feuchten Küssen bedeckt. Der Raum ist stickig, erfüllt von einer Mischung aus seinem Parfüm, Schweiß und einer bitteren Note von Magensäure und Bierfahne. Ich höre wie er die Kondompackung aufreißt und sich einen Gummi über die harte Errektion stülpt. Ein tiefer Schmerz durchfährt meinen Unterleib, als er in mich eindringt. Ich presse meine Zähne zusammen und versuche zu Atmen. Um mich irgendwie abzulenken, fange ich an zu zählen. 1001... 1002... 1003... In der Grundschule hatte uns ein Lehrer mal erzählt, dass das Zählen mit »1000« zwischen den Zahlen eine perfekte Sekundeneinheit ergibt. Ich halte mich daran fest, zähle weiter um mich abzulenken. Die Sekunden fühlen sich endlos an. Sein Gewicht drückt schwer auf mich, seine Bewegungen sind träge und unbeholfen. Ich spüre jede einzelne von ihnen, während er keucht und stöhnt, als sei dies hier irgendein Akt der Leidenschaft.

Es dauert nicht lange, bis er zum Höhepunkt kommt.

Sein Körper spannt sich kurz an, bevor er wie ein nasser Sack von mir abrollt. Ich spüre die plötzliche Erleichterung von seinem Gewicht, aber ich kann mich trotzdem nicht rühren. Er bleibt neben mir keuchend liegen. Im Augenwinkel sehe ich, wie seine Jeans immer noch an seinen Füßen hängt, halb heruntergezogen, als hätte er es nicht einmal geschafft, sich vollständig auszuziehen. Ich bleibe regungslos. Mein Blick bleibt auf den Punkt an der Wand gerichtet, während die Sekunden in meinem Kopf weiter zählen. 1210... 1211...1212... Irgendwann zwinge ich mich dazu, aufzustehen. Meine Beine zittern noch leicht, aber ich schaffe es, ins Badezimmer zu humpeln. Ich schließe die Tür hinter mir und starre auf mein eigenes Spiegelbild. Mein Gesicht ist gerötet, die Augen geschwollen, meine Lippen zittern leicht. Es fühlt sich an, als hätte ich den Boden unter den

Füßen verloren. Wie ferngesteuert drehe ich die Dusche auf, lasse das Wasser heiß laufen und stelle mich darunter.

Das Wasser prasselt auf meinen Kopf, rinnt über meinen Körper, aber die Hitze lindert den Schmerz nicht. Vorsichtig taste ich mit einer Hand zwischen meine Pobacken, ein stechender Schmerz zieht durch meinen Körper. Es tut immer noch weh. Ich greife nach der Seife und beginne, mich einzuschäumen. Meine Hände gleiten über meine Haut, hektisch, fast verzweifelt. Ich will diesen Geruch loswerden, den Geruch von ihm. Irgendwann wird das Wasser kühler, und ich merke, dass ich unter der Dusche zittere, nicht nur vor Kälte, sondern auch vor den Gefühlen, die in mir toben. Als ich endlich das Badezimmer verlasse, fühle ich mich leer. Mechanisch trockne ich mich ab und schlinge mir meinen Hoodie um, ziehe die Kapuze tief ins Gesicht.

Ich gehe zurück in mein Zimmer und da liegt er. Manuel.

Tief schlafend auf meinem Bett, sein Gesicht entspannt, fast friedlich. Der Anblick zerreißt mich. Wie kann er schlafen, während ich hier stehe und mich fühle, als würde ich zerbrechen?

Tränen schießen mir in die Augen, unaufhaltsam. Ich wische sie grob mit einer Hand weg, aber sie kommen immer wieder, brennen auf meiner Haut. Ich drehe mich um, will ihn nicht mehr ansehen. Ich lasse mich auf mein Sofa fallen, ziehe die Kapuze noch weiter über meinen Kopf, bis sie mein Gesicht fast vollständig bedeckt, und drehe mich zur Rückenlehne. Mitten in der Nacht wecken mich Geräusche. Manuel ist aufgestanden. Ich höre, wie er sich unbeholfen anzieht, seine Bewegungen schwer und immer noch unsicher und mein Herz beginnt direkt schneller zu schlagen. Ich bin sofort hellwach, doch ich zwinge mich, still zu bleiben und halte meine Augen fest geschlossen. Er macht eine kurze Pause. Ich spüre förmlich, wie sein Blick auf mir ruht, wie er prüft, ob ich schlafe. Meine Atmung halte ich bewusst gleichmäßig, auch wenn mein Herz so laut pocht, dass ich Angst habe, er könnte es hören. Nach einer Weile höre ich seine Schritte, die sich zur Wohnungstür bewegen. Er hält kurz inne, dann ein leises Klicken, als er die Tür öffnet. Sekunden verstreichen, und schließlich fällt die Tür hinter ihm ins Schloss. Ich warte, bis ich das laute Klacken der schweren Haustür höre, das mir sagt, dass er endgültig gegangen ist. Erst dann stehe ich langsam auf, öffne vorsichtig meine Wohnungstür und spähe in den Flur hinaus. Leer. Er ist wirklich weg. Erleichterung mischt sich mit einer tiefen Leere, die sich in meiner Brust ausbreitet. Ich schließe die Tür wieder, lehne mich kurz dagegen, um meine Gedanken zu ordnen. Doch sie rasen wie ein Sturm, den ich nicht aufhalten kann.

Schließlich lasse ich mich zurück aufs Sofa fallen und ziehe die Decke bis weit über meinen Kopf. Erst jetzt, in der Stille und mit der Gewissheit, wirklich allein zu sein, finde ich endlich wieder Schlaf.

14. September

Ich wache auf, und mein ganzer Körper schmerzt. Mein Kopf dröhnt, meine Augen brennen, und meine Muskeln fühlen sich an, als hätte ich die Nacht über in einer verkrampften Position geschlafen – oder geweint. Ich stehe auf und blicke hinüber zu meinem Bett. Die zerwühlten Laken, die Kissen, die Decke, die immer noch seinen Geruch tragen... Es ist, als würde die gesamte Szenerie schreien: Er war hier. Und jetzt nicht mehr. Ich setze mich auf die Bettkante und starre eine Weile auf die bunte Bettwäsche. Die Erinnerungen an letzte Nacht kommen zurück, Stück für Stück. Wie konnte das nur so aus dem Ruder laufen?

Ich greife nach der Bettdecke, reiße sie förmlich weg und ziehe die Laken ab. Jedes Teil fliegt in einen chaotischen Haufen auf den Boden. Die Kissenbezüge folgen. Es fühlt sich an, als müsste ich die Spuren der Nacht auslöschen, sie fortspülen, bevor sie sich unauslöschlich in mein Gedächtnis brennen. Also sammle ich alles ein, stopfe es in die Waschmaschine und drücke auf Start.

Und dann breche ich zusammen.

Die Tränen kommen plötzlich und ohne Vorwarnung. Erst stumm, dann laut. Ich kralle mich mit beiden Händen in die Arbeitsplatte über der Waschmaschine und lasse es einfach geschehen. Ich weine, so wie ich lange nicht mehr geweint habe – aus einer Mischung aus Trauer, Enttäuschung und einer tiefen, bohrenden Leere.
Ich habe so viel für ihn empfunden, so viel Hoffnung in uns gesetzt. Und jetzt? Jetzt fühle ich nur noch Enttäuschung, Trauer und Ekel.
Ich weiß nicht, wie lange ich dort stehe und unter Tränen nach Luft

schnappe. Minuten? Eine Stunde? Irgendwann löse ich mich, gehe ins Badezimmer und lasse mir kaltes Wasser über mein Gesicht laufen. Zurück in meinem Zimmer ziehe ich wahllos einen schwarzen Rollkragenpulli aus dem Schrank und eine Jeans. Die Kleidung fühlt sich schwer an, fast wie eine Schutzschicht, die ich dringend brauche. Ich lasse mich an den Küchentisch sinken und starre die Kaffeetasse an, die noch von gestern Abend dort steht. Sie ist leer, genau wie ich mich fühle. Ich muss hier raus. Die Wohnung erstickt mich – alles ist mit Erinnerungen an ihn durchtränkt. Der Gedanke, noch eine weitere Minute hier zu verbringen, macht mich wahnsinnig. Aber wohin soll ich gehen?

Steffie? Nein. Nicht nach dem Streit. Sie hat recht gehabt, als sie gesagt hat, ich ziehe andere immer in meine Probleme hinein. Und ich will nicht, dass sie wieder diejenige ist, die mich aufbaut. Nicht nach dem, was ich ihr im Café zugemutet habe.

Ich sehe mein Handy auf dem Tisch liegen. Mein Blick bleibt auf einem Kontakt hängen: Christian. Er hat mir bei unserem letzten Aufeinandertreffen angeboten, dass ich ihn jederzeit anrufen kann, wenn ich Probleme habe. Damals habe ich gelacht, dachte, ich würde so etwas nie tun. Aber jetzt?

Ich hebe das Handy auf, starre auf das Display. Mein Finger schwebt über seinem Namen. Mein Herz schlägt schneller, und Scham kriecht in mir hoch. Soll ich wirklich? Noch jemanden in mein Chaos hineinziehen? Christian hat sein eigenes Leben, seine eigenen Sorgen. Warum sollte ich ihm meine aufbürden? Ich lege das Handy wieder hin. Stehe auf. Laufe auf und ab. Es ist, als würde ich mit mir selbst kämpfen. Schließlich greife ich wieder zum Handy und drücke auf seinen Namen, bevor ich es mir noch anders überlegen kann. Es klingelt. Mein Herz hämmert in meiner Brust. Ich habe Angst, dass er nicht rangeht, aber auch, dass er es tut.

»Lukas?«

Seine Stimme klingt überrascht, und ich schlucke schwer, kämpfe gegen den Kloß in meinem Hals.

»Ich weiß, dass das jetzt etwas spontan kommt«, sage ich leise, meine Stimme zittert. »Aber du hast mir mal angeboten, dass ich dich anrufen kann, wenn ich Probleme habe. Gilt das noch?«

Eine kurze Stille am anderen Ende. Dann sagt er mit einer Sanftheit, die mir Tränen in die Augen treibt:

»Natürlich gilt das. Wo bist du? Soll ich dich holen?«

»Nein«, antworte ich hastig. »Ich möchte dir keine Umstände machen. Aber... könnten wir uns vielleicht sehen? Oder... könnte ich für zwei Tage bei dir bleiben?«

Es fällt mir schwer, die Worte auszusprechen. Ich schäme mich. Schon wieder bin ich derjenige, der Hilfe braucht. »Natürlich«, sagt er. Kein Zögern. Keine Fragen. »Komm vorbei, wann du willst. Ich schicke dir meine Adresse per SMS«

»Danke«, flüstere ich. Ich lege auf, sinke zurück auf den Stuhl und lasse den Kopf in meine Hände fallen. Erleichterung mischt sich mit Scham, und ich frage mich, wie ich immer wieder in solche Situationen gerate. Aber ich habe keine Wahl. Ich kann das alles nicht allein tragen. Ich rapple mich auf und fange an, eine Tasche zu packen. Vielleicht, denke ich, während ich ein paar T-Shirts, Hoodies, Unterwäsche, etc. und eine Hose einpacke, vielleicht ist das der erste Schritt. Um einfach mal Luft zu holen. Um wieder atmen zu können.

Der Regen prasselt monoton auf die Windschutzscheibe meines alten Opel Corsa, während ich die rechte Spur der Autobahn entlangfahre. Die Scheibenwischer quietschen leicht, und der Wagen summt in seinem typischen, leicht überanstrengten Ton. Der Himmel ist grau, und der Nieselregen verschluckt jede Aussicht. Die Welt da draußen fühlt sich genauso leer und schwer an wie ich selbst. Meine Hände umklammern das Lenkrad, die Finger so fest, dass sie weiß werden. Mein Herz schlägt immer noch unruhig, seit ich die Wohnung hinter mir gelassen habe.

Das Display meines Handys, das in der Halterung steckt, blinkt auf. Ich atme tief durch und greife zögernd nach der Freisprechanlage. Es muss sein. Ich kann nicht einfach verschwinden, ohne Bescheid zu sagen. Mit einem mulmigen Gefühl wähle ich die Nummer von Annelies, der Besitzerin des »Süßen Löchle«. Es klingelt nur zweimal, dann meldet sie sich. »Lukas? Grüß dich, Bu, was gibt's?« Ihre Stimme ist warm, vertraut. »Hallo, Annelies«, beginne ich und merke, wie meine Stimme bricht. Ich räuspere mich und versuche es noch einmal. »Ich... ich wollte fragen, ob es möglich wäre, dass ich ein paar Tage frei bekomme. So spontan.« Am anderen Ende herrscht einen Moment lang Stille. Dann fragt sie, mit einem Anflug von Besorgnis in der Stimme: »Lukas, des isch ja net grad wie du. Was isch los?« Ich schlucke schwer, der Kloß in meinem Hals fühlt sich an wie ein Felsbrocken. »Es... es sind private Dinge«, sage ich leise. Meine Hände zittern leicht auf dem Lenkrad, und ich zwinge mich, weiterzusprechen. »Ich kann die nächsten Schichten nicht übernehmen. Ich... ich brauche ein paar Tage.« Annelies bleibt kurz ruhig, dann höre ich sie leise seufzen. »Lukas, du bisch e ehrlicher Mensch. Wenn du so fragst, isch sicher was Ernsthaftes. Natürlich kriegsch dei vier Tage. Isch gar kei Frag', Bue. Aber jetzt sag mol ehrlich, bisch okä?«

»Ja«, lüge ich, und meine Stimme zittert dabei so offensichtlich, dass ich es selbst kaum glauben kann. »Lukas«, sagt sie sanft, »du bisch net okä. Des hör ich doch. Willscht drüber rede, oder brauchsch du einfach Zeit?« Ich schüttele unbewusst den Kopf, obwohl sie das natürlich nicht sehen kann. »Ich muss es selbst sortieren«, flüstere ich.

»Isch gut«, sagt sie schließlich. »Aber pass uf dich uf, gell? Wenn was isch, dann meldsch dich.« Sie klingt besorgt, aber nicht drängend, und das bringt mich fast zum Weinen. »Danke, Annelies«, bringe ich gerade so hervor. »Komm wieder zurück, wenn d' soweit bisch«, sagt sie warm. »Des Café steht au ohne dich vier Tag', aber wir braucha dich wieder heil, verstehsch?«

»Ich... danke«, wiederhole ich, bevor ich schnell auflege, aus Angst, dass meine Fassade endgültig bröckelt. Ich starre einen Moment lang auf das Handy, die Straße vor mir verschwimmt leicht, und ich muss mich konzentrieren, um nicht die Spur zu verlieren. Der Kloß in meinem Hals wird nicht kleiner, aber Annelies' Worte klingen noch in meinem Kopf nach.

»Des Café steht au ohne dich vier Tag'.«

Vier Tage. Ein seltsam konkreter Zeitraum für etwas, das sich gerade endlos anfühlt. Vielleicht bin ich in vier Tagen immer noch ein einziger Scherbenhaufen. Oder... vielleicht hab ich bis dahin einen Weg gefunden, wie ich mich wieder zusammensetze. Nicht ganz. Aber genug, um weiterzumachen. Ich weiß es nicht. Aber ich will es glauben.

Ich suche Christians Namen auf den Klingelschildern, drücke auf den Knopf, und sofort brummt der Türöffner. Als ich die Haustür aufstoße und die Treppe hinaufsteige, geht oben schon eine Tür auf. Christian steht im Rahmen. Seine dunklen Haare sind leicht zerzaust, er trägt eine graue Jogginghose und ein schwarzes T-Shirt.

»Hey«, sagt er leise – so, als würde er genau spüren, wie zerbrechlich ich mich gerade fühle. »Komm rein.« Ich trete ein, die Weekender-Tasche über der Schulter, und bleibe für einen Moment stehen. Die Wohnung überrascht mich. Sie ist heller, aufgeräumter – irgendwie anders, als ich es von einer typischen Studentenbude erwartet hätte. Ein leichter Zitronenduft liegt in der Luft, als hätte vorhin jemand geputzt oder eine Kerze angezündet. Christians Wohnung fühlt sich sofort warm an. Einladend. Fast so, als würde sie sagen: Du bist genau richtig hier. Im Wohnzimmer fällt mein Blick auf eine riesige Couch, bezogen mit dunkelgrünem Cord. Sie sieht so einladend aus, dass ich am liebsten sofort darauf zusammenbrechen würde. An der Wand hängen Schwarz-Weiß-Fotografien, die ich sofort erkenne. »Sind das... Bilder von Mapplethorpe?«, frage ich, meine Stimme klingt rau, als hätte ich den ganzen Tag nicht gesprochen. Christian nickt, während er meine Tasche nimmt und sie beiseite stellt.

»Ja. Ich habe vor ein paar Jahren eine Ausstellung von ihm im Fotografiska in Stockholm gesehen. Die Motive haben mich damals sofort begeistert. Seine Arbeit mit Licht und Schatten ist einzigartig, findest du nicht?«

»Ja«, murmle ich, mein Blick bleibt an einem der Bilder hängen – eine Nahaufnahme von David Bowie, seine Gesichtszüge markant und doch weich. »Das ist Bowie!?«

»Genau«, sagt Christian und geht ins Wohnzimmer, deutet auf das Sofa. »Setz dich. Ich mache uns erst mal einen Tee.« Ich folge ihm langsam, lasse mich auf die Couch sinken. Der Stoff ist weich und fühlt sich unter meinen Fingern fast beruhigend an. Zum ersten Mal seit Stunden merke ich, wie sich meine Anspannung löst. Ich lehne mich zurück und schließe die Augen, während ich höre, wie Christian in der Küche klappert. Er kommt kurz darauf mit zwei dampfenden Tassen zurück und stellt eine vor mir ab. »Kamille«, sagt er, während er sich selbst auf die andere Seite der Couch setzt.

»Keine Geschmacksexplosion, aber hilft manchmal.«

»Danke«, murmle ich und greife nach der Tasse. Christian mustert mich einen Moment, seine Stirn leicht in Falten gelegt. »Du musst nicht erzählen, was passiert ist«, sagt er schließlich. »Aber wenn du willst, ich bin da.« Ich nicke langsam, sage aber nichts. Ich wüßte auch nicht, wo ich anfangen soll und um ehrlich zu sein bin ich in dieser Minute auch viel zu Müde um über mich zu sprechen. Ich bin es einfach Leid. »Du kannst übrigens mein Bett haben«, sagt er plötzlich und durchbricht die Stille. »Ich muss sowieso bis spät lernen und schlafe meistens eh auf der Couch ein.«

»Was? Das geht nicht!«, protestiere ich. »Ich kann dir doch nicht dein Bett wegnehmen.«

»Doch, kannst du«, sagt er entschieden. »Keine Diskussion.« Ich will noch etwas erwidern, aber die Erschöpfung holt mich ein. Ich lasse mich tiefer in die Couch sinken und schließe die Augen für einen Moment. »Danke«, flüstere ich schließlich. »Lukas«, sagt Christian leise. »Du siehst aus, als läge die ganze Welt auf deinen Schultern. Egal, was passiert ist, du bist hier. Das ist ein guter Anfang.« Seine

Worte treffen mich, und ein Kloß bildet sich in meinem Hals. Ich nicke, unfähig, ihm in die Augen zu sehen, während ich an meiner Tasse nippe. »Magst du ein bisschen Musik?« fragt er nach einer Weile und steht auf, geht zu einem Regal voller Schallplatten. »Warum nicht«, sage ich, meine Stimme bricht fast, aber es fühlt sich trotzdem besser an, etwas zu sagen. Er legt eine Platte auf und kurz darauf füllt leise Jazz die Luft. Es ist beruhigend, fast hypnotisch.

»Du musst hier nicht alles auf einmal lösen«, sagt Christian, als er sich wieder setzt. »Manchmal reicht es, einfach mal durchzuatmen.« Ich nicke erneut und sehe ihn an. Seine Augen strahlen diese Ruhe aus, die mir fehlt, und zum ersten Mal seit Stunden spüre ich, dass ich vielleicht genau am richtigen Ort bin.

15. September

Als ich aus Christians Schlafzimmer stolpere, ist die Wohnung still. Die schweren Vorhänge im Wohnzimmer lassen nur gedämpftes Licht hindurch, und ich brauche einen Moment, um mich zu orientieren. Mein Kopf fühlt sich leicht an, als hätte die Nacht einen Teil meiner Anspannung weggewaschen, aber in meiner Brust sitzt immer noch diese Schwere. In der Küche finde ich eine kleine Notiz auf dem Tisch, neben einem Set Wohnungsschlüssel. Christians Handschrift ist akkurat und schräg, wie er selbst – ein bisschen zu ordentlich und doch irgendwie charmant.

»Guten Morgen, Lukas. Ich musste zur Uni, bin aber gegen 18 Uhr wieder da. Mach es dir gemütlich. Die Stadt tut dir sicher gut. LG, Christian.«

Ich lege die Notiz zurück auf den Tisch und schnappe mir die Schlüssel. Mein Blick wandert zum Fenster. Freiburg liegt unter einem grauen Nebel, der die Konturen der Stadt weichzeichnet. Die Straßen scheinen still, aber lebendig genug, um mich neugierig zu machen. Ich ziehe mich an, nichts Besonderes – Jeans, Pullover, Jacke – und mache mich auf den Weg. Die frische Luft begrüßt mich mit einem Hauch von Feuchtigkeit, und ich lasse mich einfach treiben. Ich lande im UC Café, angezogen von den großen Fenstern, durch die ich die vorbeilaufenden Menschen beobachten kann. Drinnen ist es warm, die Luft riecht nach frisch gebrühtem Kaffee und Croissants. Ich bestelle einen Cappuccino und ein Stück Butterbrioche, das gerade genug ist, um meinen Magen zu beruhigen.

Während ich meinen Kaffee trinke, beobachte ich die Menschen, die draußen vorbeigehen. Ein Pärchen, Arm in Arm, lacht über irgendetwas, das ich nicht hören kann. Eine Frau schiebt einen Kinderwagen, ihre Augen wirken müde, aber liebevoll. Ein junger Mann rennt mit einem Kaffeebecher in der Hand zur Straßenbahn, sein Schal flattert hinter ihm her. Ich frage mich, ob die Menschen dort draußen genauso zerbrechlich sind wie ich gerade. Ob sie auch irgendwo eine Geschichte tragen, die sie für sich behalten. Der Gedanke beruhigt mich seltsamerweise – das Gefühl, nicht der Einzige zu sein, der sich manchmal verloren fühlt.

Nach dem Frühstück schlendere ich weiter durch die Straßen und finde mich irgendwann in Jos Fritz Buchhandlung wieder. Der Duft von Papier und Tinte umfängt mich, und ich atme tief ein. Es gibt wenige Orte, die mich so beruhigen wie Buchläden. Sie fühlen sich an wie eine kleine Flucht aus der Realität, ein Ort, an dem ich für eine Weile vergessen kann, was draußen vor sich geht. Ich streife durch die Regale, lasse meine Finger über die Buchrücken gleiten und ziehe gelegentlich eines heraus. Ich blättere durch Romane, Sachbücher, Bildbände. Jedes Buch scheint eine Geschichte zu versprechen, die größer ist als meine eigene. In der Ecke finde ich ein kleines Buch über einfache Fischrezepte. Ich blättere darin und denke an Christian. Ein Gedanke formt sich in meinem Kopf: Vielleicht kann ich etwas für ihn tun, ihm ein Abendessen kochen, um mich zu bedanken. Ich zücke mein Handy, fotografiere die Seite mit dem Rezept und mache mich auf den Weg in die Markthalle. Der Duft von frischen Kräutern, Gewürzen und geröstetem Kaffee schlägt mir entgegen, als ich eintrete. Die Stände sind voll mit buntem Gemüse, glänzenden Früchten und duftendem Brot. Ich kaufe tonnenweise Gemüse – Karotten, Zucchini, Paprika, Fenchel – einfach alles, was frisch aussieht und gut riecht. Dann entdecke ich an einem kleinen Stand zwei wunderschöne Forellen, silbern glänzend und frisch aus dem Wasser.

»Die nehme ich«, sage ich zu der Verkäuferin, die mir direkt ein freundliches Lächeln zuwirft. Mit vollen Taschen mache ich mich schließlich auf den Heimweg. Die Schwere in meiner Brust ist immer noch da, aber sie fühlt sich leichter an. Vielleicht liegt es an den kleinen Momenten, die ich mir heute geschenkt habe. Vielleicht an dem Gedanken, dass ich heute Abend etwas für Christian tun kann, um ihm zu zeigen, wie viel mir seine Unterstützung bedeutet. Als ich die Wohnung wieder betrete, ist die Stille nicht mehr so beklemmend wie zuvor. Ich verstaue die Einkäufe in der Küche und stelle mir vor, wie der Abend sein wird – die Wärme des Essens, das leise Gespräch, vielleicht ein bisschen Musik im Hintergrund. Es ist nicht viel, aber es fühlt sich wie ein Schritt in die richtige Richtung an. Die Küche duftet nach gebratenem Fenchel, Knoblauch und Zitrone. Der Dampf steigt aus der Pfanne auf, in der die beiden Forellen langsam in Olivenöl brutzeln. Ich bin gerade dabei, die Karotten für das Gemüsebeet anzurichten, als ich die Tür höre. Christians Schlüssel dreht sich im Schloss, und einen Moment später höre ich, wie er seine Tasche ablegt.

»Lukas?« ruft er aus dem Flur, und seine Stimme klingt überrascht.

»In der Küche!« antworte ich, während ich schnell die letzten Zucchinischeiben an ihren Platz schiebe. Er taucht in der Tür auf, immer noch in seiner Unikleidung, die Jacke halb geöffnet, die Haare leicht zerzaust. Als er die Szenerie erfasst – mich inmitten von dampfenden Töpfen, einem Berg von Gemüse und einer Pfanne mit Forellen – bleiben seine Augen an mir hängen.

»Oh wow«, sagt er und lehnt sich gegen den Türrahmen.

»Weißt du, wann diese Küche das letzte Mal jemand benutzt hat?«

Ich drehe mich zu ihm um und grinse, während ich eine Prise Salz über das Gemüse streue. »Und wie ernährst du dich dann bitte?«

»Bestellungen. Tiefkühlpizza. Vielleicht mal ein Salat, wenn ich mich fancy fühle.« Er zuckt die Schultern und kommt näher, sein Blick wandert über die Arbeitsplatte. »Das hier sieht... beeindruckend aus.«

»Ich dachte, ich mache uns was Frisches«, sage ich und wende eine der Forellen in der Pfanne. »Als Dankeschön, dass ich hier sein darf.« Christian lächelt, dieses weiche, echte Lächeln, das er immer hat, wenn er jemanden aufmuntern will. »Lukas, du musst mir nicht danken. Aber ich beschwere mich sicher nicht, wenn ich so empfangen werde.«

»Setz dich«, sage ich und deute mit dem Kochlöffel auf den kleinen Tisch am Fenster. »Das Essen ist gleich fertig.«

Er zieht sich die Jacke aus, hängt sie über die Stuhllehne und setzt sich, stützt den Kopf auf eine Hand. »Das ist wirklich nett von dir. Aber ernsthaft, wie hast du das alles hierher geschleppt? Ich hätte dir geholfen.«

»Ich bin groß genug, um Gemüse zu tragen«, antworte ich trocken, und er lacht leise. Ich richte die Teller an – die Forellen glänzen perfekt, das Gemüse leuchtet in allen Farben – und stelle sie auf den Tisch. Christian betrachtet das Essen einen Moment lang, bevor er den ersten Bissen nimmt. »Das ist... unglaublich«, sagt er mit vollem Mund. »Lukas, ich glaube, ich will dich nicht mehr gehen lassen. Koch für mich, und du kannst für immer hier wohnen.«

Ich lache, auch wenn es ein bisschen heiser klingt. Der Tag war anstrengend, und die Gedanken an Manuel sind nie ganz verschwunden. Aber in diesem Moment, mit Christian am Tisch, der mein Essen genießt, fühlt sich alles ein kleines bisschen besser an.

»Danke«, sage ich schließlich leise.

Christian sieht auf, kaut langsam und mustert mich mit einem prüfenden Blick. »Danke wofür?«

»Für das hier«, sage ich und mache eine vage Geste, die die Wohnung, das Essen und alles dazwischen umfasst. »Ich glaube, das war genau das, was ich gebraucht habe.«

Er nickt, seine Augen warm. »Manchmal braucht man einfach jemanden, der für einen da ist. Und manchmal hilft gutes Essen.«

Ich hebe mein Glas – Wasser, aber es fühlt sich trotzdem feierlich an – und sage: »Auf beides.«

»Auf beides«, stimmt er zu, und für den Rest des Abends reden wir über nichts, was weh tut.

16. September

Als ich aufwache, ist das Zimmer still. Das erste Licht des Tages fällt durch die Vorhänge. Ich habe zum ersten Mal wieder richtig tief durchgeschlafen. Entspannt greife ich nach meinem Handy, das auf dem Nachttisch liegt. Sofort sticht mir die Zahl ins Auge: sieben verpasste Anrufe. Mein Herz zieht sich zusammen, und meine Kehle wird trocken. Es sind alles Anrufe von Manuel.

Ich öffne die Nachrichten-App und sehe eine Flut von SMS.

Sofort bildet sich ein flaues Gefühl in meinem Magen.

»Wo bist du? Ich stand gerade vor deiner Haustür und habe geklingelt. Es brennt auch kein Licht!«

»SCHATZ! Wo bist du??

»Es tut mir leid!! MELDE DICH!!«

Die Nachrichten gehen weiter, immer drängender, immer flehender. Meine Finger zittern, als ich das Handy wieder ablegen will, aber ich schaffe es nicht. Die Worte auf dem Bildschirm brennen sich in meinen Kopf. Es fühlt sich an, als wäre ich wieder in dieser Nacht, als alles eskalierte. Als er betrunken und unkontrollierbar war.

Der Kloß in meiner Kehle wird größer, und ich zwinge mich, tief durchzuatmen. Langsam stehe ich auf und ziehe mir eine Jogginghose und ein T-Shirt über. Als ich die Tür zum Schlafzimmer öffne, schlägt mir der warme Duft von frisch gebrühtem Kaffee entgegen. In der Küche finde ich Christian. Er steht am Herd, rührt in einer kleinen Pfanne mit Rührei herum und trägt nur Boxershorts und ein altes, leicht zu enges T-Shirt. Er sieht entspannt und gleichzeitig unglaublich sexy aus, so mühelos, dass ich fast lächeln muss.

Als er mich sieht, strahlt er mich an.

»Good morning, sunshine! Wie haben wir geschlafen?« Seine Stimme ist fröhlich, unbeschwert, aber als er genauer hinschaut, verdunkelt sich sein Ausdruck. Ich sage nichts, gehe langsam zum Küchentisch und lasse mich auf einen Stuhl fallen. Mein Handy lege ich offen vor mich hin, die Nachrichten noch auf dem Bildschirm. Christian kommt näher, stellt die Pfanne zur Seite und nimmt das Handy in die Hand. Ich sehe, wie seine Augen die Nachrichten überfliegen, wie sich seine Kiefermuskeln anspannen. Er legt das Handy auf den Tisch und setzt sich mir gegenüber. Seine Hände greifen nach meinen, und sein Blick bohrt sich in meinen, warm, aber auch fordernd.

»Magst du mir jetzt endlich erzählen, was passiert ist?« fragt er leise, aber mit einer Entschlossenheit, die ich nicht ignorieren kann. Die Worte brechen aus mir heraus, bevor ich sie zurückhalten kann. »Vor kurzem…nachts…«, beginne ich, meine Stimme bricht. Meine Hände zittern, und ich sehe, wie Christian seine Daumen beruhigend über meine Finger streichen lässt. »Er kam vorbei, betrunken. Und ich dachte... ich dachte, es wäre schön, ihn zu sehen. Aber er war... anders.« Ich schlucke schwer, kämpfe gegen die Tränen, aber sie kommen trotzdem. Die Bilder der Nacht fluten zurück: seine drängenden Küsse, seine Hände, die ich nicht aufhalten konnte, der Moment, in dem ich versucht habe mich aus seinem Griff zu befreien.

»Er hat mich nicht in Ruhe gelassen«, flüstere ich schließlich und schaue auf den Tisch, unfähig, Christian anzusehen.

»Er war so... grob. Und ich habe ihn versucht wegzudrücken, aber er hat einfach nicht verstanden...er war ein völlig anderer Mensch.« Meine Stimme versagt. Christian zieht seine Hände zurück, steht abrupt auf und geht zum Fenster. Ich sehe, wie er tief einatmet, seine Hände zu Fäusten geballt. »Dieser verdammte...«

Seine Stimme ist kaum mehr als ein Knurren.

»Er hat dich... er hat dich bedrängt? Er hat dich angefasst, obwohl du nein gesagt hast?« Ich nicke schwach, unfähig noch weitere Sätze zu formulieren. »Das ist nicht okay, Lukas. Nicht. Okay. Das war ein Übergriff. Du musst ihn anzeigen! Ganz klarer Fall.« In Christians Augen lodert pure Wut.

»Nein«, sage ich schnell und schüttle den Kopf. Die Vorstellung, alles öffentlich zu machen, lässt mir das Blut in den Adern gefrieren. »Ich will das nicht. Bitte, Christian.« Er sieht mich an, und ich sehe, wie sein Zorn und seine Sorge miteinander ringen.

Schließlich setzt er sich wieder neben mich.

»Lukas, ich kann das nicht einfach so stehen lassen. Und du solltest das auch nicht.« Ich schüttle kaum merklich den Kopf, presse die Hände gegen mein Gesicht. »Ich kann das gerade nicht. Und es ist mein Kampf. Und ich entscheide, wie ich ihn führe.« Meine Stimme Dann legt er seine Hand auf meine. Warm. Ruhig. Er streicht mit dem Daumen über meinen Handrücken, und irgendetwas in mir will sich an dieser Berührung festhalten. »Dann lassen wir's fürs Erste, okay?« Seine Stimme ist leise, aber jeder Ton sitzt. »Aber versprich mir, dass du das nicht in dir vergräbst. Du darfst das nicht mit dir allein ausmachen. Es war nicht deine Schuld. Nie.«

Seine Worte gehen tiefer, als mir lieb ist.

Nicht weil sie falsch sind – sondern weil sie zu nah kommen. Ich nicke langsam. Stumm. Fast mechanisch. Ich weiß, dass er recht hat. Natürlich weiß ich das. Aber das macht es nicht einfacher. Nicht jetzt. Nicht in dem Moment, wo jeder Gedanke an damals brennt, als würde die Zeit keine Wunde, sondern nur Narben ohne Heilung hinterlassen. Nicht, solange Manuel noch überall ist – in meinen Erinnerungen, in meiner Wohnung, in dem leeren Platz neben mir im Bett.

17. September

Die Fahrt zurück nach Hause fühlt sich seltsam an, als würde ein Tribunal auf mich warten. Christians Abschied war herzlich und entspannt, ohne große Worte, aber voller Unterstützung.

»Meld dich, wenn irgendwas ist«, hatte er gesagt, bevor ich in meinen alten Opel Corsa gestiegen bin. Seine Worte hallen noch in meinem Kopf nach, während ich den Schlüssel in die Wohnungstür stecke und sie öffne.

Die Wohnung wirkt kühl und ein wenig fremd, als hätte sie sich in meiner Abwesenheit verändert. Ich lasse meine Tasche im Flur stehen, ziehe die Vorhänge zurück und öffne die Terrassentür. Die frische Luft strömt herein, und mit ihr ein Hauch von Herbst. Ich atme tief ein und schließe kurz die Augen, lasse den Moment einfach auf mich wirken. Ein Geräusch im Flur lässt mich aufschrecken. Als ich mich umdrehe, steht mein Vater in der Tür, eine große Schachtel in seinen Händen. Sein Gesicht ist regungslos, aber seine Augen sind besorgt neugierig.

»Das wurde für dich abgegeben«, sagt er und streckt mir die Schachtel entgegen.»Danke«, sage ich, nehme sie an mich und stelle sie auf den Küchentisch. Mein Vater bleibt stehen, seine Hände in den Taschen, und mustert mich einen Moment, bevor er leise sagt:

»... hattest du Probleme mit deinem... Freund?«

Die Frage trifft mich unerwartet. Ich blinzle überrascht und starre ihn an. »Wie kommst du darauf?« Er hebt eine Augenbraue und schnaubt leise. »Nun ja, in den letzten drei Tagen vernahm ich verstärkt nächtliche Anschleichversuche auf deine Terrasse in Kombination mit Dauerklingeln an der Haustür.« Mein Herz rutscht in die Hose, und ich blicke schnell zu Boden, als er weiterspricht.

»Das letzte Mal, als sich der junge Mann entschloss, den Hintereingang zu nehmen, muss er alkoholisiert gewesen sein. Er trampelte leider das halbe Begonienbeet nieder.« Ich schließe die Augen und massiere meine Schläfen. Peinlich berührt murmle ich:

»Oh... das tut mir leid. Wird nicht wieder vorkommen.«

Mein Vater bleibt einen Moment stumm, dann seufzt er tief. »Lukas«, sagt er, und seine Stimme ist jetzt weicher, fast sanft. »Du bist mein Sohn. Und ich bin unendlich stolz auf dich. Du siehst in Menschen immer nur das Gute. Und das ist eine Stärke, keine Schwäche.« Ich hebe den Kopf und sehe ihn an, spüre die Wärme in seinen Worten, die sich in mir ausbreitet. Er fährt fort: »Aber wenn diese Person nicht mehr verdient hat, dich zu sehen – wenn sie deine Güte ausnutzt oder dich verletzt – dann hat das gute Gründe. Und du musst niemandem hinterherlaufen, der dir nicht dasselbe gibt, was du ihm gibst.«

Ich schlucke schwer. Mein Vater legt eine Hand auf meine Schulter, drückt sie leicht. »Ich kenne nicht die ganze Geschichte, und du musst sie mir auch nicht erzählen. Aber ich weiß, dass du stark genug bist, die richtigen Entscheidungen zu treffen.«

Ich nicke langsam, unfähig, die richtigen Worte zu finden. Mein Vater lächelt schwach und klopft mir auf die Schulter, bevor er sich umdreht und zur Tür geht. »Und Lukas«, sagt er, ohne sich umzudrehen. »Vielleicht sollten wir das Begonienbeet neu anlegen. Ich helfe dir dabei.« Ich lächle zum ersten Mal an diesem Tag, ein kleines, echtes Lächeln. »Danke, Papa.«

Er nickt nur und verschwindet wieder im Flur. Ich bleibe allein in der Küche, die Schachtel noch immer ungeöffnet auf dem Tisch. Einen Moment lang sitze ich einfach da, die Worte meines Vaters hallen in meinem Kopf nach. Dann ziehe ich die Schachtel zu mir heran und öffne sie langsam. Ein süßer, vertrauter Duft steigt mir in die Nase, und ich muss unwillkürlich lächeln. In der Schachtel liegt eine Linzer Torte. Herzförmig. Die Ränder perfekt verziert, und die Marmelade in der Mitte leuchtet wie ein kleines rotes Juwel im Licht. Daneben liegt ein Brief, sauber gefaltet. Mein Herz schlägt schneller, als ich das Papier aufschlage und Annelies' vertraute Handschrift sehe.

»Lieber Lukas, ich hoffe, dass es dir bald wieder besser geht. Wir vermissen dich hier – die Gäste fragen schon nach ihrem Lieblingsbaris-

ta. Mach dir keinen Kopf, nimm dir alle Zeit, die du brauchst. Aber vergiss nicht: Egal, was los ist, du hast immer ein Zuhause im ‚Süßen Löchle‘. Diese Torte soll dir zeigen, dass du nicht allein bist. Manchmal hilft ein bisschen Süßes gegen die Bitterkeit, die das Leben einem serviert. Und wenn nicht, dann ruf mich einfach an.
Liebes Grüßle, Deine Annelies.«

Ich halte den Brief in der Hand und starre auf die Worte. Es ist so typisch Annelies – direkt, warmherzig. Mein Blick fällt zurück auf die Torte, die Herzform fast ein wenig zu viel, aber gleichzeitig genau das, was ich gerade brauche. Ein Zeichen dafür, dass es Menschen gibt, die sich um mich kümmern, selbst wenn ich nicht darum bitte. Ich schneide ein kleines Stück ab, nehme eine Gabel und setze mich an den Tisch. Der erste Bissen ist süß, krümelig, ein wenig klebrig – und irgendwie tröstlich.

»Oh Gott.. ist das guuuut«... stöhne ich laut.

Während ich kaue, denke ich an Annelies’ Worte. Ich habe ein Zuhause im »Süßen Löchle«. Das zu wissen, fühlt sich an wie eine kleine Umarmung inmitten all des Chaos, das gerade mein Leben bestimmt. Vielleicht, denke ich, während ich den nächsten Bissen nehme, wird alles irgendwann wieder gut. Vielleicht nicht sofort, aber irgendwann. Und bis dahin? Bis dahin gibt es Linzer Torte.

25. September

Tage sind vergangen, und die Abschlussfeier meiner Fachhochschulreife steht an. Ich sitze in der Aula, umgeben von meinen Mitschülerinnen und Mitschülern, die alle unterschiedlich nervös oder euphorisch wirken. Die Reden sind langatmig, aber ich höre nur mit halbem Ohr zu. Meine Gedanken wandern zurück über das letzte Jahr – die Herausforderungen, die Momente voller Zweifel, die Situationen, in denen ich dachte, ich schaffe es nicht. Dieses Mal bin ich nicht Klassenbester geworden. Mein Zeugnis ist *okay*, aber in Mathe hat es nur zu einem »Mangelhaft« gereicht. Seltsam, wie dieses Wort sich jetzt so leicht sagen lässt. Ein Mangel. Etwas, das nicht genug ist. Genau wie meine Beziehung zu Manuel – immer ein bisschen zu wenig von dem, was ich gebraucht hätte, immer ein bisschen zu brüchig, um wirklich zu halten. Aber das Mangelhaft auf meinem Zeugnis fühlt sich heute nicht wie ein Scheitern an. Es ist ein Zeichen dafür, dass ich trotz allem durchgehalten habe. Ich bin stolz. Neben mir platzen Steffie und Andreas fast vor Freude. Steffie, die ihren Ehrgeiz in den letzten Monaten erst entdeckt hat, verkündet lachend: »Ich hab' mein Gehirn genug geschunden. Jetzt gehe ich wieder arbeiten. Zurück in die Praxis!« Andreas grinst sie an. »Das ist auch besser so. Ich übernehme den Denksport. Politikwissenschaften, hier komme ich!« Ich grinse. Tatsächlich hatte ich Steffie in den Tagen nach meiner Rückkehr aus Freiburg besucht und mich bei ihr entschuldigt. Unsere Freundschaft ist mir so wichtig, dass sie unter keinen Umständen wegen irgendwelcher Männergeschichten leiden soll. Steffie und Andreas sind übrigens auch wieder ein Herz und eine Seele, sie planen sogar zusammenzuziehen. Ich sehe sie an, wie sie strahlen, und kann nicht anders, als mich für sie zu freuen. Ein leichter Hauch von Melancholie bleibt, doch er ist warm und gut auszuhalten. Als mein Name aufgerufen wird, stehe ich auf. Die Aula klatscht, und ich gehe auf die Bühne, um mein Zeugnis entgegenzunehmen. Das Herz klopft mir in der Brust, aber nicht vor Nervosität – sondern vor Stolz. Ich nehme das Dokument in die Hand, drehe mich zur Menge, und mein Blick wandert. Ganz hinten, fast versteckt im Schatten der letzten Reihe, sehe ich ihn. Christian. Seine Augen leuchten, und sein Lächeln ist unübersehbar, auch aus der Ferne.

Nach der Übergabe finde ich ihn draußen vor der Aula, wo er an einer Säule lehnt, die Hände in den Taschen. Ich gehe direkt auf ihn zu, und bevor ich mich zurückhalten kann, platzt es aus mir heraus: »Was machst *du* denn hier?«

Er grinst und zieht mich in eine Umarmung.

»Ich wollte bei deinem großen Tag nicht fehlen.«

Dieser Typ überrascht mich immer wieder aufs Neue. Ich kann nicht anders und schlinge meine Arme um ihn. »Ich bin echt froh, dass du da bist!« Die Umarmung ist herzlich und warm, für einen Moment halte ich den Atem an. Als Christian sich schließlich ein Stück zurücklehnt, bleibt seine Hand kurz auf meiner Schulter liegen. Sein Blick sucht meinen, als wolle er sicherstellen, dass es mir wirklich gut geht. »Das ist noch nicht alles. Ich hätte da noch eine klitzekleine Überraschung für dich.« Wir fahren in seinem schnittigen Audi A3 Coupé aus der Stadt heraus. Die Straßen winden sich durch den Wald, und das letzte Licht des Tages weicht langsam einem klaren Nachthimmel. Christian sagt nicht viel, aber sein Blick ist voller Vorfreude.

»Wohin fahren wir eigentlich?« frage ich schließlich, neugierig und aufgeregt. Er lächelt. »Geduld, Bergmann.«

Irgendwann verstehe ich. Er fährt mit mir hoch auf den Langenhard Berg. Vom Gipfel aus hat man das Gefühl, den ganzen Schwarzwald überblicken zu können. Die Stadt Lahr liegt unten wie ein stiller Teppich aus Lichtern, und in der Ferne kann man die Lichter von Straßburg erahnen, ein flimmerndes Versprechen auf der anderen Seite des Rheins. Die Bank am Aussichtspunkt ist ein beliebter Treffpunkt für Träumer. Hier sitzen Paare, Hand in Hand, die den ersten kühlen Hauch des Abends spüren, oder Freunde, die eine Flasche Wein teilen und in die Sterne schauen.

Als wir den Langenhard Berg erreichen, hält er an einer kleinen Lichtung. Die Sterne über uns funkeln wie tausend winzige Diamanten. Er holt Decken aus dem Kofferraum, und wir setzen uns auf die Motorhaube, eingepackt in die warme Wolle.

Er öffnet eine Flasche Champagner, und der Korken fliegt mit einem kleinen Knall in die Nacht.

»Weißt du noch«, beginnt er, während er uns beiden einschenkt, »als wir uns in Freiburg auf der Dachterrasse kennengelernt haben? Wir haben über Wünsche und Ziele gesprochen.«

Ich nicke und sehe ihn an, das Glas in der Hand.

»Damals warst du dir bei so vielen Dingen unsicher«, fährt er fort.

»Ich hoffe, dass du in diesem Jahr klarer geworden bist – über das, was du willst, und was du brauchst.« Ich nicke wieder, unfähig, die richtigen Worte zu finden. Christian weiß, welche Knöpfe er an mir drücken muss. Nach einem Moment geht er zum Kofferraum. Als er zurückkommt, hält er eine Silvesterrakete sowie eine leere Flasche in der Hand und grinst mich stolz an.

»Das ist ein besonderer Tag, Lukas Bergmann. Und ein besonderer Tag braucht eine besondere Zeremonie.«

Ich lächle ihn überrascht an. »Was *ist* das?«

»Eine Wunschrakete«, erklärt er und reicht sie mir. »Schieß sie in den Himmel und wünsch dir was.« Ich nehme die Rakete, berührt von der Symbolik und drehe sie zwischen meinen Händen, während ich meine Gedanken sortiere.

Ich stecke sie in die Flasche vor uns und zünde sie mit dem Feuerzeug an, welches Christian mir reicht. Sie zischt in den Nachthimmel und hinterlässt eine Spur aus Licht, bevor sie in einem leuchtenden Sternregen explodiert. In der plötzlichen Stille, die folgt, wende ich mich zu Christian. Sein Gesicht wird vom Licht der Sterne sanft erhellt, und seine Augen funkeln. In diesem Moment wird mir klar, was ich wirklich will. Es lag die ganze Zeit schon vor mir, und ich war vielleicht zu blind, um es zu sehen. Ein Lachen bricht aus mir heraus, weich und ehrlich, als hätte ich endlich verstanden, was ich so lange gesucht habe.

Ich atme tief durch, schließe die Augen und lasse die Kälte der Nacht und die Wärme seiner Nähe auf mich wirken. Als ich die Augen wieder öffne, sehe ich, dass Christian mich beobachtet, seine Lippen zu einem leichten Lächeln verzogen.

Ohne nachzudenken, schließe ich die kleine Distanz zwischen uns. Meine Hände finden seinen Nacken, seine Haut ist warm unter meinen Fingern. Ich ziehe ihn näher, und in dem Moment, in dem unsere Lippen sich berühren, fühle ich ein Feuerwerk, das heller ist als die Rakete, die gerade den Himmel erleuchtet hat. Christian küsst mich leidenschaftlich, mit einer Intensität, die mich ehrlich gesaht völlig überwältigt. Seine Hände liegen fest an meiner Taille, warm und sicher, und ich spüre, wie sein Herz gegen meinen Brustkorb schlägt. Sein Atem mischt sich mit meinem, und die Welt um uns herum verschwindet, bis nur noch er da ist. Seine Lippen sind weich, aber fordernd, und jede Bewegung drückt aus, was Worte nicht fassen könnten. Ich verliere mich in ihm, in der Art, wie er mich hält, als wäre ich das Einzige, das zählt. Seine Finger gleiten sanft über meinen Rücken, ziehen mich noch näher an ihn heran, bis ich das Gefühl habe, es könnte keinen Raum mehr zwischen uns geben.

Als wir uns schließlich voneinander lösen, zittert mein Atem, und ich öffne die Augen. Sein Gesicht ist so nah, dass ich jede seiner Wimpern sehen kann. Seine Augen suchen meinen Blick, und ich sehe darin nichts als Wärme und Verlangen. »Lukas«, sagt er leise, seine Stimme kaum mehr als ein Flüstern, »du hast so viel mehr verdient, als du selbst glaubst.« Ich lächle...und schweige zustimmend. Meine Stirn lehnt sich gegen seine. Wir bleiben so, eng umschlungen, während die Sterne über uns weiterfunkeln. In diesem Moment fühle ich mich frei, leicht und vielleicht zum ersten Mal seit Monaten vollständig –
endlich angekommen.

5 Jahre später

12. Dezember

Ich liebe die Weihnachtszeit in Stuttgart. Die Lichterketten, die die Straßen schmücken, der Duft von gebrannten Mandeln und Glühwein, der aus den Ständen des Weihnachtsmarkts strömt – es fühlt sich an, als würde die Stadt für ein paar Wochen in ein warmes Leuchten gehüllt. Vom Schwarzwald nach Stuttgart zu ziehen hat eine ähnliche kulturelle Divergenz wie Köln zu Düsseldorf. Man befindet sich im gleiche Bundesland und tickt dennoch komplett unterschiedlich. Plötzlich waren wir mit Dingen wie »Kehrwoche«, Dauerstaus und Feinstaubmeldungen konfrontiert. Am schwersten war mir der Abschied von Annelies und Tommy gefallen, waren sie doch mittlerweile weit mehr als Kollegen. Annelies war an meinem letzten Tag sichtlich gerührt. »Du wirsch ma fehle, Luki!« hatte sie mit feuchten Augen gesagt bevor sie mich mit ihren kräftigen Armen fast zerdrückt hätte. Ab und zu schickt sie mir noch Care-Pakete. Darin enthalten sind dann die neusten Gebäckkreationen und natürlich Linzer Schnitten – eine Linzer Torte in Miniaturform. Mit »uns« meine ich übrigens Christian und mich. Nach meiner Abschlussfeier hatten wir beschlossen, die Sache zwischen uns langsam angehen zu lassen.

»Ich mag dich, du magst mich«, hatte er mit seinem typischen Pragmatismus gesagt, »aber lass uns keinen Druck machen. Wir lernen uns nochmal richtig kennen.« Und ich? Ich hatte nichts dagegen. Im Gegenteil – es fühlte sich irgendwie richtig an. Unsere ersten

Dates waren daher furchtbar unspektakulär: Kinoabende, Spaziergänge bei Sonnenuntergang, ich zeigte ihm die Gutachschlucht in meiner Heimat, gemeinsames Kochen und irgendwann auch die ersten Übernachtungen. Natürlich nicht in getrennten Betten – wir waren schließlich erwachsene Menschen mit Bedürfnissen. Sein Bett in Freiburg war nicht nur größer und... stabiler... *räusper*... als meines in Reichenbach, sondern auch der perfekte Ort, um ausgiebig Zeit zusammen zu verbringen. Die körperliche Chemie zwischen uns war sofort da – elektrisierend, unaufhaltsam und irgendwie mühelos. Christian hatte diese unfassbare Fähigkeit, genau zu spüren, was mir gefiel. Und wenn wir schon dabei sind: Der Mann ist nicht nur charmant und klug, sondern auch verdammt 'gut gebaut'. Ja, ich weiß, das klingt oberflächlich, aber hey, man darf die Dinge auch mal beim Namen nennen. Im darauffolgenden Dezember – mit einer Mischung aus Vorfreude und Weihnachtszauber in der Luft – fragte er mich dann schließlich, ob wir das Ganze offiziell machen wollten. »Willst du mit mir gehen?« hatte er halb schelmisch, halb ernst gemeint gefragt, und ich wusste in dem Moment: Das hier war mehr als nur eine Kennenlernphase.

Heute wohnen wir zusammen in einer Wohnung im Süden von Stuttgart. Große Fenster fluten unsere Räume mit Licht, und manchmal, wenn ich morgens meinen Kaffee trinke und Christian noch hektisch ein Hemd bügelt, macht sich in mir eine entspannte Zufriedenheit breit. Christian liebt seine Arbeit in einer kleinen Anwaltskanzlei, die sich auf Familienrecht spezialisiert hat. Es gibt kaum etwas Schöneres, als ihn über seine Fälle reden zu hören.

Ich selbst arbeite in der Marketingabteilung eines Fashion-Labels. Es ist hektisch, oft chaotisch, aber meistens mag ich es. Ach ja, studiert habe ich dann doch nicht. Mir hatte das Jahr Schule gereicht. Unser Leben hat seine Höhen und Tiefen, ist nicht immer einfach – aber welches Leben ist das schon? Perfekt muss es nicht sein, solange es echt ist. Ich würde es dennoch gegen nichts auf der Welt eintauschen wollen. Heute bin ich also auf Weihnachtsmission. Ich habe schon fast alle Geschenke organisiert, aber ein paar fehlen noch. Gerade bin ich dabei, die Liste durchzugehen, als mein Handy klingelt. Gabi, eine Kollegin aus meinem Team, ist dran. »Haaallo Lukas!« beginnt sie in ihrem tiefsten schwäbischen Dialekt. »Du, i bin bei dr Druckerei am verzweifle. Sag emol, welche Musterversion soll i jetzt freigeben? Do isch e so e Wirrwarr mit de Ordner!«

Ich kann mir ein Lachen nicht verkneifen.

»Gabi, kein Stress. Es ist die Version mit der Endung ‚final_final‘ – weißt du, die, die wirklich final ist.«

»Ah, jetzetzle!! Genau! I hab's!« Sie klingt erleichtert.

»Danke dir, Lukas! Ohne dich wär i aufgschmissa!«

»Kein Problem«, antworte ich und lege auf, immer noch grinsend.

Ich steuere den Vedes Spielzeugladen an, um etwas für Steffie zu besorgen. Sie ist im zweiten Monat schwanger, und ich kann es immer noch nicht ganz fassen, dass sie bald Mutter wird. Zwischen den Regalen voller Stofftiere, Bausteine und Puppen bleibe ich bei einem Playmobil-Bauernhof stehen. Ein kleines Haus mit einem Stall und Kühen. Ich muss schmunzeln. Gerade als ich mich umdrehen möchte versperrt mir ein Mann den Weg.

»Hallo Lukas.« Die Stimme hinter mir lässt mich blitzartig erstarren. Langsam drehe ich mich um, und mein Herz setzt einen Schlag aus.

»Manuel«, sage ich schließlich, meine Stimme leiser, als ich wollte.

»Hallo«, wiederholt er, und in seinem Ton liegt eine Mischung aus Traurigkeit und Freude. Ich weiß nicht, was ich sagen soll. Die Erinnerungen an ihn, an alles, was passiert ist, laufen wie ein Kinofilmtrailer vor meinem inneren Auge ab. Seit der verhängnisvollen Nacht hatte ich ihn komplett blockiert. Auf unzählige SMS und Anrufe folgte ein letzter, verzweifelter Brief. Ich wußte auch, dass er ab und zu am Cafe Löchle vorbeilief und nach mir ausschau hielt. Dennoch - ich hatte einfach nicht die Kraft, mich ihm zu stellen. Und vor allen Dingen konnte ich mir selbst noch nicht vertrauen, doch wieder schwach zu werden. Die Stille zwischen uns fühlt sich drückend an, bis er schließlich fragt: »Wie geht es dir?«

»Gut«, antworte ich automatisch »ich lebe mittlerweile hier. Also in Stuttgart. Und du?«

»Ach ja. Vom Schwarzwald ins Schwabenländle. Nun, mich hats nach Karlsruhe gezogen«, antwortet er und fährt sich durch den Vollbart, der sein Gesicht älter wirken lässt. Mein Blick wandert für einen Moment zuürck zu den Playmobil-Bauernhöfen, bevor ich ihn wieder direkt ansehe.

»Was machst du hier?«, frage ich schließlich.

»Nun ja«, sagt er langsam, beinahe zögernd. »Wir sind übers Wochenende in Stuttgart. Für Weihnachtseinkäufe.«

»So so« antworte ich und versuche mir ein Lächeln abzuringen

»Und du?« fragt er »Wir wohnen hier«, sage ich, betone das »wir«

bewusst. »Seit vier Jahren.« Manuels Augen verengen sich leicht, und ich sehe, wie die Bedeutung meines »wir« bei ihm ankommt.

»,Wir'«, wiederholt er.

»Du meinst, du wohnst mit ,ihm' zusammen?«

»Christian«, sage ich. »Ja.« Er senkt kurz den Blick, und seine Schultern sacken einen Moment nach unten. Dann flüstert er, kaum hörbar: »Schön. Der Glückliche.«

Ich bleibe stumm, versuche, die Welle von Emotionen, die durch diese Worte ausgelöst wird, zu unterdrücken. »Und du?« frage ich schließlich, meine Stimme kontrolliert. Manuel richtet sich auf und lächelt, aber es ist ein gezwungenes Lächeln, eines, das nicht ganz seine Augen erreicht. »Bei mir alles gut«, sagt er. »Habe in Karlsruhe studiert. Das war die beste Entscheidung. Coole Uni, interessante Profs...«

»... und schnell dann auch zu Hause, wenn's klemmt«, ergänze ich, meine Worte kälter, als ich sie meinte. Er senkt den Kopf, und das Lächeln verschwindet. »Ja«, sagt er leise. Für einen Moment ist es still zwischen uns, nur das leise Gemurmel der Kunden im Hintergrund füllt die Luft. Schließlich hebt er den Kopf und sieht mich an. »Ich hatte dich oft auf Facebook, StudiVZ oder so gesucht«, sagt er plötzlich. »Aber nie gefunden.«

Ich zucke mit den Schultern.

»...Da habe ich mich auch nicht unter meinem Klarnamen registriert.«

»Sondern?« fragt er. Ich muss lachen »Meine Lieblingsband und mein Geburtsjahr.« Er runzelt die Stirn, denkt einen Moment nach und dann flüstert er: »Disturbed83.« Ich nicke langsam, spüre, wie eine seltsame Mischung aus Nostalgie und Schmerz in mir aufsteigt. Manuel blickt mir tief in die Augen, und für einen Moment scheint die Zeit stillzustehen. »Es tut gut, dich zu sehen, Lukas Bergmann«, sagt er schließlich. Ich öffne den Mund, will etwas sagen, aber in diesem Augenblick wird die Stille von einer hellen Kinderstimme durchbrochen.

»Papa, Papa... PAPA!«

Ein blondes Mädchen läuft auf Manuel zu, ihre Arme ausgestreckt. Manuels Gesicht verändert sich schlagartig. Ein sanftes Lächeln breitet sich aus, und er kniet sich hin, um sie aufzufangen. Er hebt sie hoch, dreht sich dann zu mir um und sagt:

»Anne, das ist Lukas. Sag hallo zu ihm.«

Das kleine Mädchen sieht mich neugierig an, ihre blauen Augen erinnern mich an seine, aber sie haben einen fröhlicheren Glanz.

»Hallo«, murmelt sie schüchtern.

Meine Gesichtszüge entgleisen völlig, und ich bringe es nur noch zustande zu nicken. Mein Blick wandert weiter, und hinter ihnen kommt eine blonde Frau mit energischen Schritten auf uns zu. Ihre Hände stecken in den Taschen ihres beigefarbenen Trenchcoats, den sie in der Taille streng zusammengebunden hat. Manuels Blick fällt auf sie, und sein Gesichtsausdruck wird wieder emotionslos. Ich kann es nicht mehr ertragen. Die Mischung aus Verwirrung, Schmerz und etwas, das sich wie Bedauern anfühlt, droht mich zu überrollen. Ich blicke ihn ein letztes Mal tief in die Augen. In diese wunderschönen, tiefblauen Augen, die mich früher durchborten, förmlich bis auf meine Seele blicken konnten. Ich schenke ihm ein Lächeln, klopfe ihm – warum auch immer – mit einer Hand auf die Schulter, drehe mich um und verlasse schnellen Schrittes das Geschäft. Er ruft mir noch etwas nach, aber die Worte werden durch das Getümmel um mich herum verschluckt. Auf der Straße schlägt mir die kühle Luft entgegen, ich jedoch jage im Stechschritt die Einkaufsstraße hinunter. Als ich dann in die nächste Seitenstraße abbiege, komme ich mir vor wie Franka Potente in dem Film »Lola rennt«. Erst viele Meter weiter bleibe ich endlich an einer Hauswand stehen und muss erstmal Luft holen. *Herrgottsdundawedda, was war denn DAS!?*

Mein Herz pocht, und ich schließe die Augen, versuche, die Bilder aus meinem Kopf zu verbannen.

Ein paar Minuten später hole ich mein Handy hervor und wähle Christians Nummer. Seine ruhige Stimme am anderen Ende der Leitung ist wie ein Anker, der mich zurückholt.

»Hey mein Schatz« sagt er sanft, »alles okay?«

»Jap. Magst du mich vielleicht auf dem Weg nach Hause irgendwo einsammeln?« frage ich leise. »Klaro. Bin in 20 Minuten fertig und fahre vom Büro los. Wo bist du?« Ich überlege kurz »Ich bin noch beim Breuninger. Ich kann zum Marienplatz laufen und wir treffen uns dann da?«

»Bis gleich... Kuss!« sagt er und legt auf. Ich bleibe noch eine Weile stehen und verliere mich in meinen Gedanken. Diese kurze Begegnung mit meiner Vergangenheit... Mir wird auf einmal bewusst, dass während Manuel redete, ich nicht einen Mann vor mir sah, sondern immer noch den Jungen, den ich damals geliebt hatte. Den Manuel, der von Freiheit geträumt hatte, von einem Leben, in dem er nicht den Erwartungen anderer entsprechen musste, in dem er sein eigenes Ding machen konnte. Aber dieser Manuel war offenstichtlich nicht mehr da. Er hatte sich angepasst, hatte sich der Rolle ergeben, die man von ihm erwartet hatte. Ich konnte ihm das nicht verübeln, nicht wirklich. Aber es schmerzte trotzdem, zu sehen, wie wenig von dem geblieben war, was wir einmal geteilt hatten.

Langsam komme ich wieder in die Gänge und schlendere erhobenen Hauptes in Richtung Marienplatz, ich fühle, wie sich dabei etwas in mir verändert. Die Begegnung mit Manuel hat etwas in mir aufgerüttelt, einen alten Schmerz, den ich lange verdrängt hatte.

Aber es war nicht nur Schmerz. Es war auch Klarheit.

Ich denke an Christian, an unser Leben, das wir uns gemeinsam aufgebaut haben. Es war nicht immer einfach gewesen, aber es war echt. Es war authentisch. Und ich wusste mit jedem Schritt mehr, dass ich *das* gegen nichts in der Welt eintauschen wollte.

Manuel hatte seinen Weg gewählt, und vielleicht war er damit glücklich, auf seine Weise. Aber ich wollte nicht in einer Rolle leben, die nicht zu mir passt. Ich möchte frei sein, mein authentisches Selbst leben. Mit allen Macken, Kanten und jedem Pfund zuviel.

Vor einem kleinen Café bleibe ich stehen, hole tief Luft und stoße beim Ausatmen ein »Oh fuuuuuck...« aus. Unfreiwillig muss ich über mich selbst lachen. Es war an der Zeit, loszulassen, einen Abschluss zu finden. Zeit, Frieden mit der Vergangenheit zu schließen.

Am Marienplatz halte ich ausschau nach einem weißen BMW X3. Christian liebt große Autos. Als er vorfährt und ich die Tür öffne strahlt er mich an und schreit mit gespieltem schwäbischen Akzent: »Do isch ihr Chauffeur, mei Herr!«

Ich lache laut auf und verstaue meine Tüten auf dem Rücksitz. Zärtlich berühre ich seine Wange, wir küssen uns schnell und schon setzt sich das Auto in Bewegung. Ich kann es nicht leugnen, aber ich fühle eine unerwartete Leichtigkeit.

Christian seufzt.

»Oh Man, was für ein Tag. Ich freue mich jetzt echt auf unser Zuhause«. Ich drück seine Hand und nicke.

»Absolut. Ich kann es kaum erwarten!«

Und das meine ich aus tiefstem Herzen.

Annelies' badische Linzer Torte

250 g   Mehl

250 g   Zucker

125 g   gemahlene Mandeln

125 g   gemahlene Haselnüsse

½ TL   Zimt

1 Msp. Nelkenpulver

250 g   Butter

2   Ei(er)

250 g   Himbeermarmelade

Aus Mehl, Zucker, gemahlenen Mandeln und Haselnüssen, Zimt, Nelkenpulver, Butter und einem Ei wird ein Mürbeteig zubereitet, der anschließend für etwa 30 Minuten im Kühlschrank gekühlt wird.

In der Zwischenzeit wird eine Springform mit einem Durchmesser von 28 cm gründlich mit Butter eingefettet. Mit zwei Dritteln des Teigs werden der Boden und der Rand der Form ausgelegt. Darauf wird gleichmäßig die Himbeermarmelade verteilt. Der restliche Teig wird ausgerollt und mit einem Teigrädchen in schmale Streifen geschnitten, die gitterförmig über die Himbeermarmeldae gelegt werden. Das Gitter wird abschließend mit einem verquirlten Ei bestrichen.

Die Linzer Torte wird im vorgeheizten Elektroherd bei einer Temperatur von 175 bis 200 Grad Celsius etwa 40 Minuten gebacken. Am besten entfaltet sie ihr Aroma, wenn sie ein bis zwei Tage durchgezogen ist.

JULES B. FISCHER

Jules B. Fischer schrieb schon als Kind leidenschaftlich gerne Geschichten und träumte davon, Welten zu erschaffen, die Menschen berühren. Mit feinem Gespür für das Zwischenmenschliche und einem Herz für Außenseiter fängt er verborgene Kämpfe und unerwartete Verbindungen ein, die das Leben besonders machen.

Seine Romane bieten intensive Atmosphäre, Spannung und unvergessliche Figuren — keine klassischen Helden, sondern Menschen mit Ecken und Kanten, die ihren Dämonen begegnen. Ob in der Weite einer Wüste oder den Abgründen einer kleinen Stadt: Fischer schafft Kulissen, die so lebendig sind wie seine Charaktere. Wenn er nicht schreibt, reist er auf der Suche nach neuer Inspiration.

Zu »ZWISCHENWELTEN«:

»Auslöser war ein Roman einer amerikanischen Schriftstellerin. Ich war beeindruckt von ihrem Mut, ein so komplexes und sensibles Thema wie toxische Beziehungen anzugehen. Es hat mich

daran erinnert, wie lange ich selbst mit diesem Thema gerungen habe – und es schließlich auf meine eigene Weise erzählen wollte. »Zwischenwelten« ist für mich nicht nur ein Roman, sondern auch ein persönlicher Abschluss. Mit dem Buch möchte ich Leser:innen Mut machen, zu sich selbst zu stehen, Grenzen zu setzen und die Stärke zu finden, aus schädlichen Mustern auszubrechen. Es ist mir wichtig, ein Bewusstsein für die Dynamik toxischer Beziehungen zu schaffen – und gleichzeitig Hoffnung zu vermitteln, dass Heilung und ein Neuanfang möglich sind.« – Jules B. Fischer

Weitere Titel

»Federn im Sturm«
ISBN 9 7837 5831 7712

DISTURBED
KINGS
OPEL
OP-558Z22
KINGS OF LEON
Mathematics
Mathematics
Mathematics